인간의
얼굴은
먹기
힘들다

NINGEN NO KAO HA TABEZURAI

ⓒTomoyuki Shirai 2014,2017

First published in Japan in 2014 by KADOKAWA CORPORATION, Tokyo.
Korean translation rights arranged with KADOKAWA CORPORATION, Tokyo
through JM Contents Agency Co.

인간의 얼굴은 먹기 힘들다

시라이 도모유키 장편소설 — 구수영 옮김

내
친구의
서재

차례

시바타 가즈시 : 클론 인간 배양 센터에서 일하는 직원

가와우치 이노리 : 출장 마사지 업소에서 일하는 여자. 클론 인간 제작
　　반대 운동에도 참여 중

후지야마 히로미 : 클론 인간 제작을 주도한 여당 의원이자 전직 장관

노다 조타로 : 클론 인간 제작을 반대한 야당 의원. 섣달그믐날 의문의
　　죽음을 맞는다

시타라 보쿠 : 만복산업 제2플라나리아 센터 센터장

기무라 : 만복산업 제2플라나리아 센터 직원. 심한 약시

후지카와 : 클론 인간 제작을 반대하는 단체의 구라요시 시 지국장

호소미 : 경시청 수사1과 소속 수사관

유시마 미키오 : 수수께끼의 금발 남자

만복산업 제2플라나리아 센터 배치도

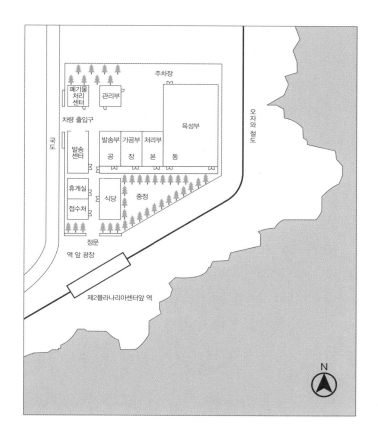

프롤로그

20XX년 12월 31일.

귀가를 서두르는 사람들의 모습도 줄어들기 시작한 섣달 그믐날 밤늦은 시각. 유명 정치인이 호텔 발코니에서 추락사했다.

관목이 빽빽이 자란 덤불 위로 떨어졌기에 사체를 지면에서 벗겨내는 수고는 덜었지만, 피부와 장기가 다수 파열되어 반경 2미터 정도에 피가 흩뿌려졌다. 최초 발견자인 청년의 증언에 따르면, 수많은 가시가 얼굴에 박혀 있었고, 시신경까지 달린 채 통째로 튀어나온 안구가 대롱대롱 매달려 있었다고 한다.

사망한 것은 2선의 중의원 의원인 노다 조타로. 야당에 속한 젊은 의원 중 필두로 알려졌지만, 대중에게는 그다지 좋은 인상을 주지 못했다. 언론에서는 노다를 여당 소속의 인기 정치인이자 고등학교 시절의 친구이기도 한 후지야마 히로미의 호적수로 다루는 일이 많았다. 노다에게는 후지야마의 날카로운 공세를 받을 때마다 자신에게 유리한 변명만을 늘어놓는 야당의 대표 격이라는 불명예스러운 낙인이 찍혀 있었다.

"크리스마스다, 연말이다, 하면서 다들 눈코 뜰 새 없이 지내는 걸 보고 갑자기 외로움이 밀어닥친 걸지도 모르겠군."

경시청 수사 1과의 호소미 경부(일본의 경찰 계급 중 하나. 경위와 경감 사이에 해당. 경감 쪽에 더 가깝다 – 옮긴이)는 서류 가방과 트렌치코트만이 남은 901호실을 바라보며 중얼거렸다. 자신이 힘들 때 타인의 순수한 행복을 지켜보는 것만큼 괴로운 일은 없다.

"경부님, 이것만은 확실히 말씀드리고 싶은데, 노다 선생님은 절대 자살하실 분이 아닙니다. 이건 누군가가 악의로 꾸며낸 살인사건이 분명합니다!"

아직 혈기 왕성해보이는 20대 후반의 이 남자가 정치인의 비서를 맡고 있다는 사실에 놀랐다. 호소미가 과거 다녔던 사립대학의 럭비부에도 이런 학생이 썩어날 정도로 많았던 것이 기억났다.

"아즈마 씨, 그걸 조사하는 게 바로 저희 일입니다. 오늘은 이만 돌아가시죠. 협력해주셔서 감사드립니다."

호소미가 낮은 목소리로 말하자, 아즈마는 떨떠름한 표정으로 방에서 나갔다. 호소미는 문 너머를 향해 혀를 찬 후에 가슴 주머니에서 수첩을 꺼냈다.

현장을 보건대 사건성이 없다는 건 명백했지만, 만에 하나의 경우를 생각해보아야 했다. 목숨을 잃은 것이 현역 정치인이기에 수사상의 실수는 용납되지 않는다. 호소미는 수첩을 펼쳐 사건 개요를 다시 한번 정리해보았다.

노다가 뛰어내린 곳은 도쿄 도 분쿄 구의 저렴한 비즈니스호텔 9층이었다. 국회의원에게는 어울리지 않는 수수한 호텔로, 비서에게도 숙박하는 이유를 알리지 않았다고 한다.

사체를 발견한 것은 수행비서 중 한 명인 아즈마 하지메라는 남자였다. 노다는 밤 10시에 아즈마와 화상 통화를 하기로 약속했지만, 시간이 지나도 온라인 공간에 모습을 드러내지 않았다. 아즈마는 문자나 전화로 연락을 취해보았으나 반응이 전혀 없었다. 노다는 밀담이나 밀회 도중에도 비서의 연락에는 언제나 곧장 답변할 정도로 성실한 남자였다. 아즈마는 불길한 마음이 들어 노다가 숙박한 비즈니스호텔로 향했다.

아즈마가 호텔에 도착한 것은 밤 10시 40분경으로 추정

된다. 그는 접수 데스크에도 말을 걸지 않고, 노다가 숙박 중인 최상층의 901호실로 향했다. 문은 잠겨 있었고, 아무리 노크해도 답이 없었다. 참고로 호텔 객실의 자물쇠는 평범한 열쇠형으로, 오토록 형태는 아니었다.

불안해진 아즈마는 1층의 접수 데스크를 찾아가 프런트맨에게 901호실의 문을 열어달라고 부탁했다. 하지만 프런트맨은 거물 정치인이 숙박 중이라는 아즈마의 말을 믿지 않았고, 무뚝뚝한 태도로 아즈마를 가만히 바라볼 뿐이었다. 불안감이 심해지고 화가 치밀어 오른 아즈마는 방의 조명이 켜져 있는지 확인하기 위해 일단 호텔을 나서서 9층 창문을 올려다보았다. 그때 901호실의 발코니로 나가는 유리문이 열려 있는 것을 발견했다. 기도하는 마음으로 901호실 바로 아래에 있는 정원수 덤불에 들어가 보았는데, 그곳에 있던 것은 참혹하게 변해버린 모습의 노다였다.

901호실에서 유서가 발견되지는 않았지만 다툼의 흔적 또한 전혀 없었다. 901호실의 자물쇠가 잠겨 있다는 점도 자살을 뒷받침하는 근거가 되었다.

게다가 노다에게는 자살하기에 충분한 이유가 있었다. 그는 5년 전, 플라나리아 센터 관련 법안이 국회에 제출되었을 때, 후지야마 장관에게 공세를 퍼부은 몇 안 되는 정치인 중 한 명이었다. 하지만 결과는 참패였다. 정치적인 주장이 전부 비판받았을 뿐 아니라, 인터넷상에서의 비난은 그의 생애나 취미, 성격 등 온갖 부분에 이르렀다. 최근까지도 끈기 있게 반대 운동을 계속했지만, 그가 정신적으로 피폐해진 상태임은 누가 보더라도 명백했다.

비서인 아즈마가 자살을 부정하는 것도 어떤 의미에서는 당연한 일이리라. 노다는 주변에 고민을 털어놓지 않았기에 스스로 목숨을 끊게 된 것이다. 가까운 비서에게 마음속 고민을 털어놓을 수 있었다면 그는 자살이라는 선택을 하지 않았을지도 모른다.

역시 자살이다. 사건성을 의심할 요소는 전혀 없다.

호소미가 그렇게 확신하고 수첩을 닫은 순간, 901호실의 문이 열리며 젊은 감식관이 뛰어 들어왔다.

"호소미 경부님, 잠깐 괜찮으실까요?"

뭐라 말하기 힘든 불길한 예감이 들었다. 뭔가 발견이 있었으리라.

"뭔데?"

"혹시 경부님이 아는 분 중에 금발 남자분이 있으신가요?"

"금발 남자?"

갑작스러운 질문에 당황했지만, 감식관이 뭔가 착각한 것이 분명한 듯했다. 호소미의 동료나 지인 중에 금발 남자는 없었다. 당연하지만 의원 비서인 아즈마의 머리카락은 검은

색이었다.

"모르겠는데. 금발 남자가 어쨌는데?"

"금발의 젊은 남자가 옆에 있는 아파트 2층에서 삼각대가 달린 망원경으로 현장을 들여다보고 있었거든요. 수상해보여서 말을 걸었더니 경부님과 직접 이야기하고 싶다고 해서요."

"이름은?"

"물어도 알려주질 않습니다. 어차피 믿어주지 않을 거라면서요."

"그냥 구경꾼 아니야? 쫓아내."

"알겠습니다. 그건 그렇고, 피해자의 왼손에서 기묘한 게 발견되었습니다."

"그걸 먼저 말했어야지!"

"죄, 죄송합니다. 피해자는 9층에서 추락한 탓에 몸 안의 장기가 터져 나왔고, 뼈도 두개골부터 정강이뼈까지 안 부러진 게 없는 상태였습니다. 왼쪽 팔도 팔꿈치가 개방골절을 일으킨 상태였고, 더욱이 손가락이 가위바위보의 가위 형태로 부러지고 휘었습니다. 가위라고 해도 본래 방향과는 반대로, 손등을 향해 손가락이 골절된 상태였지만요."

"사체가 가위바위보를 했다고 말하고 싶은 거야? 우연히 그쪽으로 부러진 것일 수도 있잖아."

"물론 그렇죠. 문제는 꽉 쥔 약지와 새끼손가락의 안쪽입니다. 두 손가락을 펴봤더니, 안쪽에 피가 잔뜩 묻어 있었습니다."

"그게 뭐가 이상한데? 사체 주변 전체가 피투성이잖아."

"하지만 그 손가락 안쪽을 제외하고는 왼손 언저리에는 피가 거의 묻어 있지 않거든요. 사체의 손상 상태를 통해 판단해보면 피해자는 즉사한 게 분명합니다. 따라서 피해자가 낙하 직후에 혹시라도 아직 숨이 붙어 있었고, 상처를 손으로 누르고 나서 다시금 손을 떼고 절명했을 가능성은 없습니다. 따라서 꽉 쥔 손가락 틈새에 피가 묻어 있는 건 이상합니다."

"……이상하다고 해도 실제로 묻어 있지 않나. 자네는 그 문제를 어떻게 생각하는데?"

"네. 생각할 수 있는 가능성은 하나밖에 없습니다. 피해자는 낙하하기 전에 이미 상처를 입었던 거죠. 예를 들어 코피를 손가락으로 막거나 하다가 손가락에 피가 묻어버린 겁니다. 이건 제 생각이라기보다는 방금 말씀드린 금발 젊은이가 말한 거긴 하지만요. 피해자가 죽기 전에 상처를 입은 상태였다면, 그건 누군가와 다툰 결과라고 생각하는 게 자연스럽습니다. 즉, 이 사건은 자살로 꾸민 살인사건일 가능성이 있습니다."

14

호소미는 감식관의 말을 머릿속으로 반추했다. 방금 들은 말을 차분히 분석하면서 눈으로는 901호실 안을 훑었다.

"너무 억측 아닌가?"

"네?"

　감식관은 눈을 동그랗게 떴다.

"어디서 굴러먹다 온 녀석인지도 모르는 금발 애송이가 그렇게 말했다는 거잖아? 그 말을 그대로 받아들여서 어쩔 건데? 망원경으로 현장을 들여다보던 녀석의 의견을 진지하게 들을 필요 없어."

"아니 그게, 경부님의 지인이라고 생각해서 실례를 저지르면 안 될 것 같아서요."

"전혀 모르는 사람이야."

"그래도 경부님과는 같은 고향 출신이라고 말했거든요."

　뭐야 그게. 호소미는 도쿄 출신이기에 같은 고향 출신인 사람은 애초에 천만 명이 넘는다.

"자네 같은 사람이 있으니 사기 범죄가 끊이지 않는 거야. 애초에 손으로 피가 나오는 걸 누를 만한 다툼이 있었다면 이 방에 흔적이 남지 않았을 리 없지."

"뭐, 그건 그렇지만요."

"피해자의 혈흔은커녕 매트에 주름 한 점 없어. 그리고 이 방은 안쪽에서 잠겨 있었잖아? 노다 의원의 죽음에 사건성은 없어."

"잠겨 있긴 했지만 발코니로 나가는 유리문은 열려 있었어요. 그리고 열쇠는 실내에서 발견된 게 아니니까 백 퍼센트 밀실이라고는 할 수 없지 않나요?"

"열쇠는 사체의 왼쪽 주머니에 들어 있었잖아. 노다 의원이 열쇠를 가진 채 뛰어내렸다고밖에 생각할 수 없어. 명백한 자살이야."

감식관은 수긍하기 어렵다는 표정이었지만, 호소미는 신경 쓰지 않고 그를 방에서 쫓아냈다.

그러자 한숨 돌릴 틈도 없이 이번에는 아즈마 비서가 방으로 뛰어 들어왔다.

"경부님, 역시 이건 살인입니다!"

"자네는 또 뭐야. 돌아간 게 아니었나?"

"아래 현장에서 금발 청년과 이야기를 나눠봤는데, 이상한 점을 깨달았습니다."

또 금발 청년인가. 정치인의 비서라는 자리는 정체를 알 수 없는 젊은이의 의견도 정성껏 들어야 한다고 교육받는 모양이다.

"혹시나 해서 말해두지만, 그 금발과 나는 같은 고향 출신이 아니야. 전혀 모르는 녀석이라고."

"네? 그래도 그 사람, 수사 관계자는 맞는 거죠? 경시청 쪽에서 왔다고 말하던데요."

이런 전형적인 수법에 걸려드는 녀석이 아직 이 나라에 있었던가. 호소미는 일본의 미래가 불안해졌다.

"그 청년이 옥상이 수상하다고 했거든요. 그래서 프런트에 있는 사람한테 부탁해서 조사해달라고 했습니다. 경부님은 아직 안 가보셨죠? 플로어 가이드에 '전망 데크'라고 적혀 있는 건 이름뿐이고, 실외기랑 급수 탱크가 놓여 있을 뿐인 사람이 드나들지 않는 곳이었어요. 그런데 그곳에서 찾아냈거든요. 알루미늄으로 된 난간 손잡이에 피를 닦은 듯한 흔적이 있었습니다!"

"그것참 잘됐네. 페인트라도 묻어 있던 거겠지."

"아니에요. 그 피가 묻은 난간 손잡이는 정확히 901호실 위쪽입니다. 이게 사건과 관계없을 리가 없습니다. 아시겠어요? 그 청년의 말에 따르면 범행 수법은 이렇습니다. 프런트맨이 자리를 비운 타이밍을 보고 호텔에 침입한 범인은 뭔가 구실을 대고 노다 선생님을 옥상으로 데리고 갔습니다. 일단 이름은 '전망 데크'니까 야경을 보자고 하면 선생님도 거절하지 않으셨겠죠. 선생님은 방 열쇠를 주머니에 넣고 901호실을 나왔습니다. 옥상에 도착한 후 범인은 야경을 보는 척하면서 신중하게 기회를 노렸습니다. 선생님이 901호실 바로 위로 이동한 순간, 숨겨두었던 흉기를 꺼내서 선생님을 습격한 겁니다. 베인 상처나 찔린 상처가 남으면 안 되니까 범인은 돌기가 없는 둔기를 준비했겠죠. 영화에도 나왔던 흙을 채운 포대라든가. 그거라면 혹시 찢어져도 증거는 남지 않으니까요. 난간 손잡이 아래는 정원수를 심은 덤불이니 흙이 있는 게 당연합니다. 애석하게도 노다 선생님은 범인의 마수를 피해 도망치려다가 옥상에서 추락해서 목숨을 잃게 된 겁니다."

"무슨 그런 바보 같은 소리를. 노다 의원은 발코니 문을 열어둔 채 방을 나갔단 말이야? 그래서는 자살로 위장해주세요, 하고 말하는 거랑 마찬가지 아닌가?"

"아닙니다. 범인은 재빨리 옥상의 혈흔을 닦아내고 엘리베이터로 일단 지상으로 내려갔습니다. 거기에서 시신의 주머니에서 열쇠를 꺼내 다시 901호실로 침입했습니다. 그 후에 발코니로 나가는 유리문을 열어두고, 이 901호실에서 뛰어내린 것처럼 보이는 상황을 그럴싸하게 연출한 겁니다. 그러고 나서는 문을 다시 잠그고, 지상으로 돌아가 열쇠를 주머니에 돌려놓으면 위장은 끝입니다. 이 호텔의 프런트맨이 사람이 드나드는 걸 제대로 감시하지 않는다는 건 경부님도 이미 알고 계시겠죠?"

"그, 그렇게 수고를 들여서 사람을 죽이는 자가 있다고? 자살이라고 생각하는 게 훨씬 현실적……."

"왜 그렇게까지 진상에서 눈을 돌리시는 겁니까? 옥상에 남겨진 혈흔이 이 가설이 올바르다는 걸 확실히 보여주고 있습니다. 혈흔에서 DNA를 검출해서 조사해보면 노다 선생님의 것과 일치할 겁니다."

"……."

호소미로서는 반박할 말이 없었다. 반론하려 해도 상대의 논리에 틈이 보이지 않았다.

"금발 남자는 누가 범인인지도 알 것 같다고 했습니다. 국회의원이라는 신분과 어울리지 않는 비즈니스호텔에서 밀회를 꾸몄다는 점에서, 범인이 노다 선생님의 측근이나 지지자가 아니라는 점은 알 수 있습니다. 한편, 범인에게 불려 나온 선생님이 '전망 데크'로 향할 정도니까, 두 명은 나름대로 친밀한 관계였을 테고요. 노다 선생님과 공적인 면회를 하기 어려운 사이임에도 선생님과 어느 정도 깊은 인연을 가진 인물. 그에 더하여 그 인물은 노다 선생님을 죽일 정도로 미워했죠. 떠오르는 인물이 한 명 있습니다. 선생님의 숙적이자 고등학교 시절의 오랜 친구이기도 한, 후지야마 히로미 장관. 경부님, 지금 당장 후지야마 장관을 조사해주세요."

"……전부 다 그 금발 애송이가 한 말인가?"

"맞습니다. 그 청년은 누구죠? 수사 관계자로는 보이지 않던데요."

"나도 모르네. 자네가 무슨 말이 하고 싶은 건지 잘 알겠어. 내일 후지야마 장관을 조사하고, 옥상의 혈흔인지 뭔지도 검사할게. 그럼 만족하겠나?"

"네. 노다 선생님이 돌아가신 건 원통하지만, 살인이라면 범인을 반드시 체포해야만 합니다. 제 말을 들어주셔서 감사합니다."

아즈마는 말하고 싶은 것을 전부 말한 듯, 훌쩍 901호실에서 나가버렸다. 방에 남겨진 호소미는 벽을 노려보면서 이를 갈 수밖에 없었다.

도대체 그 금발 애송이는 누구일까. 호소미는 발코니로 나가서 몸을 밖으로 기울여 지상을 내려다보았다. 세 명의 감식관이 추락 지점 주변의 덤불을 뒤지는 중이었다. 금발 청년의 모습은 이미 어디에도 보이지 않았다.

호소미 경부는 이 사건을 떠올릴 때마다 목 안쪽에 작은 뼈가 걸린 것 같은 말하기 어려운 화가 치밀어 올라서 참을 수가 없었다. 자살이라고 생각했던 호소미의 예측이 뒤집혔기 때문만은 아니었다. 전망 데크의 혈흔이 노다 의원의 것이라고 판명된 이상, 그가 살해당했다는 사실은 의심할 여지가 없게 되었다.

문제는 따로 있었다. 수사의 최종 목적이라고 할 범인 체포에 이르지 못한 것이다. 가장 유력한 용의자로 보였던 후지야마 히로미 장관에게는 철벽의 알리바이가 확인되었기 때문이다.

1
가와우치 이노리

드디어 만났다.

가즈시와 처음으로 대화를 나눈 그날, 나는 마음속으로 그렇게 생각했다. 평생을 찾아 헤매던 운명의 상대를 드디어 발견했다. 오늘부터는 이 남자와 새로운 인생을 시작할 수 있을지도 모른다. 지금까지의 날들도 보상받으리라.

내가 찾던 것은 어찌할 도리가 없을 정도로 구제 불능인 남자였다.

애인도 친구도 가족도 없고 누구도 필요로 하지 않는, 사회의 축축한 뒷골목에서만 살아갈 수 있는 남자.

그것은 불량배나 폭주족처럼 매일같이 울분을 터뜨리는 녀석들과는 차원이 다른 존재다. 세상에 대한 불만이나 질투, 해소할 곳 없는 어두운 욕망을 품고 있으나, 그런 생각은 마음속에서만 용솟음칠 뿐, 결국은 그날그날의 욕정을 해소하는 것만으로 살아가는 그런 남자를 찾아 헤맸다.

봄의 기운이 도호쿠 지방을 찾아온 그날, 내 눈앞에 나타난 그는 인형처럼 멍한 눈길로 더블 침대 가장자리에 앉아 있었다. 미야기 현 센다이 시에 가로놓인 번화가의 한구석, 'XX'라는 이름의 오래된 러브호텔의 한 객실. 평소에는 손님이 문을 열어줄 때까지 문 앞에 서서 기다리지만, 아무리 문을 노크해도 답이 없었기에 나는 어쩔 수 없이 눈썹을 팔자로 찌푸리며 손잡이를 돌렸다.

"안녕하세요. 저기, 이노리라고 해요."

'가와우치 이노리'는 현 업소에서 일할 때 사용하는 가명으로, 10년 전에 활동을 중단한 '수전노'라는 노이즈 유닛의 여성 멤버에서 따온 이름이었다. 그녀는 스테이지에 폭죽을 가지고 오르거나, 자신의 몸을 자해하는 등 과격한 퍼포먼스로 유명했다.

손님은 더블 침대의 가장자리에 앉아 이쪽에는 옆얼굴을 보이며 고개를 숙인 채였다. 20대 중반 정도의 꽤 몸집이 큰 남자로, 실내임에도 회색 롱코트로 몸을 감싸고 마린 캡을 눈가까지 푹 눌러썼다. 고개를 숙인 채 입술을 우물우물 움직였지만, 무슨 말을 하는지 알아들을 수는 없었다. 긴장한 것처럼도 보였다.

"실례하겠습니다. 지명해주셔서 감사드려요."

입에 붙은 대사를 내뱉으며 침대 옆으로 다가섰다. 내가 옆에 걸터앉자, 손님은 겨우 고개를 들었다.

"아, 음. 안녕하세요."

손님은 시선을 내 뒤쪽 벽에 둔 채 속삭이는 목소리로 답했다. 역시 긴장한 듯 보였다.

"예약하신 성함을 확인해도 될까요?"

"시, 시바타입니다. 시바타 가즈시."

출장 마사지 같은 업소에서는 손님 중 반 정도는 가명을 쓴다. '사토'나 '사사키' 같은 성을 가진 손님이 많은 것은 아마도 그런 탓이리라. 다만 이 시바타라는 남자는 분명 본명일 것이라는 묘한 확신이 들었다.

"예약하신 시바타 님 맞으시죠? 50분, 70분, 90분 코스가 있는데, 어떤 걸 희망하시나요?"

"그, 처음 걸로 부탁합니다."

이 대사는 단순한 확인 작업일 뿐, 실제로는 전화로 예약할 때 코스가 지정된 상태다.

"그럼 만 엔입니다. 선불로 부탁드려도 될까요?"

"네. 잠시만요."

가즈시는 지갑에서 반으로 접힌 지폐를 꺼냈다. 공손하게 고개를 숙인 채 지폐를 받아들고는 타이머를 50분으로 세팅하고 스타트 버튼을 눌렀다.

"손님, 이런 거 처음이신가요?"

"아, 네."

"혹시 다른 종류의 업소도 이용 안 해보셨어요?"

"네, 처음이에요."

이 일도 일단은 접객업이기에 사람을 보는 눈이 길러진다. 유흥업소를 처음 경험하는 손님을 꽝인지 당첨인지 중에 고르자면 당첨이라 할 수 있다. 이상한 체위를 요구하는 일도 없고, 끈덕지게 뭔가를 요구하는 일도 적다.

"긴장하지 않아도 돼요. 시바타 씨, 지금 몇 살이세요?"

"저기, 그거, 말 안 하면 안 되나요?"

"물론 말씀 안 하셔도 되는데, 저보다 어느 정도 연상인가 해서요."

나는 과장되게 고개를 갸웃거렸다.

"아마, 보기보다는 나이가 꽤 적을 거예요."

"그렇군요. 오늘은 일을 마치고 돌아가시는 길이신가요?"

"네."

"무슨 일을 하세요?"

"……일의 내용, 말인가요."

"물어보면 안 되나요?"

"그게, 플라나리아 센터라는 공장에서 일하고 있어요."

내 뇌리에 떠오른 것은 어느 한 은퇴한 정치인의 모습이었다. 자연스레 작년 말에 벌어진 꺼림칙한 사건의 기억이 떠올랐다. 나는 잡념을 떨쳐내고 일에 집중했다.

"시바타 씨, 이과인가 보네요?"

"아니, 그렇지는 않은데요."

"그럼 문과세요?"

"학교에 다닌 적 없어요."

가즈시는 자신의 발밑으로 시선을 떨구고 말았다. 꽤 낙담을 잘하는 성격인 듯했다. 이 나이까지 용케 살아왔구나, 하고 그만 쓸데없는 것을 생각하고 말았다.

"그럼 씻으러 갈까요?"

고개를 숙인 채인 가즈시의 정면으로 이동한 후, 정성껏 벨트를 풀고 허리를 들게 한 후 청바지를 내렸다. 손등에 닿는 입김이 아주 조금이나마 거칠어진 것이 느껴졌다. 가즈시의 사타구니에서는 냄새가 심하게 났지만, 그런 것을 하나하나 신경 쓰다가는 이 업계에서는 살아갈 수 없다.

"어머, 시바타 씨, 벌써 흥분하신 건가요?"

이것도 정해진 대사였다. 복서 팬티 한 장을 사이에 두고, 내 다섯 손가락은 딱딱하게 발기한 음경을 상냥하게 감싼 채였다.

이렇게 여자에 익숙하지 않은 남자는 샤워를 하며 가볍게 자극을 주고 나서 침대에서 핥아주면 십중팔구 금방 일이 끝나곤 했다. 한 번 사정한 후에는 함께 이불을 뒤집어쓰고 적당히 대화하며 시간을 보내면 된다. 역시 이 남자, 당첨이었어.

내가 팬티의 밴드 양쪽에 손을 대고 단번에 잡아 내리려던 그때였다.

내 팔에 차가운 것이 떨어졌다.

"어?"

가즈시가 당황한 모습으로 내 피부에 묻은 물방울을 닦아냈다.

놀라서 고개를 들자, 두 번째 눈물이 가즈시의 볼을 타고 흘러내리는 참이었다.

가즈시는 울고 있었다.

놀라지 않았다고 하면 거짓말이지만, 나는 의외로 차분한 상태였다. 오히려 이 남자가 어떤 인간인지를 파악하려 애썼다. 작은 기대가 가슴에 싹을 틔운 것도 그야말로 이 순간이었다.

"……괜찮으세요? 제가 뭔가 잘못했나요?"

"아니요. 그런 게 아니에요."

가즈시는 부끄러운 듯 이쪽을 바라보았지만, 나와 눈이 마주치자 곧장 고개를 숙였다.

"상냥하게 대해주는 게 기뻐서."

"시바타 씨."

"미안해요. 돈을 내고 서비스를 받는 건데 뭘 그렇게 진지하게 기뻐하는 건가 싶겠죠."

"시바타 씨가 기쁘다면 저도 기뻐요."

가즈시는 다시금 이쪽을 바라보더니, 어색하게 입가를 들어 올리며 웃었다.

"저기, 야한 건 안 해도 되니까, 남은 시간 동안 제 이야기를 들어주지 않을래요?"

"······시바타 씨는 그걸로 괜찮으세요?"

가즈시는 작게 고개를 끄덕였다. 음경은 반쯤 줄어들어 있었다. 손님의 제안이라면 가게 쪽에 불평을 할 일도 없다. 나는 가즈시의 청바지를 올리고 벨트를 채우고는, 다시 가즈시의 옆에 앉았다.

"말한 것처럼 저, 플라나리아 센터라는 곳에서 일하고 있어요."

가즈시가 띄엄띄엄 말을 시작했다.

"알고 있어요. 이용한 적은 없지만요."

내 말에 가즈시는 눈꼬리를 낮추며 웃었다.

"그건 그렇겠죠. 그건 결국 부자들의 오락거리니까요. 그 천박한 오락거리의 한몫을 담당하며 살아가는 게 바로 우리죠. 이렇게 음울한 직업도 또 없을 거예요."

"동양의 비르케나우인 거죠."

"맞아요. 아우슈비츠라고 부르는 사람도 있죠. 잘 아시네요."

"조금 찾아본 적이 있거든요."

정확히 말하면 플라나리아 센터에 대한 항의 활동의 리더 역할을 맡았던 노다 조타로라는 의원에 관해 찾아본 적이 있었다. 동양의 비르케나우, 현대의 강제 수용소라는 것이 노다 의원이 플라나리아 센터를 지탄하며 제창한 프레이즈였다.

"딱히 우리는 평범한 사람을 수용하거나 죽이는 게 아니에요. 그러니까 강제 수용소와 플라나리아 센터는 역시 달라요. 그래도 인간을 동물 이하의 존재처럼 취급하는 건 결국 다르지 않죠."

가즈시가 괴로운 듯 숨을 내쉬었다.

"일을 하다 보면 직접 목숨을 뺏어야만 할 때도 있는 건가요?"

"아니요. 저는 지금 발송부라는 곳에서 일하거든요. 다 키운 개체들의 사체를 케이스에 담아 트럭에 반입하는 게 일

이에요. 당신이 말한 목숨을 뺏는 작업은 처리부라는 부문
이 담당하죠."

등골이 오싹해졌다. 가즈시는 인간에 대해 당연한 것처럼
처리라는 말을 썼다.

"발송부는 다시 두 부문으로 나뉘어요. 먼저 가공부에서
먹기 좋은 형태로 해체하여 가열 조리한 고기를 보내면, 그
것들을 알맞게 포장하여 소비자에게 보내는 가공육 부문.
두 번째는 요리사나 호사가들을 위해 죽인 후 아무 처리도
하지 않은 사체를 그대로 보내는 미가공육 부문. 제가 일하
는 곳은 후자 쪽이에요. 즉 방금까지 숨을 쉬던 온기가 남은
사체를 취급한다는 거죠. 뭐, 처리부와 비교하면 더 낫기는
하지만……. 이런 이야기 듣고 싶지 않죠?"

가즈시가 불안한 듯 이쪽을 바라보았다.

"괜찮아요. 시바타 씨의 마음이 편해진다면요."

"고마워요. 제가 일하는 미가공육 부문으로는 처리부에
서 막 살처분한 사체가 그대로 보내져요. 높으신 정치인들
이 만든 법률이 있어서, 죽일 때는 가능하면 괴롭지 않은 방
법을 사용하도록 정해져 있죠. 그렇다고는 해도 이산화탄소
로 질식사시키는 지극히 심플한 방법이지만요. 보건소가 강
아지나 고양이를 대상으로 하는 방법과 다르지 않아요. 작
은 방에 조금씩 탄산가스를 주입해서 점차 의식을 뺏죠. 단

번에 산소 결핍 상태의 방에 집어넣는 건 아니니 그렇게까지 고통스럽지는 않다고 하던데, 과연 어떨까요?"

"표정으로 알 수 있지 않나요? 죽은 사람의 얼굴을 보면요."

"맞아요. 겉치레로도 편한 죽음이라고는 말할 수 없는 표정이 대부분이에요. 다만 가끔 부처님 같은 미소를 띤 사체도 있어요. 드디어 괴로움에서 벗어날 수 있다고 생각해서 그런 표정을 지을 수 있던 거 아닐까요."

같은 인간으로서 가능하면 그런 식으로 죽고 싶지는 않다. 같은 인간이라고 불러도 좋을지는 논의의 여지가 있겠지만.

"뭐, 고통으로 일그러졌든 살짝 미소를 띠고 있든 고객한테 그런 걸 보낼 수는 없죠. 그러니까 우리 발송부가 발송 직전에 머리를 잘라내요. 얼굴 살점이나 뇌를 먹고 싶다는 요구는 아직까진 없거든요. 고객에게 배달하는 건 추리소설풍으로 말하면 '머리 없는 사체'가 되는 거죠."

내 뇌리에 떠오른 것은 한 은퇴한 국회의원의 모습이었다. 일본 전국에 특별한 식품 가공 공장을 만듦으로써 숨이 끊기기 직전이었던 일본 경제를 다시 살렸다고 여겨지는 카리스마 정치인. 플라나리아 센터를 만든 원흉이라고도 할 수 있는 인물. 지금부터 넉 달 정도 전에 나는 그 남자에게 안겼다.

"사체를 하나 주문하려면 아직도 샐러리맨의 평균 연봉 정도의 돈이 필요해요. 우리 미가공육 부문의 직원들이 가장 신경 쓰는 게 뭐 같아요? 신선도예요. 입맛이 까다로운 부자들은 언제나 신선도를 고집하죠. 그렇기에 제가 머리를 자르는 사체도 바로 한 시간 전까지 숨을 쉬던 자들인 거죠. 혈액이나 조직액이 잔뜩 튀어서 저는 온몸이 질척질척해져요. 그런 사체를 비닐로 감싸서 발송용 플라스틱 케이스에 담아요. 잘라낸 머리는 폐기물 처리 센터로 옮기고, 플라스틱 케이스는 트럭으로 반입하죠. 이게 제 일의 사이클이에요. 완전히 미친 것 같죠?"

미쳤네요, 라고 대답할 수는 없었다. 나는 가만히 천장을 올려다보았다.

"다른 부문으로 이동시켜 달라고 할 수는 없나요?"

"다른 부문 말인가요. 가공육 쪽이라면 막 죽은 사체를 다루지는 않으니까 더 나을지도요. 가능하다면 이동하고 싶지만, 저 말고도 다들 그렇게 생각할 거예요."

"그게 아니라, 예를 들어 그 육성 부문이라거나."

"아, 육성부에는 전에 있었던 적이 있어요. 그런데 그쪽도 그쪽 나름대로 힘들거든요. 우리에 가둔 자들한테 특수한 기구로 사료를 먹이는 게 일이었어요. 요컨대 상품이 살아 있는지 죽어 있는지의 차이일 뿐이죠. 처리부가 잔혹한 건 말할 필요도 없지만, 결국 여기에서 일하는 이상 제대로 된 작업 따위 없어요."

그렇다면 이 사람은 어째서 플라나리아 센터에서 일하는 것일까. 다행히 지금 일본은 일을 선택할 수 없을 정도로 취업난이 심각하지도 않은데.

그런 의문을 입에 담아도 괜찮은 걸까 고민하는데, 가즈시는 다시 크게 한숨을 내쉬었다.

"무슨 말을 하고 싶은지 알아요. 그런 직장이라면 얼른 그만두는 편이 낫지 않냐는 거죠? 그래도 다른 일로는 살아갈 수 없는, 플라나리아 센터에서밖에 자신을 발견할 수 없는 인간도 역시 있거든요."

가즈시가 적절한 말을 찾듯 멍하니 허공을 바라보았다.

"한 교도관이 쓴 책을 읽은 적이 있어요. 거기에 이런 말이 적혀 있었어요. '자신의 인간다운 감정을 정지시킬 수 있는 능력은 사회 어딘가에서는 반드시 계속해서 필요하다'. 인간에게는 타인과 자신의 관계를 명백하게 정의하고 싶어 하는 본능 같은 게 있죠. 상대가 자신보다 열등한가 뛰어난가. 열등한 것처럼 보이면 상대를 깔보고 공격하죠. 뛰어나다면 아양을 떨고요. 하지만 그런 마음의 작용을 멈추고 숨을 쉬는 인간을 물건으로 대하는 능력은 사회의 우중충한 부분에서 분명 필요하거든요. 제가 하는 이 일도, 어떤 의미에서는 교도관의 일과 다르지 않은 거 아닐까요."

가즈시는 그렇게 말하고 자조적인 미소를 보였다.

"잘은 모르겠지만 알 것 같기도 하네요."

"그러니까 이 일은 저 같은 텅 빈 인간에게 남겨진 유일한 일이에요. 물론 괴롭기도 하고, 저 자신의 이성을 갉아내는 듯한 두려움을 계속 느끼고 있어요. 그래도 저는 휴일에는 당연한 것처럼 영화나 만화를 보고, 이렇게 돈으로 여자를 살 수도 있죠. 사람의 머리를 자르고 있는데도 말이에요. 완전히 맛이 갔다는 건 알아요. 그래도 저는 역시 이런 방식으로밖에 살아갈 수 없어요."

가즈시가 갑자기 말을 끝냈다. 자아를 잊고 열변을 토하던 것을 깨달은 것일까. 본인에게 질려버린 듯 머리를 긁적거렸다.

"당신은 어떤가요?"

어느 정도는 예상하던 질문이었다.

"저 말인가요?"

"어째서 이런 일을 하는 거죠? 생활이 곤란한가요?"

뭐라고 대답하면 좋을까.

이런 종류의 질문을 던지는 손님은 적지 않았다. 특히 스무 살 정도의 젊은 남자는 호기심 때문인지 거리낌 없이 질문을 던진다. 나이를 먹고 세상을 알게 되면 그런 질문이 얼마나 무신경한 것인지 깨닫게 되리라. 보통은 히쭉히쭉 웃으며 얼버무리지만, 오늘은 조금이나마 상대방의 의도에 넘어가주기로 했다.

"어떤 이치나 논리로는 설명하기 힘들어요."

"그건 알아요. 사람의 마음이라는 게 다 그런 거니까요."

가즈시가 과장되게 고개를 끄덕였다.

"……저도 시바타 씨와 마찬가지예요. 이 일밖에 할 수 없어요."

자신이 실례되는 질문을 했다는 사실을 겨우 깨달은 것인지, 가즈시가 입을 닫은 참에 대화를 찢어내듯 알람 소리가 날카롭게 울려 퍼졌다.

"시간이 다 된 건가요?"

"그렇네요."

가즈시가 천천히 몸을 일으켰다.

"50분이란 짧네요. 어쩔 수 없지만."

나는 가즈시의 팔을 강하게 잡았다. 놀란 듯 돌아본 얼굴을 보고, 나도 모르게 크게 웃고 말았다.

"50분 코스는 짧아요. 시간은 곧 돈이라고 하잖아요. 그러니까 연극도 이제 끝내도록 하죠."

나는 토트백에서 스마트폰을 꺼내서는 통화 이력에서 미야모토의 번호를 골라 눌렀다. 5초 정도 후에 단조로운 발신음이 흘러나왔다. 미야모토는 내가 일하는 출장 마사지의 경영자 겸 드라이버였다.

"20분 연장 부탁드려요."

오케이, 라는 미야모토의 답이 끝나기 전에 화면의 버튼을 눌러서 통화를 끊었다. 토트백에서 장지갑을 꺼내 천 엔 지폐를 세 장 빼서 사이드 테이블에 올려놓았다.

"시바타 씨의 20분을 제가 살 테니까 조금 더 이야기를 나눠요. 어째서 당신은 지금 그렇게 연약한 구제 불능인 남자인 척을 하는 거죠?"

가즈시가 입을 멍하니 벌린 채 내가 제정신인지 의심하는 눈초리로 이쪽을 바라보았다. 아니다. 그런 남자를 연기하고 있을 뿐이다. 질 낮은 삼류 연극이었다.

"어째서 들켰는지 알고 싶겠죠? 간단해요. 그건 말이죠. 당신 집의 인터폰이 고장 나 있었기 때문이에요."

가즈시는 가만히 서서 아무 말도 하지 않았다. 생각보다 눈치가 빠르지 못한 걸까. 귀찮기에 존댓말을 쓰는 것도 그만두기로 했다.

"시간도 없으니까 말해두지만, 나, 전에 당신을 만난 적이 있어. 그때는 시골의 불량배 같은 뻔뻔한 태도였잖아. 그때의 위세는 어디로 간 거야?"

가즈시가 몇 번이고 눈을 깜빡인 다음에 포기한 듯 볼을 느슨히 풀고는 방긋 웃었다.

"어쩌고저쩌고 권리 네트, 였던가요."

"미야기 현 인권 네트워크. 이미 그만두었지만 말이야."

"그렇군요. 꽤 큰 마스크를 쓰고 있었죠?"

"맞아. 살해당하지 않으려고."

"출장 마사지 아가씨가 사회 활동이라니 놀랍네요. 한 방 먹었어요."

가즈시는 더블 침대에 앉아서 다리를 꼰 후, 롱코트 안주머니에서 세븐스타 담배를 꺼내 들고 'XX'라는 로고가 박힌 라이터로 불을 붙였다. 1분 전의 가즈시와는 완전히 다른 사람 같은 태도였다.

"피울래요?"

"아니, 미성년자라서."

"10대? 그런데도 그런 활동에 참여한 건가요?"

"나이는 관계없잖아. 그리고 그건 어쩌다가 하게 되었다고 할까. 권유받고 거절하지 못한 것뿐."

"유흥업소 아가씨도 인간관계는 쉽지 않다는 거군요."

가즈시가 가만히 중얼거린 후 천천히 흰 연기를 내뿜었다.

사정은 지극히 간단했다. 한 달쯤 전, 나는 구라요시 시에서 플라나리아 센터 항의 활동에 참여한 적이 있었다. 만복 산업이라는 식품 가공 회사가 일본에서 두 번째로 센터를 세운 것이 미야기 현 북부의 항구 마을, 구라요시 시였다. 그 주변 주택가에서 나는 서명을 모으러 다니는 활동을 했다. 그곳에서 나는 활동가를 상대로 맹렬하게 분노를 터뜨리는 성격 급한 남자—즉, 시바타 가즈시라는 사람을 분명히 목격한 적이 있었다.

귀찮은 사회 활동 단체가 찾아왔을 때, 관심이 없다면 집에 없는 척을 한다거나 인터폰 너머로 거절하면 그만이다. 그럼에도 굳이 문 앞까지 얼굴을 내밀고 분노를 터뜨리는 사람은 많지 않다. 그리고 타인에게 매도당한 기억이라는 것은 그렇게 쉽게 잊히지 않기에, 내가 가즈시를 기억하는 것도 당연한 일이었다.

한편, 가즈시가 나를 기억하지 못하는 것도 타당한 이유가 있었다. 당시 나를 포함하여 활동가들은 모두 얼굴의 반 정도를 가리는 커다란 마스크를 쓰고 다녔다. 작년 말, 반 플라나리아 센터의 리더 격이었던 정치인의 의문의 죽음 이후, 얼굴을 가리는 것이 항의 활동가 사이에서는 습관화되었다.

"그래서 내 질문에 답해줄 거야?"

"뭐였죠?"

"시치미 떼지 말고. 어째서 구제 불능인 인간을 연기한 거야?"

가즈시는 생각에 잠기듯이 내뿜은 연기를 바라보았다.

지금의 가즈시는 방금 전까지의 연약한 남자와는 달랐다. 그렇긴 해도 구라요시 시에서 나를 매도한 남자와도 달라 보였다. 마치 인격이 바뀐 것처럼 무척이나 신사적이고 여유가 있는 태도를 보였다.

"물장사하는 여자와 이야기할 때 자신을 속이지 않는 남자는 없잖아요."

"나는 말이지, 당신의 시간을 돈으로 산 거야. 조금 더 진지하게 답해줘도 좋잖아?"

"그런 걸 불합리하다고 하는 겁니다."

가즈시의 말투는 마치 외국 영화의 자막 같았다.

"당신이 산 건 자신의 시간이지 않나요? 나한테는 한 푼도 들어오지 않아요."

"그렇다면 내가 말하는 게 옳다면 고개를 끄덕여줄래? 당신은 자신이 싫은 거지?"

가즈시는 담배를 입에 문 채 미소 지었다. 그 미소가 조금 어색했기에 나는 내 감이 틀리지 않았다는 것을 깨달았다. 자신의 동요를 들키고 싶지 않을 때 사람들은 어색하게 웃는다.

"당신은 상대방에 따라 카멜레온처럼 자신의 태도를 바꾸고 있어. 그거, 있는 그대로의 자신으로서는 타인과 제대로 관계를 맺을 수 없어서 상대방에 따라 자신을 바꾸는 거잖

아. 물론 정도의 차이는 있지만, 누구나 하는 행동이지. 윗사람에게는 내숭을 떨고, 연약한 상대에게는 으스대. 여자에게는 상냥하게 굴고 말이야. 아까 스스로도 말했지?"

사회 활동가 여성에게는 폭력적으로 위협한다. 씩씩거리는 계집아이에게는 신사적으로 대한다. 그리고 말로 꾈 수 있을 것 같은 유흥업소 여자에게는 적당히 약한 척을 하면서 거리를 좁힌다.

"그래도 말이야. 그렇게 자신이 편해지고자 상대에게 맞추다 보면 점점 경계선이 없어져. 태도가 아니라 성격도 달라지지. 취미나 기호, 동작이나 말투까지 상대에게 맞추게 돼. 카멜레온 같은 성격을 갖게 되는 사람은 반드시 어떤 특징을 가지고 있지. 그게 뭔지 알아?"

나는 과장되게 한숨을 쉰 후…….

"마음이 약하다는 점이야. 자기를 있는 그대로 드러내지 못하고 상대에게 맞출 수밖에 없는 주제에 우울한 콤플렉스만은 가득 쌓아두는 어쩔 수 없을 정도로 약한 인간. 구제 불능. 쓰레기."

"그 말은 곧 내가 구제 불능 인간이라는 건가요?"

가즈시가 유리 재떨이에 꽁초를 비벼댔다.

"진짜 자신을 드러내지 못한다는 면에서는 말이지. 구제 불능이 맞아."

"나를 쓰레기라고 매도하기 위해 3천 엔을 낭비했다는 건가요. 감탄스럽네요."

"그건 아니야. 나는 말이지, 당신 같은 인간을 찾고 있었어. 줄곧."

"구제 불능인 인간을?"

"응."

가즈시는 머리가 이상한 사람을 불쌍히 여기는 시선으로 이쪽을 바라보았다. 여기서 물러날 수는 없었다.

"나는 구제 불능인 인간을 찾아왔어. 그랬는데 당신이 수많은 출장 마사지 업소 중에서 우리 업소를 골라서 나를 지명했지. 이건 운명 아닐까?"

"제가 구제 불능인지 어떤지는 제쳐두고, 어째서 그런 인간을 찾나요?"

"그게 바로 펑크니까."

가즈시는 웃지 않았다.

아니, 입가는 느슨했지만 눈동자 안쪽으로 날카롭고 진지한 빛을 품고 있었다.

쌓이고 쌓인 콤플렉스나 질투심이 끓는점을 넘어서 일어나는 대폭발, 분명 그것이야말로 '펑크'일 것이다. 쓰레기 산에서 발생한 가스가 자연 발화하며 일어나는 폭발과 닮았다. 당연히 그것은 빛이 닿지 않는 바닥 부근에서밖에 생겨

나지 않는다. 아니, 바닥에서 생겨나지 않는 한 설득력을 가질 수 없다.

가즈시는 이 펑크라는 두 글자로 사정을 알게 된 듯, 표정을 없애고 몇 번 고개를 끄덕인 후에 천천히 입을 열었다.

"당신은 나를 자니 로튼이나 시드 비셔스랑 겹쳐보고 있는 거네요. 그리고 자신은 말콤 맥라렌이고요."

"외모는 완전히 다르지만, 소질 정도는 가지고 있길 바랄게."

가즈시는 팔짱을 낀 채 고개를 저었다.

"안타깝지만, 나는 당신이 바라는 인간은 아닌 것 같네요."

"그렇지 않아. 나에게는 말이야. 당신 안에 산더미처럼 쌓인 콤플렉스가 확실히 보이거든."

"분명 저는 무수한 성격과 태도, 기호를 나눠 사용하고 있어요. 그건 인정할게요. 하지만 저는 진정한 자신을 억누르고 있지는 않거든요. 모든 성격이 저이자, 진정한 자신, 즉 시바타 가즈시입니다."

가즈시가 잘라 말했다.

"그건 다중인격장애란 말?"

"아니요. 저는 의식적으로 인격을 컨트롤하고 있어요. 하지만 진짜 자신을 숨기고 인격을 다루는 게 아니라, 무수히 많은 인격의 집합체야말로 저라는 말입니다."

"요컨대 자신을 표현할 수 없다는 말이야?"

"표현할 수 없다는 게 아니에요. 자신이라는 것은 제 안에 존재하지 않는다는 거죠. 양자론에서 관측자가 없다면 결과가 확정되지 않는 것과 마찬가지로요."

"무슨 말인지 잘 모르겠어."

"당신의 말 중에서 단 하나 정곡을 찌른 건 제가 카멜레온이라는 지적입니다. 하지만 카멜레온에게 진짜 몸의 색이라는 게 존재하던가요? 어떤 색이 진짜고, 어떤 색이 가짜라는 생각 자체가 잘못된 거 아닐까요?"

"진짜 색은 녹색인 거 아니야?"

"그건 우리의 선입견입니다. 카멜레온은 흥분할 때 색이 진해진다고 여겨지지만, 그건 냉정해질 때 색이 연해진다는 것과 같은 말이니까요."

아무래도 가즈시는 조금 어려운 말로 나를 속여 넘기려는 듯했다. 나는 입술을 삐쭉거렸다.

"그러니까 상대방의 눈을 통해서가 아니면 자신을 인식할 수 없다는 말이잖아. 그건 역시 인간으로서 약하다는 거 아니야?"

"약할지도 모르지만 저는 그걸로 충분합니다. 펑크와는 달라요."

가즈시가 몸을 일으키더니 롱코트를 입고 버튼을 채웠다.

"또 만나줘. 사적으로 만나도 괜찮으니까. 조금 더 이야기하고 싶어."

"거절하겠습니다. 다시는 만날 일이 없다는 걸 알기에 이런 이야기도 할 수 있었던 거니까요. 이미 연장 시간도 끝나지 않았나요?"

"나, 진짜로 찾고 있었단 말이야."

"쓰레기 인간을 말인가요? 미안하지만 다른 곳에서 찾아보세요. 실례하겠습니다."

가즈시는 러브호텔이라고는 생각할 수 없을 정도로 우아하게 인사한 후 나에게 등을 보였다. 출장 마사지 아가씨를 남겨두고 손님이 먼저 방을 나가버리다니. 하지만 지금 문제는 그게 아니었다.

오늘이 마지막 만남이라고? 절대로 그렇게 내버려둘 수는 없었다.

미야모토의 휴대전화를 확인하면 전화번호를 알 수 있고, 애초에 구라요시 시의 집 주소도 알고 있다. 오늘이 끝이라는 것은 말도 안 된다.

괜찮아. 그와는 천천히 거리를 좁혀 나가자. 나는 그렇게 마음을 굳혔다.

2
시바타 가즈시

건조한 초인종 소리에 눈을 떴다.

벽걸이 시계는 8시를 조금 넘긴 시각을 가리키고 있었다. 일하러 나가기까지 아직 한 시간은 더 잘 수 있을 터였다. 누가 무슨 용건으로 찾아온 것일까.

인터폰이 고장 난 상태이기에 현관까지 나가야만 한다. 침대에서 빠져나와 파카를 걸쳐 입었다. 눈을 비비며 문을 열자, 50세 초반 정도로 보이는 몸집이 작은 여자가 서 있었다. 본인은 세련되게 꾸밀 생각이었겠지만 보랏빛이 감도는 파마머리가 정말이지 나이 들어 보였다.

"어머, 안녕하세요."

여자가 조금 놀란 표정을 보였다. 이 시간에 집에 있는 것은 주부나 백수 정도라고 생각하는 것이리라.

"시간 좀 괜찮으신가요? 저, 휴먼라이츠 에이전시라는 단체의 후지카와라고 하는데요. 오늘은 서명을 좀 받고자 찾아왔습니다."

그런 목적이리라 생각했다. 가즈시는 어떤 캐릭터로 이 여자를 접하면 좋을지 재빨리 머릿속으로 계산했다. 여자는 성큼성큼 다가오더니 부탁하지도 않았는데 명함을 내밀었다. 거기에는 가즈시가 사는 구라요시 시의 지국장이라고 적혀 있었다.

"무슨 서명 말인가요?"

가즈시는 공손하게 상대를 대하기로 마음먹었다. 이전에 이런 활동가에게 화를 터뜨린 것을 계기로 귀찮은 일에 휘말렸던 기억이 있었기 때문이었다.

"네. 저희 휴먼라이츠 에이전시는 이곳 구라요시 시에 있는 플라나리아 센터의 즉각적인 활동 정지를 요구하는 운동을 벌이고 있습니다. 플라나리아 센터라고 귀여운 이름이 붙어 있기는 하지만, 그 시설에서는 오늘도 무척이나 귀중한 목숨이 사라지고 있거든요. 아시리라 생각하지만, 이런 일이 허락되는 나라는 전 세계에서 일본뿐입니다. 이런 시설이 두 번 다시 만들어지지 않도록 식인법의 폐지를 실현하기 위해 부디 서명을 부탁드립니다."

여자가 과장된 목소리로 위세 좋게 떠들어댔다. 아침부터 고생이 많지만, 5년 전의 격렬했던 반대 운동을 알고 있는 사람으로서는 상당히 귀여운 수준으로밖에 보이지 않았다.

"그런 거는 사양하고 싶은데요."

"그런 무관심이 잔혹한 결과를 불러일으킨다는 사실을 알 아주셨으면 합니다. 그 시설에서 희생당하는 건 저나 당신 같은 귀중한 생명이거든요."

이런 여자는 상대가 약하게 나오면 강하게 행동하기로 정 해진 듯했다. 그러면서 자신이 유능하다고 믿는 것이다. 웃 기는 일이다.

"그래도 그 플라나리아 센터 덕에 일본은 20년에 걸친 불 황에서 탈출하지 않았나요? 돈이 돌지 않으면 밥을 먹지 못 하는 사람도 생기고, 밥을 먹지 못하면 사람은 죽습니다. 저 나 당신처럼 평범한 인간이 굶어 죽는단 말이죠."

"하아, 그렇다면 센터에서 많은 생명이 목숨을 잃어도 상 관이 없다는 말씀이시군요! 당신, 이성이 있는 인간으로 가 슴이 아프지도 않나요? 이상하다고 생각하지 않나요?"

아, 예상대로였다. 역시 이런 여자는 소리를 질러서 쫓아 내는 것이 최선이었다고 후회했다.

"제가 한 말, 들으셨나요?"

"들을 필요도 없습니다! 당신, 그러고도 일본인인가요?"

"그 일본인이 민주적 절차를 따라서 정한 거잖아요. 여론 조사에서도 플라나리아 센터 반대파는 1할에도 미치지 못했고요. 그게 아니면, 당신은 민주주의를 부정하는 건가요?"

"절차에 관한 문제가 아니에요! 이 주변도 최근에 치안이 나빠져서 항상 경찰차 사이렌 소리가 들리잖아요. 귀신처럼 흰 천을 뒤집어 쓴 수상한 사람까지 나다니고 있고. 전부 그 공장 탓이라고요! 이것 좀 보세요!"

여자는 이마에 핏줄을 세우더니 옆구리에 끼고 있던 사전처럼 두툼한 자료를 펼쳐 보였다. 서명을 받을 때까지 이런 식으로 들이댈 것을 생각하니 무척이나 마음이 무거워졌다.

"알겠습니다. 서명할게요."

"네?"

"서명하고 싶어요. 지금 바로 할 수 있을까요?"

직장에 들키면 감봉 처분을 받을지도 모르지만, 아쉬울 정도의 급료를 받는 것도 아니었다. 그보다 여자가 계속 귀찮게 구는 것을 피하고 싶었다.

"알겠습니다. 저기, 가족분은 더 안 계신가요?"

"저 혼자입니다."

여자가 내민 갱지에 날짜와 이름을 적어 넣었다.

"이걸로 되었나요?"

"감사합니다. 아, 맞다. 지금 P작전이라는 걸 하고 있는데요. 건물 앞 벽에 집회 포스터를 붙여도 될까요? 감사의 표시로 작은 선물도 준비했는데……."

"필요 없습니다."

살짝 고개를 숙이고 문을 닫았다. 침을 뱉고 싶은 기분을 억누르며 혀를 찼다.

가즈시는 위세가 등등한 여자가 싫었다.

더군다나 아침부터 사람을 깨워 놓고는 자신은 선행을 하는 것이라고 생각하다니, 이보다 질이 나쁠 수 없었다.

플라나리아 센터는 쉽게 말해 식용으로 클론 인간을 키우는 시설이다.

7년 전 가을, 온갖 포유류, 조류, 어류에 감염되는 신종 코로나바이러스가 대유행을 하고 말았다. 강한 독성뿐만 아니라 약에 대한 내성까지 겸비한 이 바이러스는 공기 중을 장시간 부유함으로써 폭발적으로 전염되었고, 그 피해를 식물 연쇄를 통해 다양한 동물로까지 늘렸다. 대량의 가축과 야생동물의 살처분은 물론, 일부 국가에서는 인간이 사는 마을까지 살처분이라는 쓰라린 경험을 겪었다. 사람에게 감염된 경우의 치사율은 50%가 넘었고, 격심한 하혈, 전신에 나타나는 노란색 발진, 그리고 격통을 동반하는 장기부전의 공포가 인간들을 공포에 떨게 했다. 사망자 수가 과거의 세계대전에 육박하는 기세로 부풀어 올랐고, 일본에서도 고령자, 유아, 임산부를 중심으로 많은 수가 목숨을 잃었다.

하지만 인류의 뛰어난 지혜로 불과 두 달 만에 어려움 없이 바이러스에 승리를 거두었다. 독일, 이탈리아, 중국의 연구기관이 거의 동시에 항바이러스제 개발에 성공, WHO는 갹출금을 모아서 모든 대륙에 항바이러스제를 보급했다. 그야말로 인류가 일치단결하여 보이지 않는 적과의 전쟁에 승리한 것이었다.

다만 개발된 것은 어디까지나 항바이러스제였을 뿐, 백신은 아니었다. 사전에 투여해도 감염 예방의 효과는 없었고, 증상을 늦게 깨달아 투약이 늦어지면 목숨을 잃기도 했다. 이에 더하여 이 약에는 간과할 수 없는 결점이 하나 있었다. 인류의 세포에 흡착된 바이러스에만 효력을 발휘했기에 강아지나 고양이는 물론, 침팬지에게조차 전혀 효과를 발휘하지 못한 것이다.

인류, 특히 선진국의 부유층은 이 일을 계기로 극단적일 정도로 육식을 멀리하게 되었다. 그로부터 7년, 바이러스가 사람에게 감염된 예는 단 한 번도 확인되지 않았지만, 뇌리에 새겨진 인류 멸종의 공포 때문에 채식주의를 선택하는 사람이 계속 증가했다. 부모가 자식에게 쌀과 채소밖에 주지 않은 탓에 아이가 성장 장애에 빠지는 일이 사회 문제로 대두되었다. 채소의 가격은 급등했고, 낙농가와 축산농가는 잇따라 폐업에 내몰렸다. 시장 경제는 혼란에 빠졌고, 경제 격차가 그대로 건강 상태에 반영되는 살벌한 사회가 출현하게 되었다.

그런 이상 사태 속에서 씩씩하게 나타난 것이 후지야마 히로미라는 호걸이었다. 본래 유전자 공학의 제1인자였던 그는, 반년 전까지만 해도 도저히 생각할 수 없었던 미증유의 국가 정책을 내세웠다. 식용 클론 인간을 대량 생산함으로써 굶주린 사람들의 위장을 채운다. 이 장대한 사업 구상이 불과 2년 반 만에 결실을 본 것이 바로 플라나리아 센터라는 식육 가공 시설이었다.

후생노동성 장관으로 취임한 후지야마에게는 당연하게도 많은 비판이 쏟아졌다. 하지만 후지야마는 비판의 창끝을 교묘하게 돌림으로써 플라나리아 센터에 대한 대중의 지지를 점차 얻게 되었다.

예를 들어…….

'인간이 인간을 먹는 것은 만행이다. 도덕관념에 반한다.'

동족을 잡아먹는 것은 자연계에서는 드문 일이 아니다. 곰, 상어, 닭 그리고 침팬지까지 동족을 잡아먹는 동물은 1,500종에 이른다. 하찮은 자존심을 고집하기보다는 인류의 존속을 우선해야 한다.

'클론을 대량 생산하는 것은 자연의 섭리에 반한다.'

불가사리와 산호 그리고 플라나리아 등 무성생식을 하는, 요컨대 자신의 분신을 만드는 능력을 지닌 생물은 수없이 존재한다. 클론 기술이 자연의 섭리에 반하는 것이라는 것은 단순한 무지에서 나온 의견이다.

'식용으로 만들어져 죽임당하는 클론 인간이 가엽다.'

클론은 성장 촉진제 투여를 통해 일반적인 인간의 열 배에서 오십 배나 되는 속도로 나이를 먹는다. 교육을 전혀 하지 않으면, 신체는 성숙하더라도 개와 비슷한 정도의 지성밖에 가지지 못한다.

'클론을 만들려면 바탕이 되는 유전자 정보가 필요한데, 누가 그것을 제공할 것인가.'

물론 클론을 먹는 본인이다. 타인을 먹는 것이 아니라 자신의 분신을 먹는 것이라면 윤리적인 문제도 비약적으로 줄어든다.

'식인을 하면 프라이온병에 걸릴 위험이 있다.'

파푸아뉴기니의 포레족처럼 식인 때문에 프라이온병이 발병한 케이스는 분명 존재한다. 하지만 자신의 클론을 먹는 경우, 악성 단백질이 축적될 가능성은 거의 없다. 애초에 식인을 강제하는 것이 아니기에 병이 걱정되면 먹지 않으면 된다. 단지 그뿐이다.

'플라나리아 센터를 만들어도 경기가 좋아질 것이라고는 단정할 수 없다.'
경제의 문제가 아니라 국민의 목숨에 관한 문제다. 어린이들이 영양실조로 죽어가는 이 마당에 경기 예측 따위는 의미가 없다.

'해외에서의 엄청난 비난이 예상된다.'
내정 불간섭은 국제사회의 상식이다. 일본이 민주적으로 정한 정책을 외국이 비난하는 것은 그야말로 도리에 어긋난다. 오히려 새로운 일본문화로 세계에 내세울 정도의 기개를 가질 필요가 있다.

후지야마가 특히 공을 들인 것은 거센 파도처럼 밀려들어온 해외로부터의 비판을, 영토 문제 때문에 관계가 악화된 인접 국가와의 대립으로 바꿔치기한 점이었다. 그는 해외의 비판을 '인접국가들의 질투'라고 잘라 말한 채 전혀 들으려 하지 않았다. 인터넷 게시판은 '플라나리아 센터 반대파는 반일', '반대밖에 하지 않는 좌익은 나라를 떠나라'라는 글이 넘쳐났다.

후지야마는 압도적인 카리스마로 대중을 사로잡았다. 바이러스 유행 2년 후에는 '비자연인의 권리에 관한 법률', 속된 말로 식인법이 가결되었다. 그 반년 후에는 일본에서 첫 플라나리아 센터가 이와테 현의 마스부치 시에 건설되기에 이르렀다. 상품은, 일반 서민이 도저히 감당할 수 없는 가격이었지만, 시장에 기대감이 퍼져나간 덕도 있어서 경제는 조금씩 살아나기 시작했다. 전국에 연이어 플라나리아 센터가 건설되자 해외에서의 주문도 늘었고, 일본은 지난 20년간의 비원이었던 경기 호황을 맞이하게 되었다.

물론 그것은 표면적인 미담이었고, 실제로 플라나리아 센터에서 일하는 가즈시는 인간을 가축처럼 키우는 일이 얼마나 잔혹한 것인지 확실히 알고 있었다. 물론 그것이 필요악이자, 윤택한 사회를 유지하기 위한 장치라는 점도 이해 못하는 바는 아니었지만 말이다.

잠이 완전히 깨버렸기에 업무용 슈퍼로 장을 보러 가기로 했다. 자신의 식사는 공장 식당에서 해결하고 있기에 사러 가는 것은 '차보'의 식량이었다.

청바지로 갈아입고 샌들에 발을 꿰고 밖으로 나서자, 흐린 하늘이 펼쳐져 있었다. 처마 끝의 거미줄에 엄청난 수의 날벌레가 달라붙어 있었다. 아기를 안은 여자들이 행복하게 담소를 나누는 모습이 경치와 붕 떠 있는 것처럼 느껴졌다.

항상 가는 업무용 슈퍼까지는 걸어서 5분 정도다. 먼 거리가 아님에도 이렇게까지 산책할 기분이 들지 않는 계절도 따로 없을 것이다. 구제 옷가게, 세탁소, 열쇠방 등이 드문드문 이어지는 주택가를 수염을 쓰다듬으며 걸었다. 구제 옷가게의 졸려 보이는 점원과 눈이 마주쳐서 곧장 시선을 돌렸다.

슈퍼에 도착하자, 장바구니를 한 손에 들고 정해진 루트로 상품을 채웠다. 브로콜리, 케일, 시금치. 녹황색 채소는 귀중한 칼슘 공급원으로, 7년 전의 바이러스 유행 이후 가격이 크게 올랐다. 이 비용을 최소한으로 줄이기 위해 같이 사는 것이 현미와 낫토였다. 현미와 낫토에 포함된 마그네슘은 칼슘의 흡수율을 높인다.

또 하나 빼놓을 수 없는 것이 대량의 견과류였다. 마그네슘이나 식물성 단백질을 얻을 수 있는 귀중한 식재료지만, 흡수율이 높지 않기에 다량으로 섭취해야만 한다. 가즈시 자신은 채식주의자가 아니었지만, 식당에서는 가능하면 견과류를 먹고자 했다.

계산대 부근에 놓여 있던 비타민 B12 영양제도 사기로 했다. 식물의 발효 과정에서 추출한 성분을 영양제로 만든 제품이었다. 비타민 B12는 신경 세포 회복에 필수라고 알려져 있다. 이 양을 조절하면 차보에게 신경 장애를 야기시킬 수 있다.

이런 지식은 가즈시가 육성부에 있던 시절에 배운 것이었다. 플라나리아 센터에서 키우는 클론에게는 동물에서 유래한 식량은 전혀 공급하지 않았다. 인간에게는 항바이러스제가 효과를 발휘하기에 그렇게 빡빡하게 굴 필요는 없었지만, 동물식을 두려워하는 고객이 많기에 클론 인간에게도 그런 식사는 주지 않는다.

물론 차보는 인간에게 팔 생각이 아니기에 동물에서 유래한 식량을 공급해도 상관없었다. 하지만 가즈시에게는 영양 관리 노하우가 없었기에, 어쩔 수 없이 플라나리아 센터의 방식을 흉내 내는 중이었다.

비닐봉지를 손에 들고 집에 돌아오자, 지하실에서 덜커덩거리는 소리가 들려왔다. 차보가 눈을 뜬 것이리라. 아직 출근까지 시간이 있기에 식사를 주기로 했다. 조금이라도 더 살을 찌우기 위해서는 식사를 잔뜩 공급하는 것보다 좋은 방법은 없다.

방금 사 온 식량을 큰 냄비에 넣고 삶은 후 알루미늄 병에 담긴 성장촉진제를 섞었다. 식사 준비는 이것으로 끝이었다.

성장촉진제는 애초에 소에 공급하기 위해 미국에서 개발한 것으로, 동물의 성장을 열 배에서 오십 배까지 빠르게 만드는 효능이 있다. 뇌하수체에서 성장 호르몬을 과잉 분비시켜서 강제로 단백질 합성을 촉진시킨다고 했다. 가즈시는 미국에서 인터넷으로 직구한 제품을 사용했지만, 플라나리아 센터에서 이용하는 일본산 제품과 비교해도 효능은 크게 다르지 않았다.

지하실로 가는 문은 이동식 책장 뒤에 숨겨 놓았다. 다만 이것은 허울뿐인 공작으로, 실제로 차보를 키우기 시작한 후에는 타인을 집에 불러들인 적이 한 번도 없었다. 식량이 들어 있는 그릇을 들고 문을 열자 배수구와 비슷한 악취가 풍겨왔다. 서둘러 문을 닫고는 지하실로 향하는 계단을 내려섰다.

차보는 우리 안에서 쇠창살을 등받이 삼아 앉아 있었다. 지루함을 달랠 수 있도록 차보에게는 가즈시가 다 읽은 책을 건네주곤 했다. 간이 변기에 배설물의 흔적이 있었지만, 일을 마친 후에 청소하기로 정해두었다. 가즈시는 우리의 자물쇠를 열고 그릇을 안쪽으로 밀어 넣었다.

"시간이 있어서 아침을 만들어 왔어. 얼른 먹어."

차보에게는 자신이 가축이자, 가즈시의 도움 없이는 살아갈 수 없다는 것을 철저하게 새겨 넣었다. 지하실에서의 가즈시는 철저하게 오만하고 거만한 독재자를 연기해야만 한다. 가즈시의 지배욕을 채우기 위해서가 아니라, 차보를 키워 낸다는 목적을 달성하기 위해서는 그것이 가장 좋은 방식이었다.

"……지금은 식욕이 없습니다요."

차보가 입술을 삐쭉이며 말했다. 입을 여는 것만으로도 턱의 살집이 크게 흔들렸다.

"네놈은 먹기 위해 만들어졌다고. 닥치고 얼른 처먹어."

우리 틈새를 통해 쇠파이프를 찔러 넣고 가볍게 반동을 주면서 혹으로 가득한 머리를 때렸다. 딱지투성이인 측두부에서 고름이 찔끔찔끔 배어 나왔다.

"요, 용서해주세요. 요즘 잠을 제대로 못 자서 기분이 좋지 않거든요."

"잠을 제대로 못 자? 그렇다면 좋은 걸 주지."

가즈시는 주머니에서 비타민 B12 영양제를 꺼내 차보의 일그러진 얼굴을 향해 던졌다.

"수면 장애의 원인은 비타민 부족이야. 이걸 먹으면 나을 거야."

차보가 거무스름한 손가락으로 영양제를 집고는 마른 입술 사이로 집어넣었다.

"고맙습니다, 가즈시 님."

"그럼 얼른 밥을 먹으라고."

"그런 말씀 하지 말아 주십쇼."

"먹어."

"그렇게 금방 약효가 나지는 않습니다요."

"어찌할 수 없는 녀석이군."

가즈시는 그릇을 우리에서 꺼내고는 방 한쪽 구석에 놓아두었던 강제 사료 급여기에 전원선을 연결했다. 플라나리아 센터에서 사용하는 것과 같은 프랑스제 급여기였다. 투입구에 그릇의 내용물을 넣고 믹서를 회전시켜 채소를 잘게 부쉈다. 그것을 가늘고 긴 ABS수지 튜브의 끝을 통해 분사함으로써 사람의 식도에 직접 식량을 흘려 넣을 수 있었다.

"하지 마세요, 가즈시 님. 먹을 테니까 그릇을 돌려주세요."

"이미 늦었어. 학습력이 참 떨어지는 녀석이라니까."

차보의 오른쪽 발목에는 족쇄가 채워져 있고, 거기에 연결된 밧줄은 우리 뒤편에 고정한 상태였다. 밧줄의 길이는 딱 쇠창살 바로 앞까지 다가올 수 있을 정도로 조정해두었다.

"얼른 얼굴을 내밀어."

"싫습니다요. 가즈시 님은 제 기분을 몰라요. 부디 용서해 주세요."

가즈시는 쇠파이프로 차보의 명치를 때렸다. 차보가 지방으로 일그러진 얼굴을 더욱 찌푸렸다. 우리 틈새로 손을 집어넣어 축축한 머리카락을 잡고는 열린 철창 쪽으로 얼굴을 내밀게 했다.

"그래, 좋아. 가만히 있어."

차보의 목에 강제 사료 급여기에서 뻗어 나온 튜브를 찔러 넣었다. 난폭하게 취급하다 식도에 상처를 입혔다가는 감염증에 걸릴 수 있기에 차보가 주먹을 가만히 움켜쥐는 것을 보면서 신중하게 튜브를 집어넣었다.

50센티미터 정도의 튜브를 안쪽까지 집어넣으면 관 끝이 딱 위의 입구에 닿게 된다. 차보는 자연스레 천장을 올려다보는 자세가 되었고, 그야말로 꼬치를 찌른 생선구이 같아 보였다. 이 상태에서 급여기의 레버를 당기면 위 안으로 사료를 직접 흘려 넣을 수 있다. 이렇게 하면 식욕이 없는 인간에게도 대량의 식량을 섭취시켜서 뒤룩뒤룩 살을 찌울 수 있다.

레버를 당기자 차보는 울면서 몸을 좌우로 경련했다. 튜브를 빼내려 팔을 움직여도 빈약한 근력으로는 튜브를 흔드는 것조차 불가능하다. 격한 구역질이 올라오는 듯, 입술 틈새로 역류한 위액이 흘러넘쳤다. 태아 같은 빨간 얼굴이 타액과 눈물로 엉망진창이 되었다.

식량을 그리 많이 준비하지 않았기에 강제 투여는 30초 정도 만에 끝났다. 본래는 장시간 사용해야 의미가 있는 장치지만, 아침부터 무리할 필요도 없으리라. 튜브를 빼자 차보는 입을 막고 도망치듯 우리 안쪽으로 숨어들었다.

시간을 확인하려다가 손목시계를 차지 않은 것을 깨달았다. 지하실에는 일부러 시계를 두지 않았다.

"본인이 싼 똥오줌은 스스로 치우라고. 그리고 배도 비워 둬. 알겠지?"

가즈시는 급여기의 전원을 끄고 코드를 뽑은 후 지하실에서 떠났다.

침대의 사이드 테이블에 놓아둔 손목시계를 집어 들자 마침 9시를 조금 넘긴 시각이었다. 현재 부서로 이동한 이후에는 10시 무렵에 출근해도 문제가 없었다. 직장까지는 차로 10분 정도니까 시간 면에서는 충분할 정도로 여유가 있었다. 가끔은 아침에 일찍 일어나는 것도 나쁘지 않다. 가즈시는 샤워로 악취를 씻어낸 후, 지급받은 작업복으로 갈아입고 집을 나섰다. 아침부터 한 건 해치웠다는 만족감이 상쾌하게 마음을 채웠다.

AM 라디오에서 흘러나오는 뉴스를 멍하니 들으며 미니 밴으로 익숙한 국도를 달렸다. 시끄러운 텔레비전 방송과는 다르게 라디오는 담담히 정보만을 전한다.

나토리 강 상류에 위치한 '가와라마치'라는 지역에서 지나 가는 모든 자동차를 검문 중이라는 뉴스가 나왔다. 어린 여 자아이의 유괴 사건이 다수 발생 중이기 때문이라고 했다. 돈만 있다면 여자 따위 얼마든지 안을 수 있는데 왜일까.

가즈시의 직장인 만복산업 제2플라나리아 센터는 다른 공장 터와는 거리를 두고 바닷가에 외따로 위치했다. 짙은 구름을 짊어진 공장은 평소보다 더욱 기분 나쁘게 보였다. 공장 입구 앞에 늘어선 활동가들의 목소리에도 기분 탓인지 패기가 없는 것처럼 느껴졌다.

출근하는 직원 중에는 가즈시처럼 자동차 출근을 하는 사 람도 있고, 오자와 철도라는 민자 철도를 이용하는 사람도 있다. 센터 정면에 있는 오자와 철도의 역은 '제2플라나리아 센터앞'이라는 이름으로, 개찰구에서 열 명 정도의 직원이 드문드문 나오는 중이었다. 발송부와 가공부 직원이 출근하 고, 처리부 직원은 휴식할 시간이었다.

이 플라나리아 센터에서는 처리부와 발송부, 가공부에 각 각 열 명 정도의 직원이 근무한다. 그에 비해 육성부는 압도 적으로 인원수가 많으며, 100명 이상의 직원이 근무한다.

클론에게 사료를 주거나 클론을 감시할 뿐만 아니라, 클론을 만들어 내는 배양조라는 장치를 관리하는 등 육성부가 하는 일은 다양했다.

이 네 부서에 관리직을 더하여 140명 정도의 직원이 센터에서 근무 중이다. 정확히는 여기에 하청업체에서 파견된 배달 드라이버가 더해지지만, 그렇다고 해도 전국에 흩어져 있는 플라나리아 센터 중에서는 꽤 소규모에 해당한다고 했다.

"오늘은 6월 21일, 월요일입니다. 오전 발송은 오전 11시 15분. 오후 발송은 오후 2시 15분입니다. 안전에 유념하며 밝고 건강하게 작업에 힘내주세요."

부지 내에 설치된 스피커에서 노이즈가 뒤섞인 무기질적인 목소리가 울려 퍼졌다. 인간을 대량으로 죽이는 시설에서 밝고 건강하게 작업하라니. 유치원도 아니고.

구내에서는 직원들이 서로 지나쳐갈 때도 인사를 나누는 일은 거의 없었다. 이곳에는 마음이나 몸에 문제를 품고 있어서 평범한 사회생활을 보내지 못하는 인간이 적지 않다. 서로 친밀하게 지내는 것은 누구도 바라지 않았고, 그것을 불쾌하게 생각하지 않는 인간만이 이곳을 직장으로 선택한다. 애초에 플라나리아 센터에서 일한다는 것은 그 자체로 감정을 내면에 가두고 있다는 말과 마찬가지였다.

가즈시 또한 이곳에서는 과묵하고 무심한 인격을 골라서

행동했다. 경영진은 '밝고 건강하게' 일하는 쪽을 기뻐할지도 모르지만, 굳이 이색분자가 되면서까지 자신의 평가를 높이고 싶다는 생각은 들지 않았다.

발송부는 공장 본동의 서쪽 끝으로, 국도와 가장 가깝다 (배치도 참조). 본동 내의 부서는 바닷가인 동쪽 끝부터 순서대로 육성부, 처리부, 가공부, 발송부 순으로 위치한다. 상품은 동쪽의 육성 시설에서 키운 뒤, 옆의 처리부에서 살해당하고, 나아가 그 옆의 가공부에서 가공된다. 이런 식으로 서쪽으로 이동해나가는 것이다. 가즈시가 취급하는 미가공육은 이중 가공부의 과정을 건너 뛴 것이었다. 따라서 미가공육 부문은 발송부임에도 가공부의 일도 일부 겸한다고 할 수 있다.

이들 공장 시설과는 별도로 센터 북부에 관리동이 있다. 다만 폐기물 처리 센터가 인접해 있기에 관리부 이외의 직원도 빈번히 드나든다. 본동 서쪽에는 발송 트럭이 출입하는 발송 센터가 있다. 그리고 공장의 남쪽 끝, '제2플라나리아센터앞' 역과 접하는 위치에는 작은 접수처와 식당이 설치되어 있다.

공장 부지의 가장 안쪽에 있는 주차장에 차를 세웠다. 발송부까지 걸어가니, 이미 사체가 도착해 있었다. 뒤룩뒤룩

살이 찐 사체는 어느 것이든 개성이 없고, 전부 똑같아 보였다. 바로 앞에 있던 여성 사체를 하나 고른 후 컨베이어를 조작해서 자신의 절단기 앞으로 옮겼다.

가공·미가공을 가리지 않고, 머리를 제외한 부위는 원칙적으로 전부 출하한다. 어깨에서 발끝까지 클론 인간의 신체는 전부 고급 식자재인 것이다. 유일한 여분이라고 할 수 있는 머리를 절단기로 잘라내는 것이 이곳에서 하는 작업이었다. 가즈시는 일회용 비닐 슈트를 입고 절단기로 향했다.

사체의 목에는 태어났을 때 채운 목걸이와 태그가 달려 있다. 목걸이라고 해도 단순한 철로 만들어진 링으로, 마음대로 풀 수 없다. 성장하여 목이 두꺼워지면 목걸이를 빼낼 수 없게 되므로, 클론들은 이 지름 10센티미터 정도의 단조로운 쇠고리와 평생을 함께하는 셈이다. 그들은 언제나 이 목걸이에 달린 태그 번호로 관리된다. 출하가 끝날 때까지 번호가 필요하므로, 절단 후에도 태그를 잃어버리지 않도록 주의해야만 한다.

가즈시는 사체를 절단기에 올린 후 아무런 감정도 없이 안전핀을 뽑고 레버를 당겨 머리를 잘랐다. 머리가 안면을 바닥으로 향한 채 뚝 떨어진다. 반투명한 지방에 뒤섞여 혈액이 울컥울컥 흘러나왔다. 신선도가 좋다는 증명이었다.

다시금 안전핀을 잠그고 칼을 고정한 후, 떨어진 목걸이에서 태그를 떼어내어 사체의 질에 꽂아 넣었다. 가즈시는 태그를 잃어버리지 않기 위해 자신만의 규칙을 정해두었다. 여성이라면 질에 꽂아 넣고, 남성이라면 태그의 모서리를 음경의 해면체에 찔러 넣는다. 얼빠진 동료처럼 태그를 분실한 적은 한 번도 없었다.

절단이 끝나면 사체를 깨끗하게 씻는 작업으로 이동한다. 처음에는 고압 세척기로 온몸을 씻어내며, 달라붙어 있는 배설물도 떼어낸다. 세척기는 주차장에 있는 것과 크게 다르지 않았고, 이용하기 불편했다. 오염을 제거하면 컨베이어로 사체를 이동한 후에 소독액과 소취액을 순서대로 뿌린다. 사취가 완전히 사라지지는 않지만, 안 하는 것보다는 훨씬 나아진다고 했다.

사체를 깨끗하게 만든 후, 마지막으로 발송용 케이스에 넣는다. 신체를 태아의 자세로 만들어 비닐로 감싸고, 플라스틱 케이스에 밀어 넣고 포장한다. 가즈시의 경우, 이때 성기에서 태그를 떼어 내서 케이스의 발주 번호와 대조하며 확인한다. 미가공인 경우는 아직 목에서 피가 새어 나오지만, 역시 신선도가 좋다는 증거로, 특별한 처리 없이 그대로 출하한다. 머리를 대각선 건너편의 폐기물 처리 센터에 가져다 버린 후, 완성된 케이스를 시간 내에 발송 센터로 옮기는 것까지가 작업의 한 사이클이었다.

가즈시는 발송부로 이동한 지 1년도 지나지 않았지만, 다른 작업원과 비교할 때 일이 빠른 편이었다. 한 시간에 열 개 전후의 사체를 처리할 수 있었다. 작업은 오전 작업과 오후 작업으로 나뉘어 있으며, 각각 오전 11시와 오후 2시까지로 정해진 상태였다. 그 시간까지 작업을 끝낼 수만 있다면 몇 시에 출근하든 상관없었다. 한 시간만 있으면 끝낼 수 있는 작업이므로, 실질적인 근무 시간은 하루에 두 시간 정도밖에 되지 않는다.

다만 가끔 작업 시간이 바뀔 때가 있다. 이 스케줄이 시작된 것은 올해 3월 무렵부터였다. 그 이전에는 오후 2시까지만. 즉 지금과 비교하면 오후 작업밖에 없었기에 작업 시간은 한 시간 정도밖에 되지 않았었다. 그 무렵에는 쓰레기 소각도 하루 한 번, 아침 일찍 이루어졌다. 하지만 발주 수가 늘어나면서 오전과 오후의 두 타임으로 바뀌게 되었다.

여성의 사체를 하나 처리한 후에는 잠시 남성의 사체가 이어졌다. 최근에는 여성의 주문도 늘기는 했지만, 플라나리아 센터에의 주문은 남성이 80퍼센트 가까이를 차지했다.

"시바타 씨, 잠깐 괜찮을까요?"

다섯 번째 사체를 케이스에 담고 있는데 갑자기 누군가가 말을 걸었다. 10시 반이 막 지났을 때였다.

"네."

고개를 들자 관리부의 기무라 다로가 서 있었다. 관리부라고 해도 기무라는 장애인 고용 할당제로 채용된 중년 남자로, 평소에는 청소나 전화 대응 등 보조 작업을 담당했다. 쉽게 말해 잡용직이다. 우락부락한 체형에 윤곽이 뚜렷한 얼굴로, 다큐멘터리 방송에서 본 알프스산맥의 축산업자와 닮았다.

　"죄송합니다. 시타라 센터장님이 부르셔서요. 잠시 와주실 수 있으신가요?"

　가즈시는 귀를 의심했다.

　"센터장님이요? 무슨 일인데요?"

　"그건 저도 잘 모릅니다."

　"아, 그게 지금 바로 가야 하나요?"

　"아니요. 지금 사체의 작업이 끝난 후여도 상관없습니다. 죄송합니다."

　"어디로 가면 되죠?"

　"관리동의, 그게, 회의실입니다. 제가 안내해드릴게요."

　얼핏 보면 알기 어렵지만 기무라의 검은 눈동자는 초점이 맞지 않았다. 이 남자는 선천성 약시로, 공장 바깥에서는 언제나 지팡이를 가지고 걸었다. 후지야마 전 장관의 친척이라는 듯, 누가 보더라도 명백한 낙하산 채용이었다. 혹은 만복산업의 임원이 국회의원의 마음에 들고 싶어서 일부러 입사를 시켜주었을 가능성도 있다.

가즈시는 서둘러 케이스의 포장을 마치고는 기무라와 함께 북쪽의 관리동으로 향했다.

센터장이 가즈시에게 무슨 용건일까. 이렇다 할 실수를 한 기억은 없었다. 발송부로 옮긴 지 아직 8개월밖에 되지 않은 자신을 다른 부서로 이동시킬 것이라고도 생각하기 어려웠다.

문득 차보의 모습이 떠올라 심장이 크게 뛰었다. 차보를 키운다는 사실을 센터 측에 들킨 것일까. 아니, 그럴 리가 없다. 떳떳하지 못하다는 마음이 있기에 그런 불안감이 드는 것이다.

"기무라 씨, 센터장님이 부른 건 저 한 명인가요?"

"맞습니다. 죄송합니다."

기무라는 이미 마흔이 넘었지만, 언제나 혼이 나는 아이 같은 표정을 지었다. 일단 사과하고 보는 것이 그 나름의 처세술이리라.

기무라의 몸에서는 계절과 상관없이 언제나 감귤계 향기가 풍겼다. 향수인지 데오드란트인지 알 수 없지만, 체취에 콤플렉스를 품고 있는 것일까. 눈에 장애를 가지고 있는 만큼, 후각이 타인보다 민감할지도 모른다.

회의실은 관리동에 들어가서 정면으로 보이는 무기질적

인 방이었다. 회의실을 방문한 것은 직원 채용 면접 이후 처음이었다. 가즈시는 문 앞에 서서 입가를 들어 올려 웃는 얼굴을 만들었다. 사정을 알 수 없을 때는 일단 밝게 행동하는 것이 최선이다.

살짝 노크한 후에 조잡한 문의 손잡이를 비틀었다.

"시바타 군인가? 작업 중에 미안하군. 이쪽으로 와주게."

센터장인 시타라 보쿠는 데스크에 달라붙어서 태블릿을 조작 중이었다. 시타라는 다부진 체구의 남자로, 성악가 같은 묵직한 목소리가 특징이었다. 그는 만복산업의 현 사장 시타라 가쿠의 조카이자, 수년 후에는 만복산업의 임원이 될 것이 확실시되었다. 만복산업에서 두 번째 플라나리아 센터의 센터장 자리에 그를 앉힌 것은 경영자로서의 수완을 시험하기 위해서라는 소문이 돌았다.

"갑자기 불러서 놀랐나?"

"네, 뭐 조금요."

"딱히 설교하려고 부른 건 아니니까 안심하게. 발송부에 대해서 조금 신경 쓰이는 게 있어서 말이야. 자네는 유시마 미키오라는 남자를 알고 있나?"

"아니요. 모릅니다."

"그런가. 6월부터 일을 시작한 남자로, 자네와 같은 발송부인데. 처음 보는 얼굴이 있지 않았나?"

"미가공육 담당인가요?"

"아니, 가공육 쪽일세."

"죄송하지만, 동료와는 그다지 이야기를 나누지 않아서요."

시타라는 고개를 살짝 끄덕이더니, 갑자기 몸을 일으켰다.

"이곳은 그런 직장이지. 잠시 장소를 바꾸고 싶군. 경비실로 가세."

말이 채 끝나기도 전에 걷기 시작한 시타라를 따라 가즈시는 회의실에서 나왔다.

시타라라는 남자는 표정부터 말투, 몸의 움직임에 이르기까지 온갖 동작이 매우 기계적이었다. 얼굴 생김새나 말투에 인간다운 따뜻함이 결여되어 있었다. 현장 관리가 프로그램화된 안드로이드인 것 아닐까, 하고 망상하는 작업원은 가즈시 한 명만이 아닐 터였다.

관리동 복도에는 인간의 키 정도 되는 냉동고가 여러 개 놓여 있었다. 실수로 발송 예정일보다 앞서 클론 인간이 죽어버렸을 때, 예정일까지 썩지 않도록 보존하기 위한 제품이었다. 시타라는 그런 설비에는 눈길도 주지 않고 일직선으로 걸어갔다.

시타라는 계단을 성큼성큼 올라선 후, 2층의 경비실에 노크 없이 들어섰다. 문이 열림과 동시에 가득 차 있던 담배 냄새가 코를 찔렀다. 하나의 오피스 체어를 둘러싸듯 놓인 데스크에 네 개의 모니터가 놓여 있었다. 각각의 화면이 또 4분할되어 있어 총 열여섯 개의 영상을 동시에 체크할 수 있는 방식이었다.

"여기에 오는 건 처음인가?"

"물론입니다."

"공장에 감시 카메라가 설치된 건 알고 있겠지? 클론 인간을 배양하는 사업주는 그 시설 전체를 엄중히 관리해야만 하네. 맞아, '비자연인의 권리에 관한 법률'로 정해진 것이지."

"하루 종일 감시해야 하나요?"

"아니, 공장의 가동 시간에만 하면 되네. 하지만 육성부만은 야간에도 영상을 보내 경비회사에 체크를 요청하고 있지. '비자연인의 권리에 관한 법률'에서는 클론의 격리 의무도 정해져 있으니까. 어이, 괜찮나?"

담배 냄새가 지독했기에 가즈시는 기침을 터뜨리고 말았다. 심호흡을 통해 겨우 호흡을 정돈했다.

"죄송합니다. 이제 괜찮습니다."

시타라가 고개를 살짝 끄덕인 후, 모니터 중 하나를 터치하여 영상을 확대했다. 그와 동시에 같은 모니터에 비치던 화면 세 개가 축소되었다.

"이곳이 가공육 발송부라네. 보이나? 이 남자가 유시마 미키오야."

시타라가 손으로 가리킨 남자는 양손으로 안은 플라스틱 케이스를 발송 센터로 옮기는 중이었다. 스포츠형으로 짧게 깎은 금발이 인상적인 왜소한 남자로, 듣고 보니 최근 자주 본 적이 있는 것 같았다. 나이는 20대 전반, 가즈시보다 조금 젊은 정도일까.

"이 남자가 어쨌나요?"

"순서대로 설명하지. 처음에 수상하게 생각한 건 그를 고용하고 일주일 정도 지난 후였다네. 그가 육성부로 이동하고 싶다고 자원했거든."

"가공육 발송부에서 육성부로 말인가요?"

"맞다네. 자네도 알고 있을 테지만, 이곳에서 가공육 발송부라 하면 가장 편한 부서지. 육체적으로 힘들긴 해도, 정신적인 의미로서의 고통은 크지 않아. 일단 가공을 해버리면 인간의 고기도 돼지고기나 소고기와 크게 다르지 않으니까 말이야. 그런데도 육성부로 옮기고 싶다는 건 센터 개설 이후 처음으로 받은 신청이었지. 일단 육성부장과도 상담해봤지만, 이 시점에서는 부서 이동을 뒤로 미루기로 했네. 직원의 이동 신청을 전부 들어주다가는 육성부나 처리부의 직원이 없어질 테니까 말이야."

"발송부에 뭔가 불만이 있었던 걸까요?"

"아니, 그렇지도 않은 듯해. 플라나리아 센터에서 일하기로 정했을 때부터 육성에 관여하고 싶다고 바랐다더군. 다만 진위 여부가 수상하네. 이동 요청을 거절한 게 열흘 정도 전인데, 그때부터 유시마는 이상한 행동을 취하고 있거든."

"이상한 행동이라니, 그게 뭔가요?"

"한마디로 하면 배회라네. 그는 근무 시간 외에 이상할 정도로 센터 안을 서성거려. 물론 감시 카메라의 존재를 알고 있을 테니 눈에 띄게 수상한 움직임은 보이지 않지. 그래도 유시마는 센터 내의 환경, 특히 육성부의 상태를 살피러 돌아다니는 것처럼 보이네."

"산업 스파이 같은 걸까요?"

"그럴 가능성도 있지. 다만 그렇다고 치기에는 나이가 어리고, 무엇보다 이 금발이 너무 눈에 띄어. 프로 산업 스파이치고는 너무 조잡하지. 그래서 조사 회사에 의뢰해서 유시마의 과거를 살펴봤는데, 이런 사진이 나왔네."

시타라는 태블릿을 몇 번인가 터치한 후, 가즈시를 향해 디스플레이를 내밀었다. 사진에는 강당 같은 공간에서 열린 강연이 찍혀 있었다. 100명 정도의 청중을 앞에 두고, 본 적 있는 정치인이 침방울을 튀기고 있었다.

"누구였죠? 이 사람."

"노다 조타로 의원이야. 전 대학교수이자, 플라나리아 센터 반대 운동을 조직적으로 전개했지. 매스컴에서는 후지야마 전 장관의 라이벌이라고 불리던 인물일세."

"아, 기억났습니다. 작년 말에 살해당했죠."

"맞아. 범인은 아직 잡히지 않았지. 이 강연은 5년 전, 반대 운동이 최고조였을 무렵에 도쿄의 S대학에서 열린 거야. S대학은 유시마가 재작년까지 다니던 대학이기도 해. 그리고 사진의 이 부분을 보게나."

시타라가 사진의 좌측 끝부분을 확대했다. 노다의 이야기를 듣는 청중 중에 본 적 있는 뒷모습이 있었다.

"닮았네요. 유시마와."

"그렇지? 이력서를 허위로 작성한 게 아니라면, 유시마는 이때 열아홉 살이야. 어렸을 때 반대 운동 집회에 참여했던 인간이 5년 후에 플라나리아 센터에서 일한다는 건 평범하지 않아. 직원이 되어 센터에 숨어든 후 내부 환경을 고발하려는 속셈일 수 있어."

"그럼 해고하는 편이 좋지 않을까요?"

"동감일세. 하지만 유시마라는 남자가 성실하게 일하는 것 또한 사실이거든. 센터 내를 배회하며 스스로 공부를 하는 거라면, 반대로 노동 의식은 높다고도 할 수 있지. 금발 대학생이라는 존재는 전국에 넘쳐날 정도로 많으니까 다른 사람일 수도 있고."

"그렇다면 유시마가 스스로 꼬리를 내밀 때를 기다려야하나요?"

"수상한 건 그뿐만이 아니라네. 이 사진은 S대학의 홍보 블로그에 올라 있던 건데, 이 사진이 나왔다는 것 자체가 부자연스럽다고 생각하지 않나? 아무리 조잡한 스파이라고 해도 이런 사진은 검색이 되지 않게끔 처리할 텐데 말이지. 이래서는 마치 제 정체를 알아차려 주세요, 하고 말하는 것만 같잖아."

"그럼 항의 활동가처럼 보이는 것 또한 위장이라는 건가요? 억측 아닐까요?"

"그래서 자네를 부른 걸세."

시타라가 가즈시의 어깨에 손을 올렸다. 그의 말투는 억양이 없고 담담했는데 동작 또한 마치 연극처럼 무뚝뚝했다.

"자네가 유시마의 행동을 감시해줬으면 해. 지금 시점에서 그가 수상한 움직임을 보이는 건 점심 휴식 시간과 오후 타임이 끝난 후의 한 시간 정도야. 너무 의심받지 않을 정도로 뒤를 쫓아서, 유시마가 무엇을 꾸미고 있는 건지 파악해주길 바라네."

"어째서 저인가요?"

"몇 가지 이유가 있다네. 일단 부장급 직원이 감시하는 경우, 유시마가 쉽게 눈치 채겠지. 그렇다고 해서 가공육 담당 동료라면 너무 거리가 가까워. 그럼 육성부나 가공부 직원이 적임인가 하면, 휴식이나 종업 시간이 다르니까 그렇다고도 할 수 없지. 따라서 발송부 중에서도 유시마와 거리가 너무 가깝지 않고, 여기에서 근무 연수가 오래된 직원을 찾았다네. 그랬더니 자네가 나온 걸세."

시타라의 설명은 타당한 것처럼 보였다. 그다지 내키지는 않았지만 센터장의 부탁을 거절할 수도 없었다. 시타라의 기계적인 말투에는 거절하기 어려운 위압감이 담겨 있었다.

"무엇을 꾸미고 있는지 파악한다니, 구체적으로 어떻게 하면 되나요?"

"가장 좋지 않은 건 우리 의도를 유시마에게 들키는 걸세. 그가 우리를 속이려는 거라면, 이쪽의 감시를 역이용할지도 몰라. 그러니까 들키지 않는 수준에서 휴식 중이나 근무 후, 그의 모습을 감시해주게. 뭔가 발견한다면 언제든 나나 관리부 사람에게 보고하면 되네."

"무리가 되지 않는 수준에서, 라는 말씀이시네요. 알겠습니다."

"기간을 정해두는 게 좋겠지? 오늘부터 28일까지. 딱 일주일이야. 딱히 수상한 점이 없다면 그걸로 감시는 그만두겠네."

솔직히 가즈시로서는 그다지 하고 싶지 않은 일이었다. 지금까지 플라나리아 센터에서는 담담하게 일을 해낼 뿐인 변변찮은 직원이라는 캐릭터를 이용해왔다. 타인을 감시하게 된다면, 필요에 따라 인격을 바꿀 필요가 생길지도 모른다. 가즈시로서는 자신이 설정한 인격을 같은 환경 내에서 바꾸는 일이 쉽지 않다.

앞으로의 일주일은 가즈시에게 마음이 무거운 시간이 될 것만 같았다.

3
가와우치 이노리

내가 두 번째로 가즈시의 집을 찾은 것은 러브호텔 'XX'에서 그와 재회하고 나서 4일 후의 일이었다.

가즈시가 사는 곳은 크림색으로 칠한 벽이 인상적인 단독 주택이다. 플라나리아 센터의 직원은 나름대로 좋은 대우를 받는다고 하니까, 만복산업이 사택으로 제공한 주택일 수도 있다. 점심 전이었지만 이미 자동차는 없었고, 창문에는 커튼이 쳐져 있었다.

인터폰을 울리고 2분 정도 기다렸지만, 예상대로 아무런 반응도 없었다. 분명 직장에서 땀을 흘리는 시간이리라.

전에는 플라나리아 센터 항의 단체의 자원봉사 스태프로 이곳을 방문했었다. 마음이 잘 맞던 동료의 권유에 따라 참가하기는 했지만, 보름도 지나기 전에 그만두었다. 자원봉사를 권유한 '사랑과 평화'가 입버릇인 동료도 그로부터 반년 후, 유흥업소에서 일하는 것을 들켜서 결국 그만두었다고 한다.

나는 포장이 갈라진 인도 한가운데에 서서 주변을 둘러보았다. 가즈시를 만나기 위해 구라요시 시에 온 것은 아니었다. 한 시간 후에 출장 마사지 예약이 들어와 있었다. 가즈시의 집에서 5분 정도 거리의 '랑데부'라는 러브호텔이었기에 바래다주겠다는 것을 거절하고 한발 먼저 찾아온 것이었다. 남는 시간은 편의점에서 잡지라도 읽으면서 시간을 보낼까 했지만, 호텔 바로 근처에 찻집이 보였기에 그곳에 들어가기로 했다.

'시스터맨'이라는 기묘한 가게 이름과는 달리, 오래된 민가 느낌의 인테리어에 북유럽풍 가구가 매치된 귀여운 찻집이었다. 창가 카운터석에 자리를 잡고 앉았는데, 인근 가옥의 틈새로 러브호텔의 간판이 보이는 것이 옥에 티였다.

그러고 보니 가즈시는 어째서 저 '랑데부'가 아니라 센다이 시내의 'XX'로 나를 부른 것일까? 근처에 러브호텔이 있다면 굳이 센다이까지 나갈 필요는 없을 텐데. 근처 주민에게 러브호텔에 드나드는 것을 보이고 싶지 않았던 것일까.

가즈시라는 남자는 상대에 맞춰서 무수히 많은 인격을 나누어 사용한다. 근처에 사는 사람들 사이에서는 유흥업소와는 인연이 없을 법한 산뜻한 청년으로 통하고 있을지도 모른다.

"저는 진정한 자신을 억누르고 있지는 않거든요. 모든 성격이 저이자, 진정한 자신, 즉 시바타 가즈시입니다."

그는 그렇게 주장했지만 나는 믿지 않았다. 타인에 맞춰서 많은 캐릭터를 나눠서 사용한다고 해도, 태어났을 때의 성격, 있는 그대로의 자신은 어딘가 존재하고 있을 터였다. 어떤 이유가 있어서 그는 그 인격에서 눈을 돌리고 있는 것이리라. 거기에는 선혈이 용솟음칠 정도로 상상을 뛰어넘는 콤플렉스가 잠들어 있음이 분명했다.

그러한 마이너스 감정이 해방되었을 때 폭발적으로 용솟음치는 충동. 그것이야말로 '펑크'다. 풋내가 나도 상관없다.

나는 아메리카노를 마시며 멍하니 '랑데부'의 간판을 올려다보았다. 동남아시아를 떠올리게 하는 주황색의 싼티 나는 간판을 울퉁불퉁한 네온사인이 둘러싸고 있다. 랑데부에 불린 것은 넉 달 만이었다. 주택지 안에 있다 보니 이런 손님이 많이 찾는 호텔은 아니리라.

나는 넉 달 전, 섣달그믐날 밤에 랑데부에서 나를 안은 남자를 떠올렸다. 식인법에 대한 지지를 불러 모아 일본 전국에 플라나리아 센터를 건설한 그 정치인의 모습을.

4일 전에 가즈시의 이야기를 듣고 의심은 확신으로 바뀌었다. 역시 그 남자는 제정신이 아니다.

나는 커피에 비친 자신의 얼굴을 들여다보며 섣달그믐날 밤의 일을 생각했다.

"오늘은 연장을 받으면 안 돼! 빨리빨리 회전을 돌리지 않으면 예약을 못 맞추니까!"

미야모토가 검은 소형밴에서 내리는 나를 향해 소리쳤다.

휴일이 이어지는 연말연시는 유흥업소로서는 대목으로, 특히 섣달그믐날에는 예약이 일주일 전부터 거의 가득 찬다. 하지만 그 남자는 운 좋게 취소가 들어온 직후에 전화를 걸었다는 듯, 당일 오전에 예약을 잡았다.

구라요시에서는 유일한 러브호텔 랑데부의 301호실. 나를 부른 그 남자는 얼핏 보면 고급 브랜드 정장으로 몸을 감싼 신사처럼 보였다. 나이는 40대 전후지만, 이목구비가 뚜렷하고 머리카락에는 윤기가 감돌았다. 그 얼굴은 분명 어딘가에서 본 적이 있었다.

정장 가슴 주변에 물을 엎지른 것 같은 얼룩이 있었다. 욕조에 물을 받는 듯한 소리가 들리는 것도 아닌데, 무슨 일이 있었던 것일까. 살짝 인사를 하고 나서 방으로 들어서자, 남자는 표정을 바꾸지 않은 채 장지갑을 꺼내 지폐를 건넸다.

"음, 그게······ 90분 코스 맞으시죠?"

지폐를 세어보자, 천 엔과 5천 엔이 두 장씩에 만 엔 지폐가 여섯 장이나 되었다. 우리 가게는 최장 90분 코스의 경우에도 1만 6천 엔으로, 만 엔 지폐가 여러 장 필요한 고급 업소는 아니다.

"할 거야."

남자가 입을 열자 입술 끝에서 침이 주르륵 흘러넘쳤다. 신사적으로 보이는 얼굴이 문득 꺼림칙한 괴물처럼 보여서 소름이 끼쳤다.

"이, 이렇게 많이는 필요 없어요. 사장님한테 혼나요."

"할 거야."

턱에서 가슴으로 침이 떨어졌다. 가슴의 얼룩은 남자의 침 때문에 생긴 것이었다.

"손님, 취하셨어요?"

남자가 갑자기 팔을 내밀더니 내 가슴에 손을 댔다. 나도 모르게 몸을 뒤로 뺀 탓에, 지폐가 손에서 바닥으로 팔랑거리며 떨어졌다. 남자는 목을 직각으로 굽히고, 바닥에 흩어진 지폐를 쳐다보았다.

"주워."

"난폭하게 행동하시면 안 돼요. 가게에 통보할 거예요."

"주워."

이 남자, 약을 한 것일지도 모른다. 어딘가에서 본 적 있는 얼굴임에도, 누구인지 떠오르지 않는 것이 애가 탔다. 방금까지 무표정이던 남자는 어느새 칠칠치 못하게 입을 헤 벌린 채 개처럼 가쁜 숨을 몰아쉬었다.

"죄송합니⋯⋯."

남자가 나가려는 내 어깨를 붙잡더니 침대로 밀어 쓰러뜨렸다. 비명을 지르고자 입을 열었음에도 어째서인지 소리가 나오지 않았다. 마치 비명을 지르는 방법을 잊어버린 것만 같았다.

"할 거야."

남자는 재빨리 바지를 벗고 사타구니를 드러내더니, 음경을 원피스 위에서 유방에 가져다 댔다. 지극히 진지한 표정으로 허리를 움직이면서 음경으로 유방을 찔러댔다.

어쩌지. 정체가 누구이건 간에 이 남자가 제정신이 아닌 것은 명백했다. 몸을 비틀어 도망치려 하자, 남자가 체중을 싣고 눌러왔다. 술 냄새는 나지 않았다.

"아."

남자가 갑자기 목소리를 높이더니, 아까의 무표정으로 돌아갔다.

"혹시, 너, 모르는 거야?"

그렇게 말한 남자가 자신의 코를 가리켰다.

"몰라?"

알지만 기억이 안 난다. 이 느낌을 어떻게 전해야 할지도 머리에 떠오르지 않았다.

"나, 후지야마 히로미. 중의원 2기 연속 당선, 후생노동성 장관 겸 식량기술위원회 위원장."

남자가 막힘없이 직함을 늘어놓았다. 맞다. 나를 덮쳐누르고 있는 이 남자는 매스컴을 떠들썩하게 장식하는 후생노동성 장관 후지야마 히로미가 틀림없었다.

후지야마가 가장 빈번하게 미디어에 등장한 것은 5년 전 여름, '비자연인의 권리에 관한 법률'에 대한 심의로 논란을 일으켰을 무렵이었다. 본래 유전자 공학 연구자였던 그는, 장관으로 임명되기 전부터 일본인의 건강 상태 회복과 경제 재생을 위한 카드로 플라나리아 센터 건립을 주창했다. 참신한 정치 주장이 대중에게 받아들여졌을 뿐만 아니라, 진한 선글라스가 잘 어울리는 잘생긴 외모 덕에 특히 여성들로부터 압도적인 지지를 받았다. 그는 국민의 지원사격을 등에 업고 전대미문의 식품 가공 시설 건립을 밀어붙였다. 실제로 플라나리아 센터가 가동하는 단계에 이르자 꽤 과격한 반대 운동도 벌어졌지만, 그럼에도 그의 일관된 태도는 흔들리지 않았다.

하지만 눈앞의 남자에게서는 뉴스 영상에서 보이던 늠름

한 후지야마의 면모를 전혀 찾아볼 수 없었다. 트레이드마크인 선글라스를 벗고 있기 때문만이 아니라, 입가가 칠칠치 못하게 벌어진 데다가 눈동자에서는 심한 색욕의 빛이 엿보이기 때문이었다. 이곳에 있는 것은 세상을 속이기 위한 고결한 베일을 벗어 던지고 욕망을 해방한 한 마리의 짐승이었다.

"몰라?"

"아, 알아요. 뉴스에서 본 적 있어요."

"그래. 그럼 나는 누구지?"

"네?"

"나는 누구야?"

집게손가락으로 자신의 코를 누른다.

"후지야마 후생노동성 장관님?"

"맞아. 그런 거지. 잘 부탁해."

그렇게 말하더니 이번에는 바닥에 떨어진 지폐를 가리켰다. 돈을 잔뜩 내는 대신 발설하지 말라는 의미인 것일까. 현직 장관의 숨겨진 얼굴을 가리기 위한 돈이라면 오히려 적은 액수인 것처럼도 여겨졌다.

"나는 누구?"

"후지야마 장관님이요."

만족스러운 듯 웃더니 나를 누른 채 음경을 얼굴에 가져다 댔다. 입에 넣는 것이 아니라, 코나 볼을 터치하는 것이 즐거운 듯했다.

그 후에도 남자는 나의 늑골을 혀로 핥거나, 키스를 하듯 혀로 항문을 찌르는 등 이해하기 어려운 성행위를 계속했다. 음경에 직접 자극을 받지 않았음에도 남자는 계속해서 사정했다. 그뿐 아니라 몇 번이고 갑자기 표정을 지우고는 "나는 누구?"라고 기계처럼 물었다. 그럴 때마다 "후지야마 장관님"이라고 답하면 그는 만족스럽게 고개를 끄덕이고 다시금 행위를 시작하는 것이었다.

그리고 또 하나 이날 밤에 목격한 잊기 어려운 기억이 있었다. 그것은 시간 종료 후에 내가 떠나려고 했을 때 그가 보인 쓸쓸한 표정이었다.

시간이 끝나고 드라이버가 마중을 나올 것이라는 사실을 전하자, 의외로 그는 어른스럽게 행위를 멈추었다. 그런 다음 꿈에서 깨어난 아이처럼 침대에서 몸을 일으키더니 매우 슬프게 내 얼굴을 바라보았다.

그 표정에서는 정욕을 숨기고 고결한 캐릭터를 연기하는 남자의 비애가 느껴졌다. 인간의 감정은 억압받으면 억압받을수록 이상한 방향으로 성장해나간다. 정치인은 모두 이런 사람들일지도 모른다. 내가 찾는 것과 유형은 다르지만, 어떤 의미에서는 더할 나위 없는 쓰레기였다.

홍분으로 가득한 섣달그믐날은 유흥업소 여자와 현역 장관만의 비밀의 하룻밤이 될 터였다.

그랬는데…….

4
시바타 가즈시

"가즈시 님, 질문 하나 해도 될까요?"

시금치를 입에 넣고 우물거리며 우리 안의 차보가 물었다. 그릇에는 아직 식량이 반쯤 남아 있었다.

"뭔데? 먹으면서 말해."

"네. 소인, 가즈시 님이 주신 책을 읽었거든요.《일본의 역사》라는 책이요."

"하하. 착하군."

"가당찮은 말씀이십니다요. 근데 잘 모르는 게 있어서요. 이 부분이에요. 일본국 헌법에서는 자유와 평등을 기초로 한 기본적 인권이 모든 국민에게 인정되었다."

"딱히 어려운 부분도 아니잖아."

"아니, 그게 말이죠."

"자신에게는 왜 자유가 없는지 알고 싶은 거야?"

차보가 당황한 듯 양손을 저었다.

"딱히 불만이 있는 건 아니고요. 소인은 가즈시 님께 감사하고 있으니까요. 다만 모두 자유롭고 평등하다는 건 제가 아는 현실과 다르거든요. 이 책에는 거짓말이 적혀 있는 건가요?"

"아니야. 그건 네가 인간이 아니라서야. 애초에 법률상의 인간에는 자연인과 법인이라는 게 있지. 그런데 5년 전에 '비자연인의 권리에 관한 법률'이 생겼어. 흔히 말하는 식인법이지. 이 법률을 통해 새롭게 비자연인이라는 개념이 생긴 거야. 그야말로 너 같은 놈들을 말하지."

"아아. 비자연인은 인간이 아닌 거군요."

"맞아. 식인법 제1조에는 '비자연인의 권리는 인정하지 않는다'라고 적혀 있어. 너는 권리를 인정받지 못하니까, 자유권도 생존권도 가질 수 없다는 논법이지. 중세의 노예와 마찬가지로 네놈들은 인간이 아니라 물건이야."

"그런 건가요……."

"그런 거야."

가즈시가 우리 안쪽으로 견과류를 던졌다.

"너무 어려운 건 생각하지 마. 그보다는 여자를 생각하는 편이 몸에 좋아."

"여자 말인가요. 저, 소녀가 좋아요. 가즈시 님이 주신 《죄와 벌》에 나오는 여자요."

차보가 갑자기 얼굴빛을 바꾸더니 거친 목소리를 냈다.

"너도 좋아하는 여자가 있었어? 훌륭하군."

가즈시는 문득 한 달 정도 전에 꾀려다가 이야기가 틀어져버린 여자를 떠올렸다.

"저기, 차보. 너도 여자를 안고 싶어?"

"그거야 뭐. 그렇게 생각하지 않는 것도 아닌데요."

차보에게도 성욕이 있었다니. 그렇다면 플라나리아 센터에서 키우는 클론 인간들도 마찬가지일까.

"뭐, 너 같은 키 작은 뚱보에게는 아무도 안기려 하지 않을 테지만 말이야."

"헛. 그건 속상한 일이네요."

차보는 쇠창살에 앉은 날벌레를 찌부러뜨리더니 그 손가락으로 그릇에 남은 견과류를 입에 쑤셔 넣었다.

"그래도 소인은 여자가 우는 소리를 들은 적이 있어요."

"여자가 우는 소리?"

"네. 여자는 밤에 높은 목소리로 울거든요."

무슨 말일까. 차보를 키우고 나서 이 집에 사람을 들인 적은 없었는데.

"어떤 목소리였는데?"

"이렇게요. 왜애애애애애애애애애애앵."

그렇군. 차보는 때때로 이런 식으로 바보 같은 착각을 한다.

"닥쳐. 그건 여자의 목소리가 아니라, 경찰차 사이렌 소리야."

차보가 세뱃돈을 뺏긴 아이처럼 입을 멍하니 벌렸다.

"아, 그런 건가요?"

분명 최근 수년, 경찰차 사이렌을 들을 기회가 늘었다. 귀신처럼 흰 천을 뒤집어 쓴 수상한 자가 출몰한다는 이야기도 들은 적이 있었다. 플라나리아 센터 항의 활동가가 말한 것처럼, 머리가 이상한 노동자가 모여들어 치안이 나빠진 것일지도 모른다.

"여자가 우는 소리, 죽기 전에 들어보고 싶어요. 그래도 소인은 인간이 아니니까 무리겠네요."

우리 안의 남자는 그렇게 한탄했다.

가즈시는 어제와 마찬가지로 샤워로 악취를 씻어낸 후 집을 나서기로 했다. 어제에 이어서 아침부터 차보에게 식사를 준 것은 마음이 무거워서 잠을 제대로 못잔 탓이었다. 이렇게나 일하기가 싫은 것은 플라나리아 센터에서 일하고 나서 처음 있는 일이었다.

오늘부터는 본격적으로 금발 남자를 감시해야만 한다. 지금까지 직장에서 사용하던 인격을 그대로 유지할 수 있을 것 같지 않았다. 생각보다 자신의 성격이 더 예민하게 느껴졌다.

"응?"

작업복으로 갈아입고 집을 나서려다가 손목시계가 없다는 사실을 깨달았다. 언제나 침대 사이드 테이블에 올려놓는데, 침대는 물론 바닥에서도 보이지 않았다. 공장 어딘가에 떨어뜨린 것일까.

가즈시는 점점 더 기분이 가라앉았다. 예민한 성격 탓에 예전부터 물건을 잃어버리면 마음이 차분해지지 않았다. 두 달 전에 자동차의 열쇠를 잃어버렸을 때는 자기도 모르게 차보의 사료에 섞어버린 것은 아닐까 불안해져서, 차보의 배를 파이프로 때려서 위의 잔류물을 토하게 했을 정도였다.

평소보다 빠르게 직장에 나가 자신의 자리를 둘러보았지만 손목시계는 찾을 수 없었다. 허리를 굽히고 절단기 아래쪽을 들여다보았는데 흔적도 보이지 않았다.

언제까지고 일과 관계없는 일에 신경을 쓰고 있을 수도 없었다. 일이 끝날 때까지 손목시계에 관해서는 잊기로 했다. 가즈시는 심호흡을 하고 마음을 다잡았다.

어제는 시타라에게 의뢰를 받은 후, 휴식 시간 두 시간과 근무 후의 한 시간, 합계 세 시간에 걸쳐 유시마를 감시했다. 감시라고 해도 철저하게 그를 따라다닌 것은 아니었다. 식당에서 슬쩍 상태를 살피거나, 이동하는 그의 뒤를 따라간 정도였다.

그럼에도 유시마의 행동이 부자연스럽다고 느낀 것이 한두 번이 아니었다. 화장실에서 볼일을 볼 때도 그는 굳이 육성부 작업장 근처의 화장실을 이용했다. 식당에서는 발송부의 동료가 아니라 처리부나 육성부 직원에게 말을 거는 일이 많았다. 물론 그중 대부분은 상대 직원에게 무시당하거나, 한두 마디 시답잖은 이야기를 나눌 뿐이었지만.

가즈시는 오전 작업 중 사체를 담는 케이스를 몇 번이나 착각할 뻔했다. 케이스와 내용물이 다르면, 발주자에게 타인의 사체가 배달되어버린다. 마지막에 태그를 확인하여 간신히 잘못을 깨달았지만, 꽤 위험한 순간이었다. 지금까지의 업무 경험을 돌아보아도 이런 날은 흔치 않았다.

아무래도 컨디션이 그다지 좋지 않은 듯했다. 역시 어젯밤에 제대로 잠을 못잔 탓이리라. 유시마라는 남자가 진심으로 원망스러웠다.

마음속으로 유시마에게 욕설을 퍼부으며 여덟 개의 사체를 케이스에 포장했다. 절단한 머리를 모아서 폐기물 처리 센터까지 옮긴 후, 케이스를 발송 센터에 반입했다. 평소에는 그걸로 일이 일단락되지만, 이번 주에는 휴식 시간에도 일을 계속해야만 하기에 역시 기분이 쉬이 풀리지 않았다.

휴식은 오전 11시부터 오후 1시 정도까지 두 시간 가까이 취할 수 있었다. 발송부에는 처리부나 가공부의 작업이 끝난 후에 일이 돌아오기 때문에 오전과 오후 사이가 비어버리는 귀찮은 스케줄로 짜여 있었다. 근처에 사는 발송부 직원은 일단 집으로 돌아가는 사람도 많았다.

문제의 유시마는 태블릿을 조작하며 20분 정도에 걸쳐 식사를 한 후, 홀쩍 육성부로 향했다. 이것이 시타라가 말하는 '배회'인 것일까. 가즈시도 서둘러 식사를 정리하고 빠른 발걸음으로 뒤를 쫓았다.

육성부는 플라나리아 센터의 중추라고도 할 수 있을 만큼 넓은 플로어로, 직원의 수도 100명이 넘었다. 좁은 통로를 사이에 두고 우리가 연이어 놓인 광경은 교도소…… 아니, 조악한 동물원에 가까웠다. 서로 잡아먹는 일을 피하고자, 클론은 한 명씩 좁은 우리에 가두어두었다. 천장에 달린 작은 창문으로 들어오는 햇살은 우리까지 닿지 않았고, 식사 찌꺼기와 분변으로 뒤범벅된 클론의 얼굴은 모두 사체처럼 어두웠다. 때때로 강제 급여기의 기동음과 클론의 비명이 가라앉은 공기를 흔들었다.

유시마는 코를 누른 채 플로어를 가로질러 지하 창고로

향하는 계단을 내려갔다. 창고에는 사료와 성장촉진제, 소독약, 목걸이 등이 보관되어 있다.

몇 분 후에 올라온 유시마는 작업복을 안고 있었다. 이곳에서는 자신의 판단으로 오래된 작업복을 바꿀 수 있다. 작업복과 함께 뭔가를 몰래 가지고 나왔을 가능성도 있지만, 시타라에게 보고할 정도의 일도 아니리라.

유시마는 그로부터 한 시간 동안 식당에서 지루한 표정으로 가만히 자신의 태블릿을 바라볼 뿐이었다.

오후에도 50개 정도의 사체가 도착했다. 오전 같은 일이 없도록 신중히 일을 진행했다.

첫 번째 사체를 절단기 위에 올렸을 때 본 적 있는 얼굴이라는 사실을 깨달았다. 아니, 본 적 있는 면모가 있다고 해야할까. 이 사체가 다이어트를 해서 얼굴의 군살을 전부 제거한다면 아는 얼굴이 떠오를 것만 같았다. 최근에는 잘 보이지 않는 얼굴이지만, 반년 정도 전까지 미디어에 자주 노출되던 인물인 듯했다.

이런 감각을 느낄 때도 드물지 않았다. 플라나리아 센터는, 발주자의 체세포로 클론을 만들어야 한다고 '비자연인의 권리에 관한 법률'로 정해져 있다. 플라나리아 센터에 상품을 발주하는 인간은 정도의 차이는 있지만 전부 자산가

이므로, 그중에는 당연히 미디어에 얼굴이 노출되는 인간도 포함된다. 가즈시는 주저하지 않고 두툼한 목에 절단기의 칼을 가져다 댔다.

그런데 어째선지 머리를 한 번에 잘라낼 수 없었다. 칼날이 경추에 걸려서 도중에 멈춰버린 탓이었다. 체중을 실어서 쑥쑥 칼날을 밀어 넣어서야 간신히 머리를 잘라낼 수 있었다. 덕분에 단면이 더러워졌지만, 상품으로 문제가 되는 수준은 아니었다.

오후에는 아홉 개의 사체를 처리했지만, 여전히 몸 상태가 좋지 않았다. 작업 후에 진절머리를 치면서 가공육 부문의 작업장을 들여다보았지만, 이미 금발 남자의 모습은 보이지 않았다. 발송 센터나 폐기물 처리 센터에도 없었기에 또다시 배회를 시작한 것일지도 모른다. 혹시나 하는 마음에 식당을 들여다보자, 벽 쪽 자리에 앉아 노트북을 펼친 채 키보드를 두드리는 유시마의 모습이 있었다.

근무 후에 식당에서 시간을 보내는 직원도 적지 않기에 그렇게까지 수상한 것은 아니었다. 가즈시로서는 센터 안을 돌아다니는 것보다 한곳에 있어주는 편이 고마웠다.

가즈시는 커피를 주문한 다음 유시마로부터 세 줄 떨어진 뒷자리에 앉았다. 녀석이 다음에 화장실을 갈 때 화면을 몰래 훔쳐볼 생각이었다. 만약 단순히 유머 게시판이라도 들여다보는 것이라면, 감시가 불필요한 인물이라고 판단할 수 있으리라.

창문 밖으로는 이슬비가 조금씩 내리고 있었다. 식당 안도 오후 2시가 조금 지난 시각이라고 생각하기 어려울 정도로 어두웠다.

금이 간 커피잔에 비친 자신의 얼굴을 들여다보자니, 민달팽이가 기어가는 것처럼 시간이 느리게 흘렀다.

***

여전히 비구름이 하늘을 덮고 있었고, 변덕을 부리듯 때때로 비가 지면을 적셨다.

후지야마 가에서 일하는 가정부인 아사기는 점심이 조금 지나 고용주인 후지야마 히로미로부터 서재의 책을 전부 폐기해 달라는 요청을 받았다. 후지야마가 현역이었던 무렵에는 아침 해가 솟을 때까지 서재에 틀어박히는 일도 적지 않았지만, 은퇴 후에는 서재 근처로 다가가는 기색조차 보이지 않았다.

"언젠가 때가 와서 주인님에 대한 의심이 풀리면, 그때는 서재의 책이 다시 필요해질지도 몰라요."

아사기는 살며시 반론을 펼쳤지만, 후지야마는 크게 고개를 저었다.

"딱히 나는 주간지에 적힌 이유로 은퇴한 게 아니야. 정치인으로 할 일은 전부 해냈어. 다시 돌아갈 필요는 없어."

사실 아사기는 고용주의 명령에 다른 이유가 있다는 것을 알고 있었다. 가정부에게 특별한 일을 시킴으로써 오늘 방문할 은밀한 방문객이 가정부와 대면하는 것을 피하고 싶은 것이리라. 그 방문객이 누구인지 아사기는 잘 알고 있었다.

후지야마 저택의 서재는 그렇게까지 크지는 않았다. 장서는 200여 권 정도밖에 되지 않는다. 그 대부분이 학생 시절에 후지야마가 구입한 학술서로, 반 정도는 유전자 공학 관련 문헌, 나머지 반 정도는 정치 철학 관련 문헌이었다. 대학 도서관이나 연구실에 가면 학술서 따위 얼마든지 읽을 수 있을 테지만, 그럼에도 서적을 다수 구입한 것은 본인의 말을 빌리면 "자신의 책을 학생에게 읽히면서 흡족해하는, 뇌가 썩은 대학교수의 시답잖은 자위행위에 휘말렸기 때문"이라고 했다. 말은 그렇게 해도 역시 의원 시절에는 구입한 서적을 자신의 정책 입안의 초석으로 상당수 활용한 듯했다.

다만 그런 서적 중 상당수는 이미 그 역할을 마쳤고, 책 위에는 얇게 먼지가 쌓인 채였다. 아사기는 그것들을 책장에서 꺼내서 사이즈가 비슷한 것을 하나로 모아 노끈으로 십자 모양으로 묶었다. 유전자 공학 관련 문헌에는 영문으로 된 논문집이 많은 것에 비해, 정치 철학 관련 문헌에는 다양한 종류가 있었다. 레오 스트라우스의 개설서부터 정치 경제학회의 논문집, 헬포드 맥킨더와 니콜라스 스파이크먼의 지정학 상설, 나아가 행동 과학적인 정치분석론에 이르기까지 다양했다. 하지만 기껏해야 대학생이 사 모은 수준이었기에 책장이 비기까지 한 시간도 걸리지 않았다.

쓰레기 집하장은 저택에서 100미터 정도 거리의 도로 모퉁이에 있었다. 책은 스무 묶음 정도 되었고, 한 번에 옮길 수 있는 양이 아니었기에 귀찮지만 여러 번 왕복할 수밖에 없었다. 아사기는 비가 내리지 않기를 바라면서 현관문을 나섰다.

일주일 정도 변함없이 우중충한 날씨가 이어지는 중이었다. 억수같이 쏟아지지는 않았지만, 긴 시간 해가 비치지 않고 부슬부슬 내리는 가랑비가 매일같이 지면을 적셨다. 더없이 심술궂은 장마였다.

아사기는 양손에 책 다발을 들고 종종걸음으로 저택과 쓰레기 집하장을 오갔다.

세 번째로 쓰레기 집하장에 갔다가 저택으로 돌아가려고 몸을 돌렸을 때였다. 현관 앞에 대형 트럭이 정차해 있는 것이 보였다. 컨테이너에는 빛바랜 '만복산업'의 마크가 보였다. 서재에서 책을 정리하는 사이에 이미 왔다 갔을 거라 생각했지만, 무슨 이유가 있어 늦어진 듯했다. 아니, 후지야마가 생각한 것보다 아사기의 정리가 빨랐던 것일지도 모른다. 아사기는 주인의 기분을 고려해서 집하장에서 트럭이 출발하는 것을 기다리기로 했다.

트럭이 멈춰서 있던 것은 고작 30초 정도일까. 아사기는 엔진 소리가 멀어지기를 기다린 후 아무것도 모르는 얼굴로 저택으로 돌아갔다.

저택 내부를 힐끔 들여다보았지만, 후지야마의 모습은 보이지 않았다. 도착한 물건을 별채로 옮겼을 것이다. 후지야마가 별채에 틀어박히게 된 것은 은퇴 후의 일로, 그는 아사기에게 절대로 별채에 다가오지 말라고 명했다. 이유를 묻자, 후지야마는 "두루미가 되어 베를 짜고 있다"거나 "투명인간이 되기 위한 약을 조합하고 있다"는 등 농담으로 얼버무렸다.

아사기는 별채에서 바람에 실려 날아오는 피 냄새를 맡은 적이 있었다. 후지야마가 현역 시절에 추진하던 정책을 생각하면, 그가 별채에서 무엇을 하는지 상상하는 것은 어렵지 않았다. 후지야마는 플라나리아 센터에 자신의 클론을 주문하고, 별채에서 그것을 조리해서 먹는 것이리라.

그러고 보니 별채의 자물쇠가 망가졌다고 후지야마가 중얼거리는 것을 들었던 사실이 떠올랐다. 창고에서 오래된

다이얼식 자물쇠를 발견했을 때는 새로 살 필요가 없다며 기뻐했지만, 역시 오래 쓸 만한 물건은 아니었던 듯싶다. 조만간 새로운 자물쇠를 사와야겠다고 마음먹었다.

"영차."

다시금 책 다발을 들고 건물 밖으로 나서려는데 안개비가 부슬부슬 내리기 시작했다. 우산을 쓰지 않고 걷기에는 비의 양이 다소 많았다. 아사기는 어쩔 수 없이 한 손에 우산을 들고 집하장으로 향하기로 했다. 양손을 쓸 수 없는 이상 두 배의 시간이 걸릴 테지만, 날씨는 자신의 힘으로는 어쩔 수 없다.

다시금 저택과 쓰레기 집하장을 왕복하는데 비가 점점 더 거세지기 시작했다. 내일 오전 8시에 재활용 쓰레기 회수차가 찾아올 때까지 책은 완전히 젖어버리리라. 마지막 책을 다 날랐을 무렵에는 만복산업의 트럭이 떠난 지 이미 30분 정도 지나 있었다.

저택에 돌아가 한숨 돌린 후 자물쇠를 사러 나갈까, 아니면 서재를 청소하는 게 먼저일까 생각하던 바로 그때였다.

별채에서 울려 퍼진 그 소리는 비명이라기보다는 노성에 가까웠다. 하지만 목소리에 포함된 떨림에서 후지야마의 격한 동요와 공포가 그대로 전해졌다.

별채에 침입자라도 든 것일까? 아사기는 현관문으로 달려가 뒤엉키는 다리를 다잡으며 별채로 뛰어 들어갔다. 미지근한 비가 온몸으로 쏟아져 내렸다. 꽈당, 하고 뭔가가 쓰러지는 소리가 울려 퍼졌다.

"주인님, 무슨 일이신가요!"

후지야마의 대답은 없었다. 무슨 일이 벌어진 것일까?

아사기의 상상이 맞는다면 별채에 배달된 화물은 많은 경우 사람을 놀라게 하고 공포심을 품게 하는 물건일 것이다. 하지만 후지야마는 그것을 자신의 손으로 주문했다.

"주인님, 문 열겠습니다!"

주인의 말을 어기는 셈이 되지만, 문 앞에서 허락을 기다리고 있을 수만은 없었다. 아사기가 천천히 문을 열자, 후지야마는 방의 왼쪽 끝에서 혼이 나간 사람처럼 멍하니 서 있었다. 옆에는 작은 냉장고가 보였다. 녹슨 쇠 같은 냄새가 날카롭게 코를 찔렀다.

딱히 침입자가 있는 것 같지는 않았다. 후지야마의 시선 끝에는 뚜껑이 열린 플라스틱 케이스가 놓여 있었다. 아사기의 위치에서도 내용물이 인간의 사체라는 것이 확실히 보였다. 후지야마가 플라나리아 센터에 주문한 식용 사체이리라.

자신의 발밑에 한 장의 종이가 떨어져 있는 것을 깨달았다. A4 사이즈의 고급 용지로, 3분의 2 정도가 선명한 빨간색으로 물들어 있었다. 아사기는 허리를 굽혀서 그 종이를 주워들었다.

피뿐만 아니라 뇌수도 맛보시는 건 어떠신가?

종이에는 유성 펜으로 적은 듯한 문자가 늘어서 있었다.
무슨 의미일까? 아사기는 고개를 갸웃거리며 주인의 얼굴을
바라보았다.

"안 돼. 가까이 가지 마……."

아사기는 후지야마의 말을 무시한 채 케이스로 다가섰다.
사체를 직시하는 것에는 저항감이 들었지만, 보지 않고서는
상황을 파악할 수 없었다.

"앗."

떨리는 무릎이 케이스의 모서리에 부딪혔고, 그 충격에 검
은 덩어리가 케이스에서 바닥으로 떨어졌다. 데굴데굴 굴러
서 뒤였던 부분이 앞쪽으로 돌았다. 석류 같은 피와 살이 이
리저리 튀는 것이 보였다.

그것은 결코 도착해서는 안 되는, 플라나리아 센터에서 폐
기되어야만 하는 클론 인간의 머리였다.

5
가와우치 이노리

오후의 햇살이 내리쬐는 책장을 바라보다 보니 서양 페이퍼백 사이에 끼인 한 장의 CD가 눈에 들어왔다. 재킷에 그려진 쥐 일러스트가 눈에 익숙했다.

"마스터, '수전노' 좋아하세요?"

카운터 안쪽에서 원두를 갈던 마스터가 고개를 들었다. 카페 '시스터맨'의 마스터는 머리를 짧게 깎은 서른이 조금 넘어 보이는 덩치 작은 남자였다.

"수전노?"

"여기에 CD가 있는데요?"

내가 책장을 가리키자, 마스터는 눈썹꼬리를 낮추고 사람 좋아 보이는 미소를 보였다.

"아, 그거. 손님이 놓고 간 거예요. 벌써 반년쯤 되었나. 한 번 들어봤는데, 제 취향은 아니었어요. 좋아하시나요?"

"제 삶의 낙이에요."

업소에서 쓰는 가명을 그 멤버에서 따왔을 정도다. 활동을 그만둔 지 10년이 넘었지만, '수전노'보다 마음에 드는 밴드는 아직껏 찾지 못했다. 마스터는 에이프런에 손을 닦더니, 책장으로 손을 뻗었다.

"다시 가게를 방문하면 돌려드리려 했는데 말이죠. 아, 딱 그 자리에 앉으셨었어요."

"어떤 사람이었어요?"

"흐음. 저보다 조금 연상의 싹싹한 여성분이었어요."

30대 중반의 여성이라면 진짜 가와우치 이노리일 가능성도 완전히 배제할 수 없었다. 아니, 그것은 너무 말이 안 되려나. 나는 아메리카노를 한 모금 마셨다.

"그 여성분, 자주 오시던 분인가요?"

"아니요. 그때 딱 한 번이었어요. 혼자 오셨는데, 우연히 옆에 앉아 있던 남자분과 이야기꽃을 피우더니 그대로 둘이 함께 나갔어요. 훔쳐 들을 생각은 아니었지만, 아무래도 앞에 있는 호텔로 향하는 것 같더군요."

내가 아는 가와우치 이노리와는 인상이 좀 달랐다. 아니, 단지 자신이 심취한 카리스마 여성이 엉덩이가 가벼운 여자라고 생각하고 싶지 않은 것일지도 모른다. 씩씩거리던 자신이 갑자기 부끄럽게 느껴져 창가 밖으로 시선을 돌렸다. 말도 안 되는 우연을 기대해버린 자신이 우스웠다.

녹이 슨 '랑데부' 간판을 올려다보자, 싫더라도 섣달그믐날의 기억이 되살아났다. 그날의 일이 내 인생을 크게 어그러지게 만들었다.

현역 정치인이 보여준 기묘한 성적 기호와 자리를 뜰 때 보였던 그 쓸쓸한 눈빛. 소나기처럼 갑자기 찾아온 혼란은 그 90분으로 끝나지 않았던 것이다.

기억이 천천히 되돌아간다. 랑데부에서 그와 피부를 맞대고 나서 열 시간 정도 지난 새해 첫날 아침의 일……

커튼 틈새로 부드러운 빛이 들어오는 가운데, 나를 눈뜨게 한 것은 스마트폰의 성가신 진동음이었다. 잠이 덜 깬 눈으로 화면을 보자, '미야모토'라는 글자가 밝게 빛났다.

"여보세요."

"이노리? 어젯밤 뭔가 위험한 일 있었어?"

단숨에 잠이 달아났다. 뭔가 있었다 정도가 아니었다. 하지만 어떻게 그것을 알고 있는 것일까.

"조금 전에 사무실로 경찰이 찾아왔거든. 이노리라는 아가씨에게 이야기를 듣고 싶다고 말이야. 어젯밤 일이라는 게 도대체 뭐야?"

경찰이 나에게 이야기를 듣는다고? 무엇 때문에? 무슨 일이 일어나고 있는 것인지 알고 싶은 것은 내 쪽이었다.

"여보세요. 듣고 있어? 이노리?"

"사장님, 저, 아무 짓도 안 했어요."

"그럼 뭔가 당했다거나."

"……손님이 조금 이상한 분이셨어요."

"아아……. 그렇군."

휴대전화 스피커에서 안도의 한숨 소리가 들렸다.

"그럼 이노리가 뭔가 일을 벌인 건 아니라는 거지? 다행이야. 이노리는 약 같은 건 안 한다고 생각했거든. 정말 깜짝 놀랐네."

"아, 저는 그런 거 안 좋아해요."

"어떤 손님이었는데?"

"그게 말이죠. 조금 평범하지 않을 정도로 흥분해서는……. 제대로 설명하긴 어렵지만, 뭔가 현실도피를 위해 머리의 나사를 일부러 하나 풀어버린 느낌이었어요."

"중년남?"

"아, 네, 뭐. 중년이었죠."

"그럼 횡령이나 사기 같은 거라도 한 걸까. 아니면 자동차로 노인이라도 쳤든가. 사바세계에서 마지막 추억이라도 만들려고 아가씨를 부른 걸지도."

질 낮은 웃음소리가 스피커를 울렸다.

후지야마는 범죄에 손을 물들인 것일까. 민완 정치인이라 불릴 정도라면, 법에 저촉될 만한 행동도 한두 개쯤은 경험했을지도 모른다. 그렇다면 어제의 상식을 넘어선 추태는 체포에 대한 두려움이 후지야마를 반쯤 미치게 한 것일까. 만약 그렇다면 경찰은 내게 무엇을 물어보려는 것일까.

"지금 인터넷에서 본 건데, 그럴싸한 뉴스는 없단 말이지. 정치인이 자살했다는 뉴스 따위, 진짜 아무래도 상관없잖아. 주소 알려줬으니 경찰이 찾아갈 텐데, 그렇게까지 귀찮은 일은 아마 없을 거야. 오늘 일 어려울 것 같으면 연락 빨리 주고. 그럼."

통화가 끊기는 소리가 들리고 갑자기 정적이 찾아왔다.

나는 천천히 미야모토의 말을 반추했다.

정치인이…… 자살했다고?

미야모토는 문제의 손님이 정치인이라는 사실을 몰랐으니 관계가 없다고 생각한 것뿐이다. 설마 후지야마가 그 후에 자살을?

스마트폰을 왼손으로 바꿔 들고 뉴스 속보 앱을 열었다.

거기에 비친 글자는 도쿄에서 발생한 유명 정치인의 투신 자살 뉴스였다.

중의원 의원인 노다 조타로 씨(40)가 분쿄 구의 비즈니스호텔에서 추락하여 사망했다. 자살로 추정된다.

12월 31일 오후 11시경, 수행비서가 호텔의 정원수 덤불에 쓰러져 있는 노다 씨를 발견했다. 구급 대원이 달려갔지만, 사망이 확인되었다. 유서는 발견되지 않았다. 노다 씨는 플라나리아 센터에 대한 반대 운동을 이끈 것으로 알려졌으며, 당일도 후생노동성 앞에서 열린 항의 집회에 모습을 드러냈다. ……

후지야마가 자살한 것은 아니라는 사실을 확인하고 안도한 것도 잠시, 이어지는 글이 다시금 불안감을 불러일으켰다. 사망한 노다 의원은 플라나리아 센터 반대파의 수장, 즉 후지야마 장관의 정적이었던 인물이다. 그렇다면 경찰이 나를 만나고 싶어 하는 것도 이 사건과 관련이 있다고 보는 것이 자연스러웠다. 하지만 기사에는 자살이라고 확실히 적혀 있고, 애초에 어젯밤에 미야기 현에 있던 후지야마가 사건에 관여되었으리라고는 생각하기 어려웠다. 도대체 무슨 일일까.

가만히 있을 수가 없어서 근처 편의점까지 신문을 사러 다녀왔다.

"안녕하세요. 새해 복 많이 받으세요."

편의점에서는 낯익은 아주머니가 평소처럼 말을 걸었다. 새해 첫날이기도 했기에 모든 신문이 특별 지면으로 꾸며져 있었지만, 노다 의원의 자살은 모든 신문의 1면을 장식했다. 전국지를 하나 사서 돌아오는 길에 훑어보았다. 기사는 노다 의원의 경력을 상세히 설명할 뿐, 대단한 정보는 얻을 수 없었다.

집으로 돌아오자, 처음 보는 두 남자가 집 앞에 서 있었다. 덩치가 크고 위압감이 도는 남자와 부하로 보이는 젊은 남자가 나를 바라보았다.

"경시청의 호소미라고 합니다. '가와우치 이노리'라는 가명을 쓰는 분이 당신인가요?"

내가 고개를 끄덕이는 것을 확인한 후, 젊은 쪽이 수첩을 꺼냈다. 본명을 묻기에 솔직히 답했다.

"몇 가지 질문이 있습니다. 솔직히 말해주십시오. 신문을 들고 계신 걸 보니 알고 계시리라 생각하지만, 어젯밤 늦게 중의원 의원인 노다 조타로 씨가 살해당했습니다."

"살해당했다고요?"

"그리고 가장 중요한 참고인으로 이름이 거론되는 사람이, 알고 계시겠지만 후지야마 히로미 후생노동성 장관입니다. 먼저 당신과 그의 관계를 밝혀주실 수 있을까요?"

"저기, 이 신문에는 자살이라고 적혀 있는데요."

남자는 초조한 듯 풍채가 좋은 쪽 형사의 얼굴색을 살폈다. 두 명은 눈을 맞추며 무언의 대화를 나누었다. 이윽고 젊은 형사가 어쩔 수 없다는 듯이 입을 열었다.

"저희 말과 신문 기사, 어느 쪽을 믿을지는 당신 자유예요. 저희는 질문에 대한 답을 들으면 그만입니다. 당신과 후지야마 장관은 어떤 관계인가요?"

"관계고 뭐고, 어젯밤에 처음 본 사이예요. 그 사람은 제 손님이었어요."

"그 이전에 관계를 맺은 적은?"

"없습니다. 아니, 있을 리가 없잖아요."

두 형사는 다시금 얼굴을 마주보았다. 도대체 무슨 말을 하고 싶은 것일까.

"사후 경직의 진행 정도 및 낙하음을 들은 호텔 프런트맨의 증언에 따르면 노다 의원이 사망한 건 오후 9시 반 무렵으로 보입니다. 이 시각, 후지야마 의원은 자신이 미야기 현 북부의 구라요시 시에 있었다고 주장하고 있는데, 그 증언을 뒷받침하는 증거가 지금 전혀 없습니다. 그의 증언이 올바르다고 당신은 증명할 수 있습니까?"

요컨대 후지야마 장관의 알리바이를 조사하는 중이었다. 겨우 반나절 전의 일이었기에 나는 스케줄을 정확하게 떠올릴 수 있었다.

"후지야마 장관이 있는 호텔 '랑데부'에 도착한 건 어젯밤 9시예요. 90분 코스였으니 끝난 건 10시 반이겠네요. 그때까지 저는 후지야마 장관과 함께 호텔 방에 있었어요."

"그 사실을 증명할 수 있는 사람이 있습니까?"

"가게에서 운전해주시는 분에게 물으면 제가 랑데부에 있던 시간은 정확히 알 수 있을 거예요."

"손님이 후지야마 장관이었다고 증언할 수 있는 건 당신뿐인 거네요?"

"……증언이고 뭐고, 애초에 후지야마 장관이 저와 호텔에 있었다고 인정한 거 아닌가요?"

그뿐만이 아니다. 어떤 가게의 어떤 아가씨에게 서비스를 받았는지 솔직히 말했기에 두 형사가 이렇게 나를 탐문하러 온 것이리라. 피의자 본인의 주장은 신용할 수 없을지도 모르지만, 내가 그 진술을 뒷받침하는 이상 충분히 알리바이가 성립할 것이다.

"그러니까 당신이 장관을 감싸기 위해 거짓말하는 게 아니라고 증명할 수 있는지 묻는 겁니다."

"그걸 저한테 물어보시면 제가 어떻게 하면 좋을까요?"

"그러면 호텔 이름과 방 번호를 말씀해주십시오."

덩치가 큰 쪽의 형사가 옆에서 끼어들었다.

"방금도 말한 것처럼 구라요시에 있는 랑데부라는 러브호텔이에요. 방 번호는 기억나지 않지만, 3층의 가장 비싼 방이었어요. 실제로 가서 확인하면 알 수 있어요."

확실히 답한 것이 둘로서는 의외였던 모양이었다. 잠시 침묵한 후, 덩치 큰 형사가 고통스러운 듯 고개를 들었다.

"만약 거짓말인 경우, 그 방에 남아 있는 모발이나 체액을 검사하면 금방 들킬 겁니다. 그를 끝까지 감싸는 건 불가능해요."

"거짓말이 아니에요. 아니, 애초에 처음 만나는 사이인데 감쌀 필요가 있나요?"

"알겠습니다. 그럼 당신이 장관과 함께 시간을 보냈다는 전제로 하는 말인데, 후지야마 장관이 어떤 상태였는지 알려주실 수 있습니까?"

이것은 가볍게 답하기 어려운 질문이었다. 상세하게 설명하려면 그의 기이한 성적 취향까지 밝힐 수밖에 없었다.

"뉴스에서 본 것과는 꽤 달랐어요. 음. 취한 것 같은 동작이 많았는데, 실제로 술을 마신 것처럼은 보이지 않았어요."

"예를 들어, 마음의 동요를 감추는 것처럼은 보이지 않았습니까?"

"아…….. 듣고 보니 무리해서 플레이를 즐기려는 듯한 부자연스러움은 있었던 것 같네요. 그래도 솔직히 잘 모르겠어요."

"당신이 상대방의 정체를 깨달았습니까? 아니면 그가 스스로 이름을 댔나요?"

"그게, 본인이 이름을 말했어요. 어디선가 본 적 있다는 느낌은 들었는데, 듣기 전에는 이름이 떠오르지 않았거든요."

"그런가요. 흠. 그 밖에 신경 쓰이는 점은 없었나요?"

"아니요. 전혀 없었어요."

형사 두 명이 이해되지 않는다는 모습으로 서로의 얼굴을 마주보았다. 애초에 그들의 마음속에서는 내가 후지야마의 주장을 부정해서 그의 알리바이가 무너지리라고 예측했던 것만 같았다. 반대로 말하면, 그만큼 노다 의원의 죽음과 관련해 후지야마가 강한 의심을 받고 있다는 말이 되리라.

"그럼 마지막으로 이것 하나만 부탁해도 되겠습니까? 휴대전화의 통신 이력 확인 허가를 받고 싶습니다. 당신이 정말로 후지야마 장관과 첫 대면이었는지 확인하기 위해서예요. 백 퍼센트는 아니라고 해도, 이걸로 당신의 발언을 뒷받침할 수 있을 겁니다."

나는 고개를 위아래로 끄덕였다. 어차피 조사한다고 해도 미야모토와의 대화 정도밖에 나오지 않으리라.

"달리 생각나는 게 있다면 사양 말고 연락 주십시오. 뭐, 수사 결과에 따라서는 저희가 다시 찾아올지도 모르지만요."

그 말만을 남기고 풍채가 좋은 형사가 과장되게 한숨을
내쉬었다.

이후에 실시된 경찰 수사를 통해 '랑데부' 301호실에서는
내가 말한 것처럼 후지야마의 모발과 정액 흔적이 발견되었
다. 그리고 당연히 내 스마트폰에서도 그와 연락을 한 이력
은 나오지 않았다. 이렇게 사건 당일 밤, 후지야마가 미야기
현 내의 러브호텔에 있던 사실이 증명되었다.

그런데도 주간지나 스포츠신문은 후지야마 장관의 추문
과 관련된 의혹을 매일같이 보도했다. 그들에게 인기인의
몰락은 좋은 기삿거리였으리라. 내가 사는 연립이나 근무하
는 사무실에도 많은 기자가 밀어닥쳤고, '후생노동성 장관
을 사로잡은 전설의 유흥업소 아가씨를 찾아가다!'라는 제
목의 주간지 기사가 나온 적도 있었다.

후지야마는 결국 이 의혹 탓에 정계를 떠났다. 1월이 끝
나기도 전에 장관과 의원직을 내려놓고, 깔끔하게 표면적인
무대에서 모습을 감췄다. 최대의 신념이었던 플라나리아 센
터 정책을 이미 궤도에 올려놓았기에 아무런 미련도 남지
않은 것 같았다. 이것이 사건의 대략적인 전말이었다.

어느샌가 커피가 식어버렸다.

찻집 창문으로 '랑데부' 간판이 바람에 흔들리는 것이 보였다. 그날의 기묘한 신음 소리가 지금도 귀에 생생히 들려오는 것만 같았다.

스마트폰으로 시간을 확인하자 예약 시각까지 30분이 남아 있었다. 토트백에서 손거울을 꺼내 화장이 망가진 곳은 없는지 확인했다. 땀도 흘리지 않았기에 조금 더 여기에서 느긋하게 시간을 보낼 수 있을 듯했다. 나는 마스터에게 물을 한 잔 받아서 멍하니 눈을 감았다.

노다 의원의 죽음에 관해서는 현재도 진상은 밝혀지지 않은 채였다. 사건으로부터 4개월여가 지난 지금도 후지야마를 범인이라고 의심하는 사람이 적지 않았다. 하지만 나만큼은 그가 범인이 아니라는 사실을 알고 있다. 노다 의원이 도쿄의 호텔 옥상에서 추락했을 때, 후지야마는 350킬로미터 떨어진 미야기 현 구라요시 시에서 나와 피부를 맞대고 있었으니까.

하지만 그때의 후지야마의 상태를 알고 있기에 나는 때때로 온몸의 털이 곤두서는 듯한 공포를 느낄 때가 있었다. 당시 후지야마가 드러낸 추태는 제정신인 인간의 것이 아니었다. 그 짐승 같던 눈동자는 역시 사람을 죽인 흥분을 반영한 것은 아니었을까? 내 피부를 쓰다듬던 그 손바닥으로 노다 의원을 옥상에서 밀어 떨어뜨린 것은 아니었을까?

그런 의혹이 가슴속에서 샘솟는 것을 억누를 수가 없었다.

6
시바타 가즈시

기무라가 식당으로 뛰어 들어온 것은 식당의 벽시계가 종소리로 4시를 알린 직후의 일이었다. 가즈시는 텅 빈 커피잔을 앞에 두고 꾸벅꾸벅 졸고 있었다.

"죄송합니다. 시바타 씨 계신가요?"

불안한 듯 눈썹을 낮춘 기무라의 표정은 평소 이상으로 알프스산맥의 축산업자와 닮아 있었다. 보면 알 수 있지 않냐고 말하고 싶어도 그의 눈에는 주변이 제대로 보이지 않는다.

이 남자가 가즈시를 찾을 때는 변변한 일이 없다. 또 귀찮은 일이라도 벌어진 것일까.

잠이 덜 깬 눈으로 일어서다가 아까까지 있던 유시마가

사라진 것을 깨닫고 잠이 확 달아났다. 꽤 오랜 시간 동안 졸아버렸다. 설마 그 녀석이 뭔가 사건을?

"기무라 씨, 무슨 일인가요?"

기무라 앞에 서자, 평소처럼 감귤계 향기가 코에 닿았다. 땀을 흘리는 일은 하지도 않는 주제에.

"서둘러 발송부 작업장으로 가주세요. 시타라 센터장님이 부르십니다."

기무라가 금방이라도 울 것 같은 목소리로 말했다.

"설마 유시마가 무슨 일이라도 저질렀나요?"

"유시마? 유시마 씨에게 무슨 일이 있나요?"

이 남자, 직책은 관리직인 주제에 사정은 전혀 모르는 듯했다. 가즈시는 잔을 정리하지도 않고 서둘러 식당을 뛰어나갔다.

작업장에는 미가공육의 발송을 담당하는 직원이 모여 있었다. 가즈시와 마찬가지로 근무 후에도 직장에 남아 있던 멤버가 모인 것처럼 보였다. 모인 사람들을 쏘아보듯 시타라가 벽을 등에 지고 팔짱을 끼고 있었다. 평소보다 더욱 위압감이 느껴졌다.

"기무라, 이걸로 다 모였나?"

"아마 그런 것 같습니다."

"얼마 안 되는군. 어쩔 수 없나."

시타라의 굵은 목소리는 변함없이 기계적이었지만, 묵직하고 낮은 울림에 얼얼한 긴장감이 배어 있었다. 미가공육 부문의 직원만을 모아놓은 것은 도대체 무슨 일 때문일까.

"모두에게 질문이 있네. 오늘 오후에 관리번호 B2069번 사체를 포장한 건 누구지?"

손을 드는 자는 없었다. 매일 20여 명 가까이 사체를 처리하기에 관리번호를 기억할 수 없는 것이다. 시타라는 그것을 알고 있는 듯 심각한 표정을 한 채 태블릿을 재빠르게 터치하기 시작했다.

"발주자는 이 남자, 후지야마 히로미 씨다. 이 얼굴과 닮은 사체를 처리한 사람, 여기 없나?"

시타라가 태블릿을 이쪽으로 향한 순간, 가즈시는 자신도 모르게 숨을 삼켰다. 그 얼굴은 그야말로 세 시간 정도 전에 자신이 대면한 사체에서 축 늘어진 군살을 제거한 모습과 똑같았기 때문이었다.

"접니다. 확실히 기억합니다."

"자네인가."

시타라의 날카로운 눈빛에 한순간 동요의 빛이 떠올랐다. 불길한 예감이 들었다.

"자네는 이 인물이 발주한 상품을 자신의 손으로 포장했다고 인정하는 거지?"

"네."

"기무라, 휴대전화를 빌려주게."

시타라가 부하의 스마트폰을 거칠게 뺏어 들었다. 기무라는 이미 반쯤 울고 있었다.

"시타라입니다. 발송부의 직원을 확보했습니다. ……네, 인정했습니다. ……네, 지금 바로. ……알겠습니다. 네…….
네……. 알겠습니다. 실례하겠습니다."

통화를 끝내자 시타라는 찌르는 듯한 시선으로 일동을 둘러보았다.

"기무라, 전 장관의 저택에 화물을 배달한 드라이버에게 연락을 취해서 지금 바로 현장으로 향하게 하게. 시바타 이외의 직원은 전부 해산. 시바타, 자네는……."

시타라는 독수리 같은 날카로운 시선에 더욱 힘을 담았다.

"지금부터 내 차로 같이 가와라마치로 가야겠어. 후지야마 전 장관님이 살고 계신 저택이야. 지금 바로 준비하도록."

"무, 무엇을 하러 가는 건가요?"

시타라는 아주 잠시 뜸을 들인 후, 짧게 답했다.

"당연한 걸 묻는군. 죽으러 가는 거야."

막간

베르디의 〈레퀴엠〉이 BGM으로 흘러나오는 싼티 나는 영상이 끝나자, 회색 정장을 몸에 걸친 백발의 사회자가 카메라를 향해 살짝 고개를 숙였다.

"안녕하십니까. 전 세계로 파문이 퍼지고 있는 플라나리아 센터 관련 법안에 관한 소식입니다. 드디어 이번 주말에는 법안이 표결될 예정입니다. 따라서 오늘은 여당과 야당의 중심 위원을 모시고 속마음을 터놓고 대화를 나눠보고자 합니다. 스즈키 아나운서, 부탁합니다."

키가 큰 여성 아나운서가 논객 두 명의 경력을 설명하는 동안, 사회자는 화면 중앙의 의자에 천천히 앉았다. V자 형태인 책상 좌우에는 30대 중반의 남자 두 명이 팔짱을 낀 채 마주해 있었다.

"그럼 시작하도록 하죠. 두 분의 정치적 주장은 그야말로 물과 기름이지만, 고등학교 시절부터의 친구이기도 하죠?"

"기억나지 않습니다."

"어라, 그런가요? 후지야마 장관님, 오늘도 선글라스를 끼고 계시네요."

"그게 뭐 문제가 되나요?"

"아닙니다. 상관없습니다. 그럼 질문드리겠습니다. 일단 이 플라나리아 센터 관련 법안에 관하여 자세히 설명해주시 겠습니까?"

"알겠습니다. 지금 심의 중인 법안은 두 가지가 있습니다. 첫 번째는 '클론 기술 규제법'의 개정안. 이것은 클론 배아를 대리모에게 이식하는 걸 금지하는 법률이지만, 원칙은 유지 하면서 기술 연구를 위해 후생노동성 장관이 허가한 경우 에는 법률에 위배되지 않는다는 예외 조항을 추가했습니다. 조문을 읽어보시면 아시겠지만, 원래부터 클론 배아의 작성 자체는 금지하고 있지 않습니다. 두 번째는 '비자연인의 권 리에 관한 법률'로, 클론 인간을 법적으로 정의한 법안입니 다. 클론이 제한 없이 만들어지면 일본 사회는 대혼란에 빠 지게 되겠죠. 플라나리아 센터에 관련된 규제 중 대부분은 이 법안과 부칙으로 정리되어 있습니다."

"그 규제란 어떤 것들인가요?"

"일단 후생노동성의 전문가팀이 허가한 플라나리아 센터만이 클론을 만들 수 있습니다. 이 인가는 반년마다 갱신하므로, 각 시설은 1년에 두 번, 전문가로 구성된 위원회의 엄격한 심사를 받아야 합니다. 심사에 떨어진 플라나리아 센터가 위법하게 클론을 만들면, 현행 '클론 기술 규제법'의 벌칙 규정에 따라 10년 이하의 징역과 1천만 엔 이하의 벌금 중 하나 또는 양쪽 모두 부과받게 됩니다. 이때의 심사 항목도 다양합니다. 가장 중요한 건 클론의 격리입니다. 그들은 법적으로 인간이 아니지만, 외견은 인간과 똑같으니까요. 공공질서를 위해 그들은 확실히 격리되어야만 합니다. 클론의 발주에도 규칙이 있습니다. 클론 인간을 발주하려면 자신의 체세포를 제공해야만 합니다. 지금 이 방송을 보시는 여러분이 만들 수 있는 건 여러분 자신의 클론뿐이라는 말입니다. 이것은 참의원의 워킹 그룹에서 보고를 받아 추가된 규제입니다. 당연히 자신의 클론 고기를 타인에게 먹게 하는 것도 위법입니다. 그 밖에도 플라나리아 센터에서는 이름, 주소, 얼굴 사진 등의 고객 정보를 3년간 보관하거나 클론의 개체 수를 후생노동성에 보고하는 등의 의무가 부여됩니다. 해외로부터 클론 배양조를 수입하는 것도 금지되어 있습니다."

"잠시만요. 방금 말씀하신 배양조란 무엇인가요?"

"대리모의 자궁 역할을 하는 장치입니다. SF 영화 같은 곳에서 태아가 투명한 캡슐에 들어 있는 걸 보신 적 있으시겠죠? 이미지는 그와 비슷합니다. 기술적인 부분을 말씀드리자면, 클론을 만들기 위해서는 일단 기증자의 체세포가 필요합니다. 이 세포의 핵을 배양한 후 핵을 제거한 모세포를 이식한 것이 클론 배아입니다. 이것을 배반포기까지 배양하여 대리모의 자궁에 이식함으로써 클론 인간이 태어납니다. 물론 플라나리아 센터에서는 대리모를 고용하지 않습니다. 그때 자궁 대신에 배양조를 쓰는 거죠. 어림잡아 3킬로그램 정도까지 배양조에서 키우고, 그 이후에는 바구니에서 사육하게 됩니다."

"그렇군요. 그 말은 곧 배양조만 있다면 누구든 클론 인간을 만들 수 있다는 건가요?"

"그런 식으로 볼 수도 있겠네요. 그렇기에 이 배양조는 후생노동성이 인가한 플라나리아 센터만이 발주할 수 있습니다. 소모품이기에 클론을 한 명 키우기 위해서는 하나의 배양조가 필요합니다. 이 발주 수와 출하한 클론의 머릿수가 일치하는지, 후생노동성의 감시팀이 엄격하게 확인하게 됩니다."

"그렇군요. 노다 의원님, 이 정도의 규제로 충분한 건가요?"

"아니, 애초에 규제의 문제가 아니라 이런 시설 자체가 필요하지 않습니다. 비도덕적인 정책을 무리하게 시행하려다 보니까 이런 복잡한 규정이 생겨나는 겁니다."

"후지야마 장관님, 지금 웃고 계신데요. 플라나리아 센터는 어째서 필요한 건가요?"

"아이들을 지키기 위해서입니다. 아시는 것처럼 재작년 가을에 팬데믹이 수습된 이후에도 아이들에게 육식을 시키지 않는 부모가 매우 많습니다. 닭고기나 돼지고기를 통해 바이러스가 확산된 사실은 아직도 기억에 생생하니까요. 많은 아이들이 온몸에 발진이 생겨서 피를 토하며 죽어가던 걸 떠올리면 이는 당연합니다. 그래도 건전한 발육에는 동물성 단백질의 섭취는 필수입니다."

"흠, 그렇죠. 영양 부족인 아이들이 80만 명에 이르게 될 것이라는 데이터도 있으니까요."

"성장 장애 문제도 있습니다."

"그렇다고 해서 인간의 고기를 먹인다는 건가요? 바보 같은 생각입니다."

"노다 의원님, 일본의 미래를 짊어지는 건 아이들입니다. 이건 국가의 위기예요. 그럼 좋은 대안이라도 있나요?"

"이론상으로는 그럴지도 모르지만, 인간에게는 도덕이라

는 게 있습니다."

"역시 그렇겠죠? 윤리적인 문제는 꽤 어려운 점으로……."

"어렵지 않습니다. 노다 의원님, 동성애를 생각해보시죠. 자연계에서 널리 보이는 행위로, 결코 이상한 게 아닙니다. 그런데 일본에서는 과거 동성애자를 기피하던 시절이 있었습니다. 하지만 지금은 어떤가요? 사람들의 끊임없는 노력 덕에 상식은 바뀌었습니다."

"이야기를 돌리지 말아 주십시오."

"돌리는 게 아닙니다. 일본인은 지금이야말로 상식을 넘어서야 합니다. 자연계에 같은 종족을 먹는 걸 금지한다는 규칙이라도 있나요?"

"하지만 후지야마 장관님, 이 정책에 반대하는 국민이 많은 것도 사실입니다. 어제도 가스미가세키(일본의 행정기관들이 모여 있는 지역─옮긴이)에서는 20만 명 규모의 항의 집회가 열렸어요. 노다 의원님도 참가하셨죠?"

"물론입니다. 그만큼 많은 목소리에 귀를 기울이지 않아서는 정치인이라고 할 수 없죠."

"오늘 가지고 오신 그건 뭔가요?"

"이건 다음 달 열릴 전국 합동 궐기 집회의 포스터입니다. 저도 히비야 공원에서 연설할 예정이거든요."

"아, 그러고 보니 요즘 길거리에서 포스터가 많이 보이더군요."

"네. 저희는 이 프로젝트를 P작전이라고 부릅니다. 포스터를 붙이는 건 누구나 할 수 있는 의사표시 중 하나니까요. 집회나 서명 활동에 참여하는 건 꺼리는 사람들도 궐기 집회의 포스터를 붙이는 것만이라면 어려워하지 않고요. 이걸 30만 장 찍을 예정입니다."

"그렇군요. 이런 항의 활동에 관해 후지야마 장관님은 어떻게 생각하시나요?"

"훌륭한 일입니다. 일본은 민주국가니 모두 자기의 생각을 주장하면 되죠. 포스터도 자유롭게 붙이면 그만입니다. 뭐, 조례에 저촉되지 않는 범위 내에서 말이겠지만요. 중요한 점은 그들의 의견을 받아들일 것인지 아닌지를 정하는 건 국민의 대표인 정치인이라는 점입니다."

"우리 방송에서도 주말에 여론 조사를 행했습니다. 이쪽을 봐주시죠. 플라나리아 센터 관련 법안을 지지한다, 혹은 지지하는 편이다, 라는 목소리가 70퍼센트를 넘었습니다. 이 결과를 어떻게 해석하면 좋을까요?"

"국민에 대한 정성을 다한 설명이 효과를 발휘했다고 보면 되겠네요. 기쁩니다."

"아닙니다. 당신은 국민을 속이고 있을 뿐이에요."

"네? 언제 어떤 식으로 속였다는 말씀이신가요?"

"잠시 진정들 하시고요."

"장관님, 당신은 먹히는 인간의 감정을 생각한 적이 있습니까?"

"하하하. 물론 없죠. 이번 법안에서는 성장촉진제의 투여 없이 클론을 키우는 것도 금지되어 있습니다. 그들은 아기 정도의 지능인 채 몸만 어른이 되어 출하됩니다. 클론들이 성인과 비슷한 감정을 품는 일은 애초에 없습니다."

"노다 의원님, 자리에 앉아주세요."

"당신은 자연이나 생명에 대한 존경심이 없습니까?"

"개인의 종교관에 관해서는 다른 곳에서 말씀해주시죠. 정책 논의를 하기 위해 나온 자리니까요."

"천벌이 내릴 겁니다. 언젠가……."

"잠시 광고를 보신 후, 시민의 목소리를 들어보도록 하죠."

"당신에게는 천벌이 내릴 겁니다. 5년 후일지 10년 후일지는 몰라도 언젠가는 반드시……."

7
시바타 가즈시

구라요시 시에서 후지야마 전 장관이 사는 가와라마치까
지는 자동차로 한 시간이 조금 못 미치는 거리다. 가즈시는
시타라가 운전하는 쿠페를 타고 후지야마 전 장관의 저택으
로 향하는 길이었다. 날카로운 눈매로 핸들을 잡은 시타라
옆에서 가즈시는 사정을 묻지도 못하고 비에 젖은 거리를
바라볼 수밖에 없었다.

"전철과 택시를 이용하는 편이 빨랐겠군."

시타라가 입을 연 것은 건널목 신호등에 걸려 차를 멈췄
을 때 중얼거린 그 한마디뿐이었다. 건널목 옆에는 작은 역
이 있었고, 녹이 슨 간판에는 '히라야마병원앞 역'이라고 적
혀 있었다. 플라나리아 센터의 직원도 많이 이용하는 오자

와 철도의 역 중 하나다. 우산을 한 손에 들고 홈에서 전철을 기다리는 군중이 자신들과는 다른 세상에 사는 사람들처럼 여겨졌다.

가즈시는 이제 곧 대면하게 될 선글라스를 낀 정치인에 대해 생각했다.

일본 각지에 플라나리아 센터가 건립된 것은 이 단 한 명의 공적이라 해도 과언이 아니었다. 애초에 유전자 공학의 제1인자였던 후지야마는 열에 들뜬 듯한 대중의 지지를 무기로 이 이상한 신산업을 뿌리내리는 데 성공했다. 비판은 앞으로도 이어질 테지만, 현실적으로 그는 일본 경제를 다시 세우고 많은 실업자를 구했다.

하지만 올해 초, 어떤 의혹 때문에 후지야마가 정계를 은퇴했다. 대립하던 야당 의원을 그가 호텔 옥상에서 밀어 떨어뜨렸다는 의혹이었다. 그에게는 철벽의 알리바이가 있었기에 체포에는 이르지 못했지만, 많은 국민은 그에 대한 의심의 눈초리를 거두지 않았다. 일본인 같지 않은 뛰어난 정치적인 수완을 보여왔기 때문에, 사람들은 완벽한 알리바이를 만들면서도 한 명의 인간을 죽이는 것 정도는 식은 죽 먹기일 것이라 믿었다. 반면 그에 대한 대중의 지지는 전혀 줄어들지 않았다.

만복산업과 관련된 이야기를 하자면, 장애인 채용으로 기무라를 고용하게 한 것도 후지야마라는 소문이 돌았다. 확실한 것은 알 수 없지만, 그만큼 라인이 두텁고 서로 돕고 돕는 관계를 구축해왔을 것이다.

시타라는 신호 때문에 자동차의 흐름이 정체될 때마다 작게 혀를 찼다. 도중에 가와라마치에 들어갈 때쯤 경찰의 검문을 받았다. 이전에 라디오에서 유아 유괴가 다수 발생하고 있다고 들었는데, 그 범인이 아직 잡히지 않은 듯했다. 쿠페 뒷좌석 창문의 진한 선팅이 경찰의 눈에 띈 모양이다.

그런 까닭에 후지야마 전 장관의 저택에 도착했을 무렵에는 이미 해가 서쪽 하늘로 저물고 있었다. 노송나무로 짜인 벽이 주변 주택과는 이질적인 고급스러움을 빚어냈고, 저택 뒤편으로는 녹지 공원 같은 정원이 펼쳐져 있었다. 엔진 소리를 들은 것인지 가정부처럼 보이는 여성이 문을 열고 나타나 공손하게 고개를 숙였다. 저택 내에는 만복산업의 배송 트럭이 한 대 서 있었다. 시타라는 가정부의 안내에 따라 트럭 옆에 쿠페를 세웠다.

"부디 실례되는 행동은 하지 않게끔 주의하게. 장관님은 우리에게 신과 같은 분이니까."

시타라가 한마디 못을 박고 차에서 내렸다. 둘은 가정부의 뒤를 따라서 차례로 현관 문지방을 넘었다.

"오랜만이야, 시타라 군. 이런 식으로 얼굴을 마주하게 될

줄은 몰랐네."

웅접실에서 둘을 기다리던 것은 텔레비전이나 동영상 사이트에서 몇 번이고 본 적 있는 후지야마 히로미 본인이었다. 나이는 아직 40대 초반이지만, 시타라나 기무라와는 박력이 완전히 달랐다. 20대처럼 불필요한 움직임이 없음에도 입가에는 달관한 듯한 여유 있는 미소가 떠올라 있었다. 국회 답변 시에도 벗지 않았다는 트레이드마크인 선글라스 탓에 그 눈빛을 직접 살펴볼 수는 없었다. 그럼에도 렌즈 건너편에서 날카로운 눈동자가 이쪽을 노려보고 있다는 것은 쉽게 상상할 수 있었다.

"후지야마 선생님, 이번에는 실로 죄송합니다."

시타라를 따라 가즈시도 고개를 숙였다. 먼저 도착한 듯한 배달 드라이버 남성도 앉아 있던 자리에서 일어나 인사했다. 드라이버는 빼빼 마른 30대 남자로, 검게 그을린 피부에 가루를 뿌린 것 같은 주근깨가 보였다.

"죄송하다고? 그건 그렇겠지. 나도 현역 무렵에는 이런저런 협박을 많이 받았어. 정계라는 곳은 눈 감으면 코를 베어 가는 세계니까. 그래도 이런 일을 겪는 건 처음이야."

"드릴 말씀이 없습니다."

"뭐, 처음에는 화도 났지만, 이렇게 잠시 시간을 두고 생각해보니 꽤 똑똑한 녀석이 있다는 생각이 들더군. 거기 자네,

이름이 뭔가?"

후지야마가 손가락 사이에 끼운 담배를 이쪽으로 향했다.

"시, 시바타 가즈시라고 합니다. 제2플라나리아 센터의 발송부에서 일하고 있습니다."

"하나만 답하게. 이걸 쓴 건 자네인가?"

후지야마는 테이블 위에 있던 구깃구깃한 종이를 들어 올렸다.

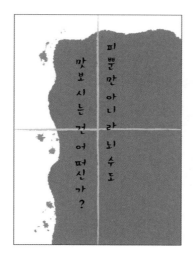

검붉은 액체가 스며들어 있어서 읽기 어려웠지만, 수필로 '피뿐만 아니라 뇌수도 맛보시는 건 어떠신가?'라고 적혀 있었다. 가로세로로 한 번씩 접혀 있었던 듯 십자 무늬로 접힌

금이 남아 있었다.

무슨 의미일까. 물론 가즈시로서는 본 적 없는 것이었다.

"아니요. 제가 쓴 게 아닙니다."

"아니라고?"

"네."

"그런데 거기 앉아 있는 드라이버 미네타 군도 자신은 케이스를 옮겼을 뿐이라고 하거든. 시타라 군, 신기한 이야기 아닌가?"

"네, 죄송합니다."

시타라는 다시금 고개를 숙였다.

"바보처럼 똑같은 말만 반복하지 말게. 내가 알고 싶은 건 누가 머리를 보냈는지야. 그럴 수 있는 인간은 케이스를 포장한 발송부의 직원 아니면, 케이스를 옮긴 드라이버 정도밖에 없어. 그런데 둘 다 자신은 아니라고 주장하고 있지. 참 재미있는 이야기 아닌가?"

후지야마가 기분 나쁘게 웃더니 라운지체어에 앉으라고 눈으로 재촉했다. 직사각형 책상에 가정부가 찻잔을 늘어놓았다. 응접실 안쪽에는 노트북과 프로젝터 그리고 프린터 복합기가 놓여 있었다.

"하나 말해두지. 현시점에서 나는 이 건을 경찰에 신고할 생각은 없어. 협박죄의 구성 요건에 해당한다는 건 명백하지만, 여기서 내가 분개하면 상대가 기대하는 대로일 테니까. 범인을 신고할지 말지는 범인이 누군지 알고 나서도 늦지 않아. 실제로 용의자가 이렇게 적다면 범인을 찾아내는 건 어렵지도 않을 테고."

"잠시만 기다려 주세요. 머리라든가 협박장이라든가, 도대체 무슨 일이 벌어진 건가요?"

드라이버인 미네타가 가느다란 팔을 들고 물었다. 후지야마는 다리를 바꿔 꼬더니…….

"사실을 정리해보지. 자네가 이 집에 배달을 온 건 오늘 오후 3시 조금 넘은 시각. 지금부터 두 시간 정도 전의 일이야. 그 자리에서 나는 주문한 상품을 받아들었지. 만복산업에서는 오후에 도착한다고밖에 말하지 않았지만, 지금까지의 경험을 봐서는 3시 정도에 도착할 거라고 예상하고 있었어. 그랬더니 생각한 대로였지. 주문한 건 미가공의 사체 하나. 받아든 시간은 미네타 군과 기억이 일치하고, 가정부인 아사기 씨도 트럭을 봤다고 하니 틀림없어. 나는 케이스를 받아들고 내 손으로 직접 별채로 옮겼어. 그때 의원 시절의 비서에게 휴대전화로 전화가 걸려왔기에 바로 열지는 않았다네. 전화 내용은 정말로 별거 아닌 일로, 사적인 치정 싸움에 대한 거였어. 나는 스캔들의 대선배니까 말이야. 그렇게 이야기를 나눈 게 10분 정도로, 그 후 잠시 멍하니 있다가 케이스를 연 게 3시 반 정도야. 서둘러 냉장고로 옮겨야겠다는 생각에 뚜껑을 열자, 접힌 종이가 눈에 들어왔지."

뇌수를 먹느니 어쩌니 적혀 있던 그것이다. 후지야마는 종이를 접어서 케이스에 들어 있던 상태를 재현했다.

"처음에는 깜짝 이벤트인 걸까 생각했어. 단골 고객에게 조그만 선물이라도 담은 건지 진지하게 생각했을 정도야. 그래도 내용물을 꺼내려다 보니 역시 이상하다는 생각이 들더군. 사체가 뭔가 껴안고 있었거든. 부끄러운 이야기지만, 정말로 넋이 나가버렸네. 그도 그럴 것이 머리가 들어 있었으니까."

발송부 직원은 케이스에 사체를 담을 때 태아처럼 몸을 둥글게 만다. 케이스 중앙에 이물을 담으면 사체가 그것을 소중하게 안고 있는 것처럼 보이리라.

"내 비명을 듣고 아사기 씨가 별채로 달려왔지. 아사기 씨는 지금 차를 내어준 가정부야. 나보다 그녀는 훨씬 더 냉정했다네. 애초에 나는 사체를 주문하고 있다는 사실을 숨길 생각이었지만, 실제로는 이미 알고 있었다더군. 그녀는 머리와 종이를 보더니 나에게 이렇게 말했어. '플라나리아 센터를 반대하는 활동가들이 선생님을 괴롭히기 위해 이런 짓을 벌인 게 분명합니다. 주인님, 정신 차리세요'라고 말이야. 듣고 보니 그 말 그대로였지. 그래서 경찰에 신고하지 않고 가장 먼저 시타라 군에게 연락을 취했다네. 사건을 키워서는 적이 노리는 대로일 테니 말이야. 이게 3시 50분쯤이었나. 통화 기록으로 확인할 수 있겠지."

그렇군. 가즈시는 그제야 자신에게 향해진 의혹이 무엇인지 이해했다.

가즈시가 폐기물 처리 센터로 옮겨서 소각 처분했을 터인 머리가 어째서인지 케이스에 담긴 채 발주자에게 배달된 것이다. 덤으로 협박문까지 들어 있다고 하니, 사고나 착오 등이 아니라 누군가가 악의로 꾸몄다는 점이 명백했다.

"다음은 자네들의 이야기를 들어보지. 우선 시바타 군이라 했나?"

그렇게 말한 후지야마는 가슴 주머니에서 라이터를 꺼내 손에 들고 있던 담배에 불을 붙였다.

"내가 주문한 사체를 자네가 케이스에 담았을 때의 이야기를 해보게나."

"알겠습니다. 특별한 건 아무것도 없지만요. 저는 오후 타임의 일을 1시 무렵부터 시작하거든요. 첫 번째로 처리한 게 후지야마 씨가 주문하신 사체였습니다. 그때는 확실히 알아보지 못했지만, 어디선가 본 적이 있다는 느낌이 들었습니다. ……잠깐, 죄송합니다."

기침이 나왔다. 목을 잡고 눌러 참으려 해도 마른기침이 새어 나왔다.

"왜 그러나?"

"죄송합니다. 그는 연기에 약하거든요. 담배를 꺼주실 수 있으신가요?"

시타라가 끼어들었다. 어제, 경비실에서도 가즈시가 기침을 했던 것을 기억하는 듯했다.

"얼마나 허약체질인 거야. 뭐, 좋아."

후지야마가 담배를 재떨이에 비벼 끈 후, 가정부를 불러 재떨이를 치우게 했다. 가즈시는 어떻게든 호흡을 정리하고 말을 이었다.

"……그, 그러고 나서 평소처럼 머리를 절단해서 동체를 씻은 후 케이스에 담았습니다. 머리는 다른 것과 함께 봉투에 넣어서 2시 조금 전, 1시 55분 정도에 폐기물 처리 센터로 옮겼고요. 케이스 쪽도 마찬가지로 평소처럼 발송 센터로 가지고 갔습니다. 딱 2시 정도였을 겁니다."

"이상한 건 아무것도 없었단 말이지?"

"네, 맞습니다."

"그럼 자네가 가령 케이스에 장난질을 한다고 쳐보지. 절단한 머리를 숨겨두거나, 준비해둔 종이를 투입한다거나 하는 거 말이야. 그 경우, 자네의 동료가 그걸 알아챌 수 있나?"

가즈시는 작업 중의 동료를 떠올려보았지만, 그것은 생각할 필요도 없는 일이었다.

"십중팔구 모를 겁니다. 센터의 직원들은 다른 사람의 일에 관심을 가지지 않으니까요."

"하하. 당당하군. 즉 자네는 동료에게 들키지 않고 장난질을 할 수 있다는 말이잖아. 그럼 미네타 군, 자네 이야기를 들어볼까."

미네타는 삐쩍 마르고 긴 팔을 뒤통수에 대고 "흐음" 하고 짧게 답했다.

"저도 그저 평소와 똑같은 일을 했을 뿐입니다. 2시 5분 정도에 발송 센터에 도착했고, 이미 발송부에서 도착한 케이스가 쌓여 있었기에 그것들을 트럭의 컨테이너로 옮겼습니다. 전속 드라이버는 열 명인데, 거의 방향에 따라 담당이 정해져 있습니다. 저는 열 개 정도의 케이스를 컨테이너로 옮겨서 2시 15분 정도에는 센터에서 출발했습니다. 그 후에 가장 먼저 이 집으로 향했죠."

"이 집이 최초의 배달 장소였단 말이군. 그건 왜지? 우연인가?"

"아닙니다. 시타라 센터장님이 단골손님을 우선해서 배달하라고 지시했기 때문입니다. 배달지가 어느 정도는 모여 있기에 어떤 곳이 단골인지 정도는 파악하고 있습니다."

후지야마가 시타라를 바라보자, 시타라는 천천히 고개를 끄덕였다.

"1년 정도 전, 미네타 군을 고용하기 전의 일이지만 엔진 고장으로 배달이 늦어진 적이 있어서요. 물론 고장이 나지 않게 하는 게 최선이지만, 늦더라도 중요한 고객에게는 크게 폐를 끼치지 않도록 교육하고 있습니다."

"그렇군. 계속하게."

"네. 날씨가 이래서인지 교통량도 많지 않아서 3시 조금 지나 도착할 수 있었습니다. 대충 45분 정도 만에 도착한 게 되겠네요. 그 후에 후지야마 님께 직접 케이스를 전달하고 나서 다음 배달지로 향했습니다. 제가 말씀드릴 수 있는 건 이 정도뿐입니다."

"도중에 특별한 일은 아무것도 없었다는 거지?"

"네…… 아, 근데 그러고 보니 중간에 경찰이 한 번 트럭을 멈춰 세우고 질문을 했었어요. 이 주변에서 유괴 사건이 벌어지고 있다고 하더군요. 커다란 컨테이너를 싣고 있으니 수상하게 보였을 수도 있겠죠."

앞서서 시타라의 쿠페가 받은 검문과 같은 것이리라.

"그럼 시바타 군에게 한 것과 같은 질문을 하지. 자네가 케이스에 장난질을 한다고 하면, 동료가 그걸 알 수 있나?"

"흠. 바로 알 수 있겠죠. 저희는 케이스를 옮기는 게 일이니 케이스를 열고 내용물을 만지작거리는 일은 절대로 없거든요. 그런 짓을 한다면 너 지금 뭐 하고 있냐며 소동이 벌어질 겁니다. 그리고 설사 동료에게 들키지 않는다고 해도, 제가 머리를 케이스에 담는 건 불가능합니다."

미네타는 확실하게 잘라 말했다. 후지야마가 기분 나쁘게 웃었다.

"어떤 근거로?"

"후지야마 님, 잠시 실례되는 질문을 해도 될까요? 만복산업 제2플라나리아 센터의 지리 구조는 알고 계시는지요?"

"물론이지. 현역 시절에 몇 번이고 시찰하러 갔으니까."

"감사합니다. 그렇다면 간단히 말씀드릴 수 있겠네요. 저로서는 머리를 케이스에 넣을 만한 시간이 없었습니다. 시바타 씨가 말한 대로라면 머리를 폐기물 처리 센터로 옮긴 게 대략 1시 55분이라고 했죠. 제가 머리를 케이스에 넣으려면 시바타 씨가 나간 직후에 폐기물 처리 센터를 방문해 특정한 머리를 찾아서 발송 센터까지 옮겨야만 합니다. 실제로 한다고 상상해보면, 이건 좀처럼 쉽지 않은 일입니다. 폐기물 처리 센터에는 100여 개나 되는 머리가 버려질 테니까요. 다들 닮은 투실투실한 머리예요. 거기에 단 하나 숨겨진 후지야마 님과 똑 닮은 머리를 찾는다는 건 5분이나 10분으로는 쉽지 않겠죠. 그뿐 아니라 시바타 씨처럼 발송부 직원이 머리를 한창 나르는 도중에요. 그 안에서 홀로 머리를 뒤지는 녀석이 있다면 아무리 같은 회사 직원이라도 수상하게 여길 겁니다."

"그렇군. 분명 수상하겠군."

"맞습니다. 그리고 폐기물 처리 센터와 발송 센터를 왕복하는 것만으로도 2, 3분은 걸립니다. 트럭이 발차한 게 2시 15분이긴 하지만, 2시 5분에는 발송 센터에 있었다는 걸 동료가 증언해주겠죠. 1시 55분에서 2시 5분까지의 10분간 그런 엄청난 일을 벌일 수 있을 리가 없습니다."

미네타의 주장은 타당했다. 다만 그것을 인정하면 범행은 자신밖에 할 수 없는 일이 되어버린다.

"센터장님, 감시 카메라로 그 시간의 모습을 확인할 수는 없나요?"

응접실에 온 후 처음으로 가즈시는 스스로 먼저 입을 열었다.

"직원의 프라이버시를 배려해서 녹화는 하지 않거든. 사후 검증은 할 수 없다네."

"센터를 출발한 후에 다시 돌아갈 가능성은 없나?"

후지야마가 집게손가락을 세운 채 말했다.

"동료들에게는 2시 15분에 센터를 출발한 것처럼 생각하게 한 후에 5분 정도 틈을 두고 다시 돌아가는 거지. 이미 발송부는 작업을 마친 시간일 테니까 폐기물 처리 센터에서 직원을 만날 위험성도 없어. 재빠르게 머리를 케이스에 담고 다시 트럭을 출발시킨 거라면?"

"아니요. 그럴 여유는 없습니다. 2시 15분에 센터를 출발해서 3시 조금 넘어 이 가와라마치에 도착했거든요. 45분 만에 이곳에 도착하는 건 자화자찬이긴 하지만 말도 안 될 정도로 빠른 시간입니다. 센터로 한 번 돌아갔다면 도착은 훨씬 늦어졌을 겁니다."

미네타는 있을 수 없는 일이라는 듯 양손을 펼친 채 대답했다.

"시타라 군, 자네가 플라나리아 센터에서 여기에 올 때 걸린 시간은 어느 정도였나?"

"약 한 시간입니다. 이 거리를 45분 만에 이동한다는 건 미네타 군이 말한 것처럼 매우 빠른 거라고 생각합니다."

시타라의 말에 거짓은 없었다. 가령 쿠페가 건널목이나 경찰차의 검문 때문에 늦어지지 않았다고 해도, 가와라마치까지 50분은 걸렸을 테다. 후지야마는 말을 곱씹듯 천천히 고개를 끄덕였다.

"그래, 미네타 군은 아무리 노력해도 머리를 몰래 담을 수는 없었겠군."

미네타가 안심한 듯이 머리를 긁었다. 가즈시의 등에 미적

지근한 땀이 흘렀다

"시바타 군, 이거 참 곤란하게 되었어. 범인은 자네밖에 없는 듯하네."

"아닙니다……. 저는 범인이 아니에요."

"그렇다면 그 사실을 증명해보게."

자신이 범인이 아니라는 것을 증명하라고? 자신이 범인이 아닌 사실을 가즈시는 확실히 알고 있다. 하지만 그 사실을 상대방에게 어떻게 전해야 좋을까? 가즈시는 필사적으로 머리를 굴렸다.

"……만약 제가 범인이라면."

"그래, 범인이라면?"

"제가 범인이라면, 범인처럼 보이는 사람이 저밖에 없는 상황에서 이런 짓을 벌이진 않을 겁니다."

"그렇군."

후지야마가 유쾌한 듯 콧소리를 냈다.

"그런 논리가 통한다면 전 세계의 범죄자에게 면죄부가 주어질 걸세. 발뺌할 생각 말게. 자네는 플라나리아 센터의 항의 활동가인 거지? 왜 이런 말도 안 되는 짓을 벌인 건가?"

"잠시만요."

목소리를 높인 것은 시타라 센터장이었다.

"범인은 시바타 군이 아닌 것 같습니다. 이건 진범이 꾸민 함정입니다."

순간 시타라가 무슨 말을 하는 건지 이해되지 않았다.
"그럼 누군가가 꾸민 거라고?"
후지야마가 전혀 동요하지 않은 듯한 목소리로 물었다.
"센터 직원이 아니라 외부 인간입니다. 이 사건은 항의 활동 단체가 우리 쪽에 내분을 일으키고자 꾸며낸 것 같습니다."
시타라의 말은 여전히 담담했지만, 그런 만큼 말에 담긴 각오가 스며들 듯 느껴졌다.
"무슨 말이지? 설명해보게."
"네. 미네타 군에게 묻고 싶은데, 경찰에게 검문을 받았다고 했지? 그 경찰은 근처에 경찰차를 세워둔 채였나?"
"……아니요. 경찰 복장을 한 사람이 두 명 서 있었을 뿐입니다."
"그럼 그 경찰은 자네에게 경찰수첩을 보여주었나?"
"아니요. 보여주지 않았습니다."
"예상대로군. 그 경찰은 유괴 사건이 벌어지고 있다고 말하며 컨테이너 안을 들여다보았겠지?"
시타라는 미네타가 고개를 끄덕이는 것을 보고 후지야마에게 시선을 돌렸다.

"들으셨나요? 미네타 군이 만난 이 두 경찰은 가짜가 분명합니다. 실은 저희도 가와라마치에 들어올 때 검문을 받았거든요. 뒷좌석의 짙은 선팅을 수상하게 여기는 듯했지만, 그들은 제대로 경찰차를 타고 있었고 경찰수첩도 소지하고 있었습니다. 가짜 경찰의 목적은 미네타 군이 운전하는 트럭을 멈추게 한 후 컨테이너에 숨어드는 것이었습니다. 컨테이너의 내용물을 체크하는 척하면서 케이스를 열고 머리를 넣었죠. 아니면 미리 머리가 들어 있는 케이스를 준비해 두었다 진짜 케이스와 바꿔치기했을지도 모르고요."

"그렇군. 그런 방법이 있군."

후지야마는 감탄한 듯한 자세로 턱을 쓰다듬었다. 가즈시는 가만히 두 명의 얼굴을 바라볼 수밖에 없었다.

"하지만 미네타 군 범인설과 마찬가지로, 어떻게 머리를 꺼내 왔는가 하는 문제가 남는데?"

"그것도 짐작 가는 바가 있습니다. 범인들은 플라나리아 센터의 항의 활동을 통해 센터의 지리적 구조나 업무 순서를 파악하고 있었습니다. 혹시라도 직원 중에 스파이를 심어두었을 가능성도 있고요. 그들은 언제나 정문 앞에서 항의 활동을 하기에 직원들도 이미 익숙해져서 아무도 상대하지 않습니다. 그런 상황을 그들이 이용한 건 아닐까요? 발송부 직원의 발길이 끊기는 2시 이후를 노려서 그들은 폐기물 처리 센터로 침입했습니다. 그리고 찾던 머리를 꺼내서는 미네타 군의 트럭을 쫓은 겁니다."

"잠시만 기다리게. 머리를 찾아오는 시간만 해도 적어도 10분은 늦어질 텐데? 미네타 군의 트럭을 따라잡는다면 단순 계산으로도 센터에서 가와라마치까지 35분 만에 이동해야 하잖아. 그게 불가능하다는 건 방금 막 확인한 참이지 않은가."

"네, 자동차라면 불가능하겠죠. 그들은 철도를 이용한 겁니다."

시타라의 말투는 무척이나 담담했다.

"구라요시 시의 플라나리아 센터와 가와라마치를 잇는 중간지점에 '히라야마병원앞' 역이라는 오자와 철도의 역이 있습니다. 이 역까지 이동한다고 가정하면 자동차보다 철도 쪽이 10분 정도 빨리 도착합니다. 범인들은 이 오자와 철도를 이용함으로써 미네타 군의 트럭을 앞질러서 먼저 도착할 수 있었겠죠. 폐기물 처리 센터에서 머리를 가지고 나온 범인들은 어떤 방법으로 머리를 숨겨서 '제2플라나리아센터앞' 역에서 발차하는 전철을 탔습니다. 그리고 '히라야마병원앞' 역에서 하차한 후, 경찰로 변장한 다른 멤버에게 머리를 건넨 겁니다. 머리를 받아 든 멤버는 준비해둔 자동차로 '히라야마병원앞' 역을 출발합니다. 그리고 가와라마치에 들어가는 지점에서 미네타 군의 트럭이 지나기를 기다렸습니다."

"흠. 기막힌 추리로군. 다만 안타깝게도 이렇게 반론할 수도 있네. 같은 방법으로 미네타 군 또한 범행이 가능했던 것 아닌가? 미네타 군도 머리를 꺼내러 돌아간 경우의 타임로스를 이 방식으로 되찾을 수 있을 것 같은데."

"아니요. 그건 불가능합니다. 미네타 군이 같은 방법을 썼다면 '히라야마병원앞' 역 부근에 미리 트럭을 준비해두어야 합니다. 당연히 그건 플라나리아 센터에서 출발한 것과 다른 트럭이어야 할 테고요. 하지만 그는 이곳에 케이스를 배달한 후, 다른 손님에게도 이어서 케이스를 배달했습니다. 따라서 트럭이 바뀌었을 가능성은 없습니다."

"그렇군. 그 말대로야."

후지야마가 만족스러운 듯 손뼉을 쳤다.

"시바타 군, 자네는 좋은 상사를 두었군. 하지만 말이야. 가령 지금 방법이 가능했다고 하더라도 시바타 군이 범인이 아니라는 사실을 증명하는 건 아니야. 항의 활동가의 음모였을 가능성도 부정할 수 없다는 정도일 뿐, 시바타 군이 범인이라고 생각하는 쪽이 훨씬 리얼리티가 있으니까."

"흐음. 그건 왜인가요?"

끼어든 것은 미네타였다. 모두의 시선을 모은 미네타는 꽃

꼿꼿하게 허리를 펴더니 말을 이었다.

"저는 지금 센터장님이 설명한 가설 쪽이 설득력이 있다고 생각합니다. 애초에 머리를 후지야마 님에게 보낸다니, 플라나리아 센터에 반대하는 녀석들 정도밖에 생각할 수 없을 테고요. 폐기물 처리 센터에서 머리를 가지고 나와 여기로 가지고 오는 것만으로도 충분한 협박이 될 겁니다. 그런데 범인들은 아주 조금 더 손을 써서 플라나리아 센터 내부의 인간이 꾸민 것처럼 속였잖아요. 애초에 시바타 씨가 말한 것처럼 만약 자신이 범인이라면 여기에 제 발로 오지 않고 진작 도망쳤겠죠."

"그 말이 맞습니다. 후지야마 선생님, 저희는 하마터면 적의 함정에 빠질 뻔했습니다."

시타라도 동의했다. 가즈시는 안도의 한숨을 내쉬었다.

하지만…….

"안타깝지만 지금 설명은 성립하지 않아. 미네타 군, 자네는 가와라마치에 들어올 때 검문을 몇 번 당했나?"

"네? 그건 물론 한 번인데요."

"그렇다면 그 검문은 진짜야. 가짜 경찰이 아니라네. 왜냐하면 지금 가와라마치는 봉쇄되어 있으니까."

가즈시의 귀 안에서 어제 라디오에서 들은 아나운서의 말이 되살아났다. 그렇다. 가와라마치에 드나드는 모든 자동차에 검문을 실시 중이라고 확실히 전했었다.

"자네들이 검문을 받은 건 컨테이너나 선팅이 수상했기 때문이 아니라네. 경찰은 모든 자동차를 검문하고 있을 뿐이니까. 따라서 미네타 군의 트럭을 검문한 것도 진짜 경찰이라는 말이 되지. 가짜 경찰이 뒤섞여 있었다면 검문을 두 번 받았어야만 해. 즉 아무리 철도로 앞질러 온다고 해도 범인들로서는 컨테이너의 내용물을 바꿀 기회가 없었다는 말이 되지."

시타라는 잠시 생각에 잠겼지만, 이윽고 어깨를 축 떨구고 좌우로 고개를 저었다. 미네타도 미안한 듯 이쪽을 바라보았다. 가즈시도 고개를 숙일 수밖에 없었다.

"결국 그런 거라네. 시바타 군, 부하를 아끼는 상사에게 망신을 주고 말았군."

후지야마는 몸을 쑥 일으키더니 가즈시의 정면으로 천천히 다가섰다. 맹렬한 위압감에 가즈시는 라운지체어 위에서 몸을 굳혔다.

"나는 자네가 싫지 않아. 사상이 다를 뿐 악당이라고 생각하지 않지. 하지만 자네는 내가 싫은 건가?"

웃기지 말라고. 성실하게 작업을 했을 뿐인데 왜 이런 추궁을 당해야 하는 건데.

"시바타 군, 자신을 위해 생각해. 진짜 사실을 말할 때야."

시타라까지 그런 말을 꺼냈다. 미네타는 고개를 숙인 채였다. 더는 아군이 없는 듯했다.

"저는 어떻게 되는 건가요?"

"시바타 군, 질문을 받고 있는 건 자네 쪽이야."

그런 것쯤은 알고 있다.

눈앞에 서 있는 것은 작년 말에 의원을 한 명 죽였다고 소문이 나도는 인물이었다. 여기에서 무너져서는 안 된다. 가즈시는 자신을 채찍질했다.

"후지야마 선생님."

가즈시는 천천히 허리를 펴고 후지야마의 선글라스를 정면으로 바라보았다.

"어째서 이런 연기를 할 필요가 있는 거죠? 모든 걸 꾸민 건 당신 아닌가요?"

가장 동요한 것은 시타라였다. 아니, 동요한 것처럼 보였을 뿐, 실제로는 계산된 동작이었을지도 모른다. 그는 라운지체어를 박차고 일어나 곧장 가즈시의 멱살을 잡았다.

"어디서 그런 바보 같은 소리를! 후지야마 선생님께 사과해!"

"아니, 생각해보십시오. 저는 범인이 아니고, 미네타 씨도 범행을 저지를 수 없습니다. 그렇다면 사건은 일어날 리가 없거든요."

"넌 해고야! 너 따위의 편을 들어준 내가 바보였어."

"그럼 시타라 센터장님은 이 집에 와서 머리가 있는 걸 보셨나요?"

"닥치라고 했지!"

"시타라 군, 진정하게. 어이, 자네. 어째서 내가 범인이라는 거지?"

후지야마는 여전히 여유 있는 미소를 보였다.

"간단합니다. 저는 제가 자른 머리를 확실히 폐기물 처리 센터로 옮겼습니다. 그 후 누구도 머리를 가지고 나오지 않았다면, 머리가 여기로 이동할 리도 없겠죠. 즉 이건 당신이 꾸민 자작극이라는 말입니다."

"아까운 장면까지 갔으니까 70점은 줄 수 있겠네요. 머리는 분명 이동해 있으니까 그것만으로는 설명이 부족합니다."

누구의 말도 아닌 목소리가 울려 퍼졌다.

모든 시선이 응접실의 열린 문으로 향했다.

스포츠형의 금발 머리가 인상적인 왜소한 남자가 서 있었다. 어제부터 가즈시가 품고 있는 우울함의 원흉이라고도 할 수 있는 인물이었다.

"제멋대로 들어와서 죄송합니다. 전 정치인의 자택임에도 외부인 침입에 대한 대책을 세우지 않았다니 조금 놀랐습니다. 국가 기밀은 가스미가세키의 로커에 놓아두었으니 상관없으신 걸까요?"

시타라는 놀라서 아무 말도 나오지 않는 듯, 가즈시의 가슴 부근을 움켜쥔 채 가만히 서 있었다. 남자는 부푼 배낭을 발밑에 내려 놓고는 가슴에 손을 대고 고개를 숙였다.

"아, 그리고 별채의 문도 열린 채였어요. 덕분에 자물쇠를 부수지 않고도 머리가 있는 걸 확인할 수 있었지만요."

"머리색이 엄청나군. 멀미가 날 것 같아. 자넨 누군가?"

후지야마가 선글라스의 가장자리를 누르며 물었다.

"인사가 늦었습니다. 저는 만복산업 제2플라나리아 센터 발송부 담당, 유시마 미키오라고 합니다. 거기 있는 시바타 씨의 동료라고 생각해주세요."

유시마는 희미한 미소를 띤 채 당당히 말했다.

"방금 말씀드린 것처럼 별채에는 분명 머리가 있었습니다. 무단으로 침입한 건 그걸 확인하기 위해서였습니다. 플라나리아 센터에서 머리가 이동한 건 사실인 듯하군요. 그래도 제 동료인 시바타 씨는 범인이 아닙니다. 그는 루틴 워크와 정해진 방식을 사랑하는 평범한 남자입니다. 휴식 시간에 타인을 감시하는 것만으로도 맹렬한 스트레스를 느낄 정도로 섬세한 소년 같은 남자죠. 뭐, 저보다는 연상이지만요."

"왜 네가 여기에 있는 거야?"

시타라가 입을 열었다. 분노를 넘어선 것인지 그 얼굴에는 표정다운 것이 떠올라 있지 않았다. 정신이 한 바퀴 돌아서 평소의 기계적인 시타라로 돌아온 듯했다.

"재미있어 보였거든요. 저는 넘치는 호기심을 억누르지 못하는 스타일이라서요. 그 탓에 스파이라고 의심받을 정도니까 손해를 보는 성격이지만 말이죠. 그건 둘째 치고, 저를 따라다니던 동료가 갑자기 없어졌기에 이상하다는 생각에 찾아보았거든요. 그랬더니 공교롭게도 센터장과 함께 쿠페를 타고 나가는 게 아니겠어요. 그것도 우스울 정도로 진지한 표정을 하고 말이죠. 바로 흥미가 샘솟았답니다. 뭐, 미행을 당한 것에 대한 복수라고 생각해주세요. 그건 그렇고……."

유시마는 시타라를 흘낏 바라본 후 후지야마와 마주 섰다.

"후지야마 씨, 제 동료가 괴롭힘당하는 걸 듣다 보니 불쾌해서 말이죠. 만복산업을 망가뜨릴 구실이 필요한 듯하지만, 깨끗한 방식은 아니네요."

"시타라 군, 자네 공장에서는 흥미로운 젊은이를 고용하고 있군."

역시 후지야마는 괜히 호걸이라고 불리는 것이 아닌 듯했다. 가즈시는 그의 차분한 한마디에 이 갑작스러운 전개가 현실과 이어져 있다고 간신히 인식할 수 있었다.

"하지만 뭐가 됐든 도를 넘어서면 불쾌하다네. 그저 떠오르는 대로 지껄이지 않아주었으면 하는데."

"그저 떠오르는 대로 말하는 게 아닙니다. 저는 이 소동이 당신의 자작극이라고 확신합니다. 시바타 씨의 말처럼 달리 설명할 방법이 없으니까요."

"머리가 있다는 걸 직접 확인했다면서? 가령 내가 거짓말을 뱉고 있다고 해도 머리를 이 저택까지 옮길 수단이 없는 건 다르지 않아. 이야기는 이미 끝났어."

"후지야마 씨, 1월까지 정치인이었던 당신에게는 재산이 있죠. 슬픈 일이지만 돈만 있으면 이 세상에서는 뭐든 다 가능합니다. 트럭보다 빠른 운송 수단을 사면 되는 거니까요. 전투기든 헬리콥터든 상관없지만, 현실적으로는 경찰차를 꼽을 수 있겠네요."

후지야마는 아주 잠시지만 주춤하는 듯 보였다. 천하의 후지야마 히로미가 괴상한 젊은이에게 위압당하고 있었다.

"당신은 미네타 씨의 트럭이 출발한 후, 폐기물 처리 센터에 숨어들어 머리를 찾아서는 준비해두었던 경찰차에 올라탔습니다. 그 후에는 사이렌을 울리며 가와라마치로 질주하면 그뿐입니다. 도로교통법 시행령에 따르면 긴급 상황 시 경찰차의 제한속도는 일반도로에서 시속 80킬로미터입니다. 더욱이 차량이 길을 터주니까 15분 정도의 지체는 간단히 따라잡을 수 있죠."

"잠깐 기다려주세요."

미네타가 손을 들고 끼어들었다.

"후지야마 선생님이 센터에 침입해서 머리를 찾아서 나온다니, 아무리 그래도 불가능하지 않을까요? 이분은 일본에서 엄청 유명하잖아요. 다들 알아챌 거예요."

"사소한 문제지만, 모처럼이니 답해드리죠. 이 후지야마 히로미라는 사람은 그렇기에 짙은 선글라스를 끼고 다니는 겁니다. 미디어에 그만큼이나 노출되었음에도 불구하고 그의 눈이 외까풀인지 쌍꺼풀인지 아는 사람은 없습니다. 선글라스를 벗고 마스크를 쓰면, 딱히 변장하지 않아도 다른 사람으로 변할 수 있어요. 현역 시절도 그런 식으로 어딘가로 잠행을 하거나 하지 않았을까요? 뭐, 대단치도 않은 일이지만요. 당신은 이 저택으로 돌아온 후 아무렇지도 않은 표정으로 미네타 씨에게서 케이스를 받아들었습니다. 그걸 별채로 옮기고 난 후 센터장에게 연락을 취한 거죠. 케이스에서 머리가 나왔다고 거짓말을 뱉으면서요."

가와라마치에 국한되지 않고 이 주변의 치안이 악화되었다는 것은 분명한 사실이었다. 사이렌을 울리는 경찰차가 주행하는 것을 지역 주민들은 이미 익숙하게 여겼다. 하지만…….

"호기심이 왕성하다고 스스로 말한 것처럼 유쾌한 방법을 떠올렸군 그래. 하지만 앞선 추리를 듣지 않았나 보군. 이 가와라마치에는 지금 엄중 경계 태세가 펼쳐져 있다네. 경찰의 검문을 받지 않고 가와라마치에 드나들 수 없어. 시속 80킬로미터로 달려온 가짜 경찰차를 진짜 경찰이 아무렇지도 않게 가와라마치에 들여보낼 것 같나?"

"사소한 문제에 집착하면 전체를 보지 못하게 됩니다. 가와라마치에 들어오기 직전에 다른 자동차로 갈아타면 그만인 이야기입니다. 그 시점에서 미네타 군의 트럭을 앞질렀다면, 이후에는 천천히 달려도 상관없으니까요. 게다가 애당초 이건 당신 혼자서 모든 일을 벌였다고 가정했을 경우의 이야기죠. 다른 동료의 협력이 있었다면 미네타 군의 트럭보다 도착이 늦었다고 해도 문제 되지 않습니다. 트럭이 떠난 후 동료가 가져다준 머리를 받아들고 나서 비명을 지르면 그뿐이니까요. 제가 말하고 싶은 건 당신에게는 얼마든지 자작극을 벌일 방법이 있다는 말입니다. 당신은 만복산업의 직원이 자신에게 협박을 가했다는 사실을 날조함으로써 시타라 센터장 등을 내몰아서 최종적으로는 만복산업을 망가뜨릴 생각이었겠죠."

유시마는 양손을 펼치고 후지야마에게 한 걸음 다가섰다.

"플라나리아 센터의 경영권을 빼앗을 생각인 건가요? 저로서는 동기까지는 알 수 없으니 상상할 수밖에 없거든요.

당신이 실패한 건 제 동료를 범인으로 만들려고 했다는 점입니다."

"훌륭한 우정이로군. 하지만 자네는 언제 친구가 범인이 아니라는 걸 증명했지? 분명 자네가 말한 대로 무모한 수단을 쓰면 내가 자작극을 벌일 수 있을지도 모르네. 백 보 양보해서 그건 인정하지. 하지만 그게 시바타 군이 범행을 저지르지 않았다는 증명이 되는 건 결코 아니잖은가. 100명의 배심원에게 물으면 99명은 이 남자가 범인이라고 단언할 거야."

"그렇군요. 증거가 없다고 말씀하시는군요. 하지만 당신은 믿을 수 없을 정도로 단순한 증거를 하나 남겨두었습니다. 이 협박장이 바로 그거예요."

테이블에 놓인 주름 진 종이에 시선이 모였다.

"본인의 함정에 본인이 빠지셨군요. 수필 협박장을 곁들이는 쓸데없는 짓만 하지 않았다면 증거는 하나도 남지 않았을지도 모르는데요. 하지만 필적은 중요한 증거입니다. 하나 제안해도 될까요? 과거에 당신이 쓴 수첩이나 일기의 글자를 보여주실 수 있을까요?"

후지야마가 살짝 이를 가는 것처럼 보였다. 동요하고 있는 것일지도 모른다.

"어라. 보여주실 수 없는 건가요?"

"……흥. 뭐 좋아."

후지야마는 가정부인 아사기를 부르더니 서재의 서랍에서 수첩을 가져오도록 지시했다. 가정부는 눈썹 하나 움직이지 않고 방을 나갔다.

"그 밖에 이 자리에서 자신의 필적을 증명할 수 있는 걸 가지고 계신 분은 없나요?"

유시마가 일동을 둘러보자, 미네타만이 가슴 주머니에서 메모장을 꺼냈다. 시타라는 고개를 저었고, 가즈시도 그 행동을 따랐다.

"그렇다면 이 자리에서 써줘야겠군."

후지야마는 방 구석에 놓인 프린터 복합기로 다가가더니 세팅되어 있던 A4 사이즈 용지를 몇 장 꺼내 책상 위에 늘어놓았다.

"좋은 아이디어네요. 참고로 말씀드리면, 일부러 글자체를 바꾸는 것 같은 잔꾀는 부리지 말아주세요. 나중에 이력서나 공적 서류와 대조해보면 간단히 들킬 테니까요."

이쪽은 협박장 따위 쓴 적이 없으니까 잔꾀를 부릴 필요도 없었다. 가즈시와 시타라는 유시마가 가지고 있던 유성펜을 사용하여 협박장과 동일한 문장을 종이에 적었다.

후지야마는 아사기가 수첩을 가지고 돌아오자 그녀에게도 같은 문장을 쓰게 했다. 가정부에게 대신해서 글씨를 쓰게 함으로써 필적을 속였다는 의심의 여지를 없애기 위해서이리라.

아사기가 문장을 다 쓰자, 테이블 위에는 두 개의 수첩과 세 장의 종이가 남았다.

"자, 어떤지 한번 볼까요."

유시마가 진짜 협박장을 손에 들고 각각의 자형을 대조했다. 가즈시의 눈에는 후지야마의 글씨가 가장 비슷해보였다.

"어떤가? 필적이 일치했나?"

후지야마의 태도에 여유가 돌아와 있었다. 유시마는 각각의 자형을 반복해서 비교했다. 이윽고 종이를 책상에 다시 내려놓고는 조용히 입을 열었다.

"안타깝게도 저는 프로 필적 감정사는 아닙니다. 하지만 글자의 꺾인 각도나 동그라미를 그리는 방식 등을 보는 한, 이중에 일치하는 필적은 없네요. 따라서 범인은 필적을 남길 정도로 얼빠지지는 않았다는 말이 되겠네요."

"요컨대 증거는 없었다는 결론이 되겠군."

후지야마가 콧방귀를 뀌었다.

"덧붙여서 말해두자면 여기에는 컴퓨터와 프린터도 있지. 만약에 내가 범인이라면 협박장을 굳이 손으로 써서 필적을 남기는 바보 같은 짓을 하지 않고 컴퓨터로 협박장을 썼을 거야. 반대로 말하면 이 협박장이 손으로 쓰였다는 것 자체가 내가 범인이 아니라는 간접적인 증거라고도 할 수 있지 않나."

"억지 논리입니다. 분명 후지야마 씨, 당신이 범인이라는 물적 증거는 없어요. 하지만 당신이 범인이라는 사실을 나타내는 증언이 있습니다."

"질리지도 않는 녀석이군. 증언이라고? 어디 한번 들어보고 싶군."

"문제없습니다."

유시마가 기쁜 듯 손가락을 튕기더니 가즈시의 어깨에 팔을 둘렀다.

"제가 오후 작업을 끝내고 폐기물 처리 센터로 갔을 때, 거기에는 시바타 씨가 있었습니다. 거기서 저는 당신과 꽤 닮은 머리를 시바타 씨가 버리는 모습을 확실히 목격했어요. 케이스에 머리를 넣은 범인이 시바타 씨라면 머리를 일단 한 번 버릴 필요 따위 없겠죠. 즉 제 동료가 범인이 아니라는 점은 저 자신이 증인이 되어 단언할 수 있습니다. 드라이버인 미네타 씨나 항의 활동가들이 범인이 아니라는 점은 이미 증명되었죠? 따라서 소거법에 따라 당신 외에는 범인이 없다는 결론을 끌어낼 수 있습니다."

거짓말이었다.

무슨 정의감인지는 알 수 없지만 유시마는 가즈시를 지키기 위해 거짓말을 하고 있었다. 오후 타임의 작업이 끝나고 폐기물 처리 센터로 향했을 때, 가즈시는 유시마를 만나지 않았다. 때가 때인 만큼 가즈시가 이 금발의 모습을 알아차리지 못할 리가 없었다.

"센터장님, 위험한 순간이었네요. 당신은 이 전 정치인의 함정에 빠질 뻔했습니다. 기묘한 젊은이도 고용하면 도움이 되는 법이네요."

가즈시의 옆에 선 금발 남자의 얼굴에는 가면과 같은 미소가 서려 있었다. 가슴이 불쾌하게 두근거렸다. 이 남자가 무슨 생각을 하는 것인지 가즈시로서는 상상도 할 수 없었다. 은혜를 베푸는 것일까? 하지만 여기에서 사실을 말하면 가즈시가 범인이라는 결론으로 다시 돌아가게 되어버린다.

"시바타 군, 뭔가 하고 싶은 말이 있어 보이는 표정인데?"

후지야마가 입을 열었다. 가즈시가 당황했다는 사실을 깨달은 듯했다.

"말해보게."

유시마의 말이 거짓말이라고 털어놓아도 좋은 것일까? 그것은 결국 자신의 목을 죄는 듯한 행위인데? 하지만 후지야마는 이미 모든 것을 알고 있을지도 모른다. 어떻게 하면 좋을까.

"시바타 군, 솔직히 말해도 좋아. 폐기물 처리 센터에 이 남자는 없었던 거지?"

가즈시는 고개를 끄덕일 수밖에 없었다.

"역시 그렇군. 자네의 목격 증언이 거짓말이라면, 지금의 소거법도 의미가 없어지지. 따라서 내가 범인이라는 억지 논리도 물거품이 되겠군."

후지야마가 라운지체어에 앉은 채 유시마를 바라보았다.

"유시마 군이라고 했나. 자네가 무슨 일을 꾸미는 건지 대충 알겠어. 자네가 머리 회전이 빠르고 유머 있는 젊은이라는 건 전해졌지만, 아무래도 상대가 나빴던 것 같군. 내가 개봉한 케이스에 들어 있는 머리는 가짜였던 거야."

"가짜? 제가 별채에서 본 머리는 분명 진짜였는데요? 뭣하면 함께 확인하러 가볼까요?"

"이제 와서 시치미 뗄 필요 없어. 범인은 자네지?"

"제가 범인이라고요?"

유시마가 얼빠진 목소리로 외치더니 배를 잡고 웃기 시작했다. 시타라는 눈을 가늘게 뜨고 유시마와 후지야마의 얼굴을 차례로 바라보았다.

"재미있네요. 그 설은 생각도 안 해봤거든요! 하지만 어떻게 제가 케이스에 머리를 넣을 수 있었을까요?"

후지야마가 재빨리 유시마를 붙잡더니 발밑에 놓아둔 배낭을 빼앗았다. 유시마의 얼굴에서 웃음이 사라졌다.

"무슨 짓을 하는 건가요? 난폭한 행동은 좋지 않습니다."

"증거를 확보한 것뿐이야. 언제까지 그렇게 강한 척을 할수 있을지 기대되는군. 다들 이 녀석이 난동을 부리면 곧장 제압하도록. 알겠나?"

후지야마가 날카로운 말투로 말했다.

"자네가 오판한 건 이 가와라마치가 경찰에게 봉쇄되어 있다는 점이었지. 그렇지 않았다면 범인이 시바타 군이라는 점은 절대로 흔들리지 않았을 텐데 말이야. 자네는 자신이 가와라마치에 오지 않으면 안 되는 구실을 만들기 위해 어쩔 수 없이 동료를 구하는 정의로운 남자를 연기한 거야."

"태연자약한 얼굴로 엄청난 말씀을 하시는군요. 마치 정치인 같아요."

"입 닫고 내 이야기를 듣게나. 자네가 가와라마치에 와야 했던 건 왜였을까? 그건 가짜 머리를 한시라도 빨리 진짜로 바꿔치기해야만 했기 때문이지. 그러기 위해 자네는 이런 가방을 짊어지고 이곳을 찾은 거야. 내 집에 슬쩍 불법 침입을 했다는 점이 미리부터 계획을 짜두었다는 둘도 없는 증거지. 순서대로 설명해보지. 그늘에라도 숨어 있다가 시바타 군의 눈을 피해 재빨리 케이스를 열어 준비해두었던 가짜 머리를 밀어 넣었어. 재빨리 하면 1분도 채 걸리지 않겠지. 그 후 아무것도 모르는 미네타 군이 케이스를 이곳까지 옮긴 거야. 케이스를 개봉한 나도 설마 진짜 사체와 가짜 머리가 함께 담겨 있으리라고는 생각하지 못하고 혼이 나가버리게 된 거지. 그 후 자네는 폐기물 처리 센터에서 진짜 머리를 회수했어. 이미 발송부의 작업은 끝난 시간이기에 누군가에게 들킬 염려도 없었을 거야. 그러고는 자신의 자동차로 가와라마치로 찾아와서 별채에 방치된 가짜 머리를 진짜 머리와 바꿔치기했지. 미리 별채의 자물쇠를 부숴둔 것도 자네야. 이렇게 자네는 얼핏 보면 시바타 군이 아니면 불가능한 범행을 교묘하게 해치운 거야. 내가 경찰을 부르지 않을 거라는 사실도 자네는 예상했겠지. 하지만 하나 잘못 계산한 게 있었어. 가와라마치에 오는 도중에 경찰의 검문에 걸려버린 거야. 유시마 미키오라는 남자가 가와라마치에 찾아온 사실이 경찰 기록에 남고 말았지. 자네의 그 외모는 싫더라도 기억에 남을 테니 말이야. 그래서 어쩔 수 없이 이 저택에 침입한 이유를 그럴 듯하게 꾸며낸 거야. 상사와 동료의 뒤를 쫓아왔다는 무척이나 수상적은 이유지만, 그렇게라도 말하지 않으면 우연히 같은 장소에 찾아온 까닭을 설명할 수 없으니까. 실제로 자네 같은 오만불손한 태도라면 상사를 미행하는 일 따위 아무렇지도 않게 할 것만 같군."

"아무리 그래도 가짜 머리를 진짜로 착각할까요?"

미네타가 고개를 갸웃거리며 끼어들었다.

"자네는 밀랍인형을 본 적이 없겠지? 마담 투소관으로 유명한 마리 투소는 스스로 경험한 프랑스 혁명의 참상을 후세에 전하기 위해 밀랍인형으로 지옥도를 재현했어. 즉 밀랍인형이라는 건 사체를 충실히 재현하기 위한 기술이야. 그럴 마음만 먹으면 사체에 익숙하지 않은 정치인을 속이는 건 어렵지 않아."

"실은 이 남자가 스파이인 건 아닐까 하고 관리부에서도 의심하고 있었습니다."

타이밍을 재던 시타라가 끼어들었다.

"근무 시간 외의 수상한 동작이 눈에 띄었고, 게다가 플라나리아 센터 반대파의 집회에 참여한 것으로 보이는 자료도 있습니다. 처음부터 말씀드릴 걸 그랬네요."

"동기도 있다는 말이군. 역시 플라나리아 센터 항의 활동가가 벌인 짓이었나. 얌전하게 포스터나 붙였으면 좋았을 것을 도가 조금 지나쳤군. 슬슬 털어놓는 게 어떤가?"

유시마가 길게 숨을 내쉬더니 양손을 펼치고 고개를 갸웃거렸다.

"정말로 터무니없는 말씀을 하시는군요. 밀랍인형으로 만든 머리? 그런 말도 안 되는 망상으로 범인 취급을 당한다면 참을 수가 없습니다."

"하지만 자네, 여기에 확실한 증거가 있단 말이지."

후지야마가 조금 전에 빼앗은 배낭을 득의양양하게 들어 올렸다. 들고 보니, 부푼 형태가 인간의 머리가 들어 있는 것처럼도 보였다. 아니, 그야말로 딱 머리와 같은 사이즈라고 해도 좋을 정도였다. 설마 유시마는 밀랍인형 머리라는 노골적인 증거를 등에 짊어지고 당당히 응접실에 얼굴을 내밀었다는 말인가.

"자네들, 이 남자가 도망치지 못하게 잘 감시하게. 장난도 이제는 끝이야. 자네가 범인이라는 숨길 수 없는 증거가 이 배낭에 들어 있지. ……바로 이거야."

8
가와우치 이노리

"나, 시바타 씨의 인격에 이름을 붙여보았어."

"말씀하시는 의미를 잘 모르겠는데요."

"처음에 구라요시 시에서 나한테 화를 냈던 때의 인격이 '폭군'. 러브호텔에서 만났을 때의 인격이 '노동자'. 그리고 러브호텔에서 도중부터 나온 인격, 즉 지금 인격이 '신사'. 나는 이중에서는 '신사'가 가장 마음에 들어."

가즈시가 담배를 재떨이에 비벼 끄면서 고개를 좌우로 저었다.

"그건 마치 제가 해리성 장애라도 앓고 있는 것 같은 말이네요. 전에도 말씀드렸지만, 저는 무수한 인격을 의도적으로 분리해서 사용하니까 다수의 인격이 독립적으로 존재하는 게 아닙니다. '폭군'도 '노동자'도 '신사'도 밖에서 보면 달리 보이겠지만, 안에서 보면 동일한 존재라고요."

"그럼 왜 오늘도 '신사'인 건데? 서비스 정신이 부족한 거 아니야?"

"같은 인간에게 복수의 인격을 보여버리면, 인격을 나눠 쓰는 의미가 없습니다."

"그래도 러브호텔에서는 인격을 바꿨잖아."

"그건 당신에게 한 방 먹어서 어쩔 수 없이 인격을 바꾼 거죠. 처음의 인격으로는 당신과 맞서 싸울 자신이 없어서요."

"그 말은 생각보다 내가 더 똑똑하다는 거네."

"어떤 식으로 생각하건 자유입니다. 내키는 대로 이해해주세요. 그보다 연주가 시작될 것 같네요."

가즈시가 재떨이를 손에 든 채 무대로 얼굴을 향했다.

지금 우리가 있는 'MACH CLUB'은 센다이 시에서 영업 중인 몇 안 되는 라이브하우스 중 하나였다. 수용 인원수는 300명으로 적지만, 도호쿠 지역에서 활동하는 인디 밴드들이 매일같이 라이브를 하는 인기 있는 공간이었다.

오늘은 센다이에서 활동하는 네 팀의 자칭 펑크 밴드가 모이는 '금요일의 절규'라는 이벤트가 있다고 들었기에 가즈시의 마음에 불을 붙여주자는 마음에 데리고 온 것이었다. 어차피 거절당할 셈으로 초대하러 갔더니, 평일인데 어쩐 일인지 예정이 비어 있다는 듯해서 무리해서 끌고 왔다.

플로어에서 연주를 듣는 것은 스무 명 정도였지만, 평일 낮의 라이브로 치면 많은 편이리라. 무대 위에서는 베이스 보컬에 기타와 드럼이라는 심플한 스리피스 밴드가 튜닝 중이었다. 다들 똑같이 검은 테 안경에 흑발을 늘어뜨린, 정말이지 신통치 않은 대학생다운 3인조였다. 벽에 붙은 수제 포스터에 의하면, 밴드명은 '더 도자에몽즈'라는 듯했다. 베이스 보컬이 울음을 터뜨릴 것 같은 목소리로 "절규!"라고 외치자 밴드의 연주가 시작되었다.

"당신은 이런 음악을 좋아하나요?"

나는 답할 말이 없어서 애매하게 고개를 저었다. 세 명의 연주가 전혀 들어맞지 않았고, 고등학교 문화제에서 경음악 발표를 듣는 듯한 기분이었다. 베이스 보컬은 마이크를 씹어 먹듯이 가느다란 목소리로 "미남은 불타버려"라거나 "아이돌은 냄새나"라는 말을 외쳐 댔다. 본인들은 펑크를 부를 셈일지도 모르지만, 뭔가 어긋나 있었다.

"이건 조금 아닌 것 같아."

"네? 뭐라고요?"

연주 소리에 뒤섞여서 내 목소리가 잘 들리지 않는 듯, 가즈시가 귀를 가까이 들이댔다.

"이 밴드는 아닌 것 같다고!"

"어설프더라도 울분을 음악으로 부딪치는 게 펑크록의 방식 아닌가요?"

이 남자는 아는 듯한 말을 내뱉는다. 분명 피스톨즈나 라몬즈의 연주도 절대 뛰어나지 않았다. 오히려 초보적인 수준인 편이 단순명쾌한 분노의 메시지를 전하기에 적합하다고 해도 좋을 정도다. 그래도 지금 무대에서 연주하는 녀석들에게서 펑크의 정신을 느끼는 것은 아무리 노력해도 불가능할 것 같았다.

"순서가 잘못된 거야. 분명."

"순서라고요?"

"사실은 펑크 따위 아무래도 좋아."

가즈시가 웬일로 흥미로운 표정으로 이쪽을 바라보았다.

"저 녀석들은 전설적인 펑크 밴드인 더 스탈린(1979년에 결성된 일본의 펑크 밴드 — 옮긴이)이라거나 하나타라시(1983년에 결성된 일본의 하드코어 펑크 밴드 — 옮긴이)를 동경해서, 펑크를 하기 위해 분노를 터뜨리고 있어. 일상에서는 화를 터뜨릴 일이 별로 없으니까 어쩔 수 없이 미남이나 아이돌에게 화를 내는 거지."

"그렇군요. 아이돌에게 엄하게 불똥이 튀는 거네요."

"맞아. 그래도 진짜 펑크라는 건 울분이라거나 화가 먼저

존재하거든. 그러니까 목적지가 펑크인지 아닌지는 아무래
도 좋아. 확, 하고 감정이 폭발하는 것에 의미가 있으니까.
랭보처럼 말이지."

"그게 뭔가요?"

"어찌 됐든 내가 구제 불능인 인간을 찾던 것도 펑크라는
스타일이 아니라 그것을 빚어내는 분노 쪽을 중요하게 생각
했기 때문이야."

"억지 같기는 하지만 무슨 말을 하고 싶은 건지 알겠습니
다."

"시바타 씨에게는 분명 그런 거 있잖아?"

"글쎄요. 그건 어떨까요."

가즈시가 눈을 가늘게 뜨고 애매하게 웃었다.

"그래도 이 '더 도자에몽즈'. 저는 싫지 않은데요."

"어? 이게? 어째서?"

"네이밍 센스가요. 저에게 하나의 번뜩임을 가져다줬거든
요. 인스피레이션이라고 해도 좋겠네요."

"……무슨 말을 하는 거야? 어려운 말로 얼버무리는 건 좋
지 않아."

'도자에몽'이 익사체를 뜻하는 은어라는 정도는 알고 있
다. 인기 애니메이션 캐릭터와 연관해서 지은 이름일 테지
만 인스피레이션이란 말은 너무 과장되었다.

"그런가요. 앞으로 주의하겠습니다."

어느샌가 '더 도자에몽즈'의 연주가 끝난 듯, 이벤트의 주최자로 보이는 수척한 남자가 무대 위로 올라섰다. 나이는 서른을 갓 넘긴 정도로 보였지만, 이마가 훤했다. 눈 주변을 무대화장용 분으로 검게 칠하고 부릅뜬 눈으로 플로어를 노려보는 모습은 패배한 장수의 망령 같았다. 외견만 놓고 따지면 아까의 밴드보다 훨씬 더 펑크함이 느껴졌다. 아니, 기분 탓일지도 모르지만.

"자, '금요일의 절규'의 메인이벤트. 빙하도 녹이는 혼의 외침 시간이다! 플로어에 있는 너희도 외치고 싶지 않나!"

남자가 마이크 스탠드를 공중으로 들어 올리자 관객들도 주먹을 위로 찌르며 호응했다. 가장 앞줄에서 무대를 보던 여자아이들이 앞 다투어 무대로 올라갔다. 순서대로 마이크를 돌리며 "쓰레기 전 남친 짜증 나"라거나 "자동차학원 강사 얼굴에 침을 100개 찌르고 부츠로 으깨버리고 싶어"라는 등 외침이라기보다는 욕설을 플로어를 향해 터뜨렸다.

요컨대 관객을 포함한 참가자 전원이 마이크로 평소의 울분을 터뜨린다는 기획인 듯했다.

"시바타 씨, 우리도 참여해야 하는 분위기인데?"

"그래도 이건 펑크는 아니네요."

"어쩔 수 없잖아. 다들 하니까."

"분위기를 파악해서 그에 따라 행동하는 건 로큰롤이 아닙니다."

"저기 말이야. 혼자서 그런 식으로 살 수 있다면 당신을 부르지도 않았을 거야."

그 후에도 자칭 '혼의 외침'은 이어졌고, "나는 음악이 되고 싶어"라거나 "그녀의 브래지어가 되고 싶어"라는 의미를 알 수 없는 외침부터, "더는 양육비 따위 주고 싶지 않아"라는 불온한 신음까지 튀어나왔다. 얼마 되지 않아 차례가 돌아왔기에 나는 "스타일이 좋다고 건방 떨지 마!"라고 직장의 동료를 매도했고, 가즈시에게 마이크를 넘겼다.

가즈시는 뭐라고 외칠까? 지금 겉으로 드러나 있는 성격인 '신사'는 언제나 대범했고, 분노와는 인연이 없는 온화한 얼굴이었다. 그래도 그것은 나와 접하기 위한 인격에 불과할 뿐, 가면 안쪽에는 보통 사람 이상의 감정을 쌓아두고 있을 터였다.

무대에서 내려와서 뒤를 돌아보자 가즈시는 무대 위에서 마이크를 한 손에 들고 희미하게 웃고 있었다.

"뭐 하는 거야! 빨리해!"

양육비에 괴로워하는 남자가 욕설을 내뱉었다. 가즈시는 과장되게 헛기침을 한 후 플로어를 향해 눈을 부라렸다.

"축산업자는 뒈져버려."

두 시간 조금 못 미쳐 이벤트가 끝나자, 라이브하우스는 차분한 분위기의 바로 모습이 바뀌었다. 출연자와 관객이 삼삼오오 모여 담소를 시작했다. 무명 밴드맨이 모이는 이벤트에서는 출연자와 팬의 울타리가 거의 없는 것이나 마찬가지다.

내가 바 카운터 앞에 줄을 서자, 가즈시가 몸을 홱 돌려 출구를 향해 곧장 걷기 시작했다.

"잠깐만! 한 잔도 안 마시고 갈 거야?"

"어라? 용건은 이미 끝났다고 생각했는데요."

가즈시가 무뚝뚝한 태도로 대답했다. 스마트폰을 보자, 아직 오후 3시도 안 된 시각이었다.

"여자랑 데이트하다가 혼자 먼저 돌아가면 미움받을 텐데."

"데이트라고는 생각 못했습니다. 그래도 이미 지쳤거든요."

"지쳤다고? 지칠 정도로 움직이지도 않았잖아."

나는 가즈시의 어깨를 툭 쳤다.

"그렇지 않습니다. 3월부터 업무가 오전, 오후의 2부제로 바뀌어서요. 일의 양도 두 배로 늘었어요."

"그거, 하루 한 시간의 일이 하루 두 시간으로 늘어난 거잖아? 과장도 참."

"그래도 지금부터 할 일이 있어서 먼저 실례하겠습니다."

거짓말쟁이. 낮부터 라이브하우스에서 어깨를 들썩거리는 공장 노동자에게 할 일이 있을 턱이 없다. 아직 이야기를 다 나누지 못한 기분이 들었기에 나는 줄에서 벗어나 가즈시의 뒤를 쫓았다.

"잠깐만 기다려."

두툼한 방음문을 열고 지상과 연결된 계단을 뛰어오르려던 순간, 몸집이 작은 여성과 어깨를 세게 부딪치고 말았다. 여성은 살짝 고개를 숙이고 재빨리 계단을 올라가버렸다.

"……죄, 죄송합니다."

가즈시의 뒤를 쫓는 것도 잊고 나는 그 자리에 멈춰서고 말았다.

지금 어깨를 부딪친 여성을 본 기억이 났기 때문이었다. 10년 이상 전에 모습을 감춘 동경하던 인물과 꽤 닮았다. 아니, 잘못 본 것이거나 단순히 닮은 사람일 가능성도 물론 있다. 서둘러 계단을 올라가보았지만 이미 그녀의 모습은 보이지 않았다.

나는 라이브하우스로 돌아가서 '더 도자에몽즈'의 핼쑥한 드러머에게 말을 걸었다.

"잠깐, 뭐 좀 물어봐도 돼?"

"응. 뭔데?"

남자는 눈을 동그랗게 뜨고 과장되게 가운뎃손가락으로 안경을 밀어 올렸다.

"지금 밖으로 나간 사람. '수전노'의 가와우치 이노리 아니었어?"

'가와우치 이노리'는 내가 가명을 빌려 쓰고 있는, 10년 전에 활동을 중단한 노이즈 유닛의 멤버 이름이었다.

"……수전노?"

"'수전노'도 모르면서 펑크를 하는 거야?"

나도 모르게 목소리를 키우자 남자는 놀란 듯한 표정으로 눈썹을 모았다. 귀찮은 음악 논쟁을 벌일 마음은 없었기에 나는 남자에게 등을 돌리고 칵테일을 만드는 중인 여성 바텐더에게 말을 걸었다.

"저기, 오늘 이벤트. '수전노' 멤버가 오지 않았나요?"

"어? 가와우치 씨 말이야?"

빙고다.

"있었던 거 맞죠? 역시 그런 거죠?"

"오늘 우리 가게에 온 건지는 나도 잘 몰라. 그래도 미야기 현에 있다는 소문은 가끔 들리니까 진짜였을 가능성도 있는 거 아닐까?"

처음 듣는 이야기였다. 그렇다면 구라요시 시의 찻집 '시스터맨'에서 CD를 놓고 간 여성 손님도 어쩌면 본인이었을지 모른다. 바텐더는 품위 있는 동작으로 카운터 너머로 몸을 내밀었다.

"팔 봤어?"

"네?"

"가와우치 이노리는 왼팔에 쥐 타투를 하고 있다더라고. 지폐 뭉치를 안고 웃는 쥐."

나도 모르게 숨을 멈추고 말았다. 지폐 뭉치를 안은 쥐는 '수전노'의 CD에 반복해서 그려진 유명 일러스트였다. 몇 분 전의 잔상을 필사적으로 떠올려보았지만, 팔의 타투까지는 기억나지 않았다.

"기억 안 나네요."

"아가씨, '수전노' 좋아해?"

"사랑해요."

곧바로 답하자, 카운터 건너편에서 여성이 장난스럽게 웃었다.

"그럼 오늘 밴드 따위는 완전히 별로였겠네?"

"솔직히 뭐가 혼의 외침이냐는 생각이 들었어요."

"나도 알아. 진부해도 멋졌던 무렵의 펑크를 아는 사람은 그렇게 생각하겠지."

그러고 보면 '혼의 외침'에서 무대에 오른 멤버 중에 가와우치 이노리의 모습은 없었다. 그녀도 이 라이브하우스의 어딘가에서 무대를 바라보며 쓴웃음을 지었을지도 모른다.

"뭐, 우리 가게에도 가끔은 좋은 밴드가 나올 때도 있으니 너무 화내지 말고 종종 놀러 와. 가와우치 이노리가 옆에 있을 가능성도 있고 말이지. 이거, 서비스."

맑은 주황색 칵테일을 받아 들고 문득 가즈시를 쫓아가던 도중이었다는 사실을 떠올렸다. 다른 남자라면 몰라도 그가 나를 기다리고 있으리라고는 생각할 수 없었다. 다음에 또 식사라도 초대해야겠다.

그렇다. 오늘처럼 시원찮은 자칭 펑크 밴드가 아니라 '수전노' 같은 진짜를 안다면, 가즈시도 펑크의 매력에 눈을 뜰지도 모른다.

칵테일글라스를 기울이면서 나는 가와우치 이노리의 옆모습과 시바타 가즈시를 겹쳐보려 애썼다.

9
시바타 가즈시

"자네가 범인이라는 숨길 수 없는 증거가 이 배낭에 들어 있지. ……바로 이거야."

후지야마가 배낭을 뒤집고는 끈을 당겨서 입구를 열었다. 가즈시는 자신도 모르게 숨을 들이마셨다. 검붉은 구체가 바닥으로 떨어져서는 50센티미터 정도 굴러간 후 멈췄다.

"이제 아시겠죠? 안타깝지만 저는 범인이 아닙니다."

유시마가 방긋 웃으며 득의양양하게 말했다.

그는 바닥에 떨어진 풀페이스 헬멧을 주워서 가슴 부근까지 들어 올렸다.

"저는 스쿠터로 가와라마치까지 왔어요. 이륜차를 탈 때는 헬멧을 써야 한다고 도로교통법에도 적혀 있죠. 밀랍인형 머리 같은 건 여기에 없습니다."

"이미 처분했다는 건가. 증거를 등에 짊어지고 올 정도로 멍청하지는 않다는 말이군."

후지야마도 양보할 생각은 없는 듯했다. 유시마는 질린 듯한 표정으로 관자놀이를 눌렀다.

"당신은 저를 범인으로 만들고 싶은 것뿐이겠죠. 그런 걸 어디에다 처분할 수 있을까요?"

"뭐? 그딴 거 금방 찾을 수 있어."

"말이 안 통하는군요. 저는 이 사건이 후지야마 씨, 당신의 자작극이라고 확신합니다."

"그래도 증거가 없지 않나. 나 또한 자네가 범인임이 틀림없다고 생각해. 증거도 곧 찾을 수 있을 거고."

어느 쪽도 가즈시를 의심하지 않는 듯하기에 한시름 놓을 수 있었다. 상황을 보고 냉정히 판단하면, 가장 수상한 것은 가즈시임이 분명한 듯했지만 말이다. 경찰차라거나 밀랍인형 같은 것을 준비하지 않아도 가즈시라면 그저 머리를 케이스에 넣기만 하면 충분하기 때문이었다.

"이야기를 계속하더라도 결말이 나지 않겠군. 날이 밝으면 연줄이 있는 수사관에게 연락하도록 하지. 비밀리에 제대로 수사해달라고 하겠네."

"그거 좋네요. 저도 독자적으로 조사해보겠습니다. 억지

누명을 쓰는 건 싫으니까요."

가즈시는 전혀 양보하지 않는 두 명이 서로 노려보는 모습을 가만히 바라보았다.

결국 이날은 진상을 밝혀내지 못한 채 해산하게 되었다. 미네타는 만복산업의 운송 트럭으로 귀로에 올랐고, 가즈시와 유시마는 시타라의 쿠페에 올라탔다. 유시마까지 쿠페에 동승한 것은 후지야마가 유시마에게 스쿠터를 놓고 가라고 명령했기 때문이었다. 후지야마는 유시마가 스쿠터로 머리를 옮겼다고 의심하고 있기에 그 흔적을 찾고 싶은 것이리라. 유시마도 의심에서 벗어나기 위해서인지 별 거부 없이 후지야마의 말을 따랐다.

후지야마와 시타라는 머리를 확인하기 위해 별채에 들렀다. 나중에 시타라에게 들은 바에 의하면 별채에 굴러다니던 머리는 분명 진짜였다고 한다. 정교하게 만들어진 밀랍 인형이 아니라는 점은 확실했다.

유시마가 당연한 듯 쿠페 조수석에 앉았기에 가즈시는 혼자서 뒷좌석에 올라탔다. 이미 날이 저물었고 두툼한 구름 건너편으로 가끔 달이 보였다.

"시바타 씨, 당신도 후지야마라는 남자를 조심하는 게 좋을 거예요. 그는 당신이 생각하는 것보다 더 두려운 악마 같은 사람입니다."

시타라가 쿠페를 출발시키자마자 유시마는 그런 말을 꺼냈다.

"시바타 씨, 제가 없었다면 틀림없이 범인으로 몰렸을 거예요. 증거 따위 얼마든지 날조할 수 있죠. 위험한 순간이었어요."

"흠. 과연 그럴까요."

가즈시가 보기에 수상한 것은 오히려 유시마 쪽이었다. 자신을 두둔한 이유 또한 알 수가 없었다. 그저 튀는 행동을 좋아하는 사람인 것인지, 혹은 뭔가를 꾸미고 있는 것인지.

"그래도 그 남자도 더는 정치인이라는 자리에 미련은 없는 것 같네요. 시바타 씨, 방금 쓰레기 집하장을 보셨나요?"

"쓰레기 집하장? 아니요. 못 봤는데요."

유시마가 길의 후방을 가리켰다.

"정치학 관련 서적이 대량으로 버려져 있었어요. 200권 정도는 되지 않을까요. 십중팔구 저건 후지야마 전 장관의 책일 겁니다. 정치의 세계와는 연을 끊었다는 걸까요."

"자네가 쓸데없는 명탐정 놀이를 좋아한다는 건 잘 알겠네."

시타라의 말에 유시마가 뒤통수를 긁적긁적 긁었다.

"플라나리아 센터라는 직장은 자네에게는 어울리지 않는 것 같군. 사표를 내주게나."

"그건 너무한 거 아닌가요? 저는 이런 자극적인 직장은 달리 없다고 생각하거든요. 전 세계의 정치인과 과학자, 종교인부터 인권 활동가까지 모두 일본의 플라나리아 센터에 주목하고 있으니까요. 절대로 그만두고 싶지 않습니다."

"우리가 자네를 고용할 의사가 없다고 말하는 거야. 내 말 못 알아듣겠나?"

평소처럼 담담히 업무를 해치우는 기계 같은 말투였다.

"근로계약법은 그렇게 간단히 해고를 인정하지 않거든요. 취소 소송을 제기하겠습니다."

"자네의 그런 점이 맞지 않는다고 하는 거야. 그럼 백 보 양보해서 소동이 가라앉을 때까지 휴직 처분을 내리도록 하지. 미안하지만 나는 자네가 의심스러워. 현장 책임자로서 수상한 인물을 직무에 배정할 수는 없다네."

"그렇군요. 그런데 저만 휴직 처분을 당하는 것도 이치에 맞지 않는데요."

"그 말대로야. 시바타 군, 자네도 소동이 잠잠해질 때까지 휴직해주게."

시타라가 프런트 미러 너머로 이쪽을 바라보았다. 거절한다는 선택지는 없어 보였다.

"……알겠습니다."

"의심이 걷히면 그때는 곧장 복직시켜주지. 미안하군."

"시바타 씨, 소송을 하고 싶어지면 언제든 연락주세요. 우수한 변호사를 소개해드릴 테니까."

유시마가 진지한 목소리로 그렇게 말했다.

쿠페가 플라나리아 센터에 도착했을 무렵에는 이미 오후 11시가 넘었다. 도로를 밝히는 가로등과 공장의 비상등을 제외하면 센터는 암흑에 휩싸여 있었다.

유시마는 공장 근처 연립에 월세를 산다는 듯 도보로 보금자리로 돌아갔다. 시타라도 공장에는 들르지 않고 오자와 철도 역 앞에 둘을 내려주더니 자택으로 돌아갔다. 가즈시는 쿠페에서 내린 후 시타라에게 고개를 숙이고 정문을 지나 주차장으로 향했다.

달빛이 닿지 않는 본동 뒤편에 가즈시의 미니밴이 외따로 세워져 있었다. 두 달 전까지는 사용이 완료된 배양조가 쌓여 있던 곳이었다. 구라요시 소방서로부터 소방법 위반이라는 지적을 받고 서둘러 철거했다. 쓰레기 산이 사라진 지금은 휑뎅그렁한 주차 공간으로 바뀌었다.

미니밴의 문을 열고 쓰러지듯 운전석에 앉았다. 긴 하루였지만 겨우 혼자만의 시간을 보낼 수 있게 되었다.

가즈시는 많은 사람을 동시에 접하는 것이 힘들었다. 딱히 많은 인파 속에 있는 것이 싫은 것은 아니었다. 적은 인원이라고 해도 각각 유형이 다른 사람들과 동시에 커뮤니케이션을 취하는 것이 거북한 것이었다.

만약 미네타나 후지야마와 맨투맨으로 대했다면 가즈시는 완전히 다른 인격을 사용했을 터였다. 시타라를 포함한 세 명—도중부터는 유시마도 더해졌지만—과 동시에 얼굴을 마주해야만 했기에 가즈시는 시타라와 접할 때의 인격으로 다른 사람들과도 접해야만 했다. 이 같은 인격의 미스 매치는 가즈시로서는 견디기 어려운 스트레스였다.

조금 전까지 얼굴을 마주하던 네 명의 얼굴을 떠올렸다. 후지야마, 시타라, 미네타 그리고 유시마…….

그 금발 남자가 무슨 생각을 하는지, 가즈시로서는 도무지 알 수가 없었다. 호기심이 왕성한 데다가 동료를 생각하는 마음이 있고 조금 건방진 젊은이라는 말로 간단히 정리할 수도 있겠지만, 속으로는 무엇을 꾸미고 있는지 상상도 되지 않았다.

하지만 휴직을 명령받은 이상, 유시마나 후지야마의 조사를 통해 진상이 밝혀지기를 기다리는 수밖에 없었다. 가즈시는 백미러에 비친 기력 없는 얼굴을 멍하니 바라보았다.

문득 형태가 없는 불안이 가슴속에서 싹을 틔웠다. 소동 탓에 뭔가 중요한 것을 잊어버린 듯한 기분이 들었다. 오늘 일어난 다양한 일은 가즈시가 전혀 예상하지 못했던 것들뿐이었다. 오늘 아침 여기에 출근할 때 자신은 무슨 생각을 했었던가…….

핸들에 툭 올려놓은 자신의 왼손으로 눈이 가자, 가즈시는 갑자기 깨달았다.

그렇다. 손목시계를 잃어버렸었다.

등을 쭉 펴고 바라보자, 공장 건물이 어둠 속에 잠겨 있었다. 가즈시는 미니밴의 시동을 걸고 액셀을 밟으며 본동과 관리동 사이를 천천히 나아갔다.

발송부의 작업장에서 발송 센터로 케이스를 옮기는 도중, 혹은 폐기물 처리 센터로 머리를 옮기는 도중에 손목시계가 떨어졌을 가능성도 부정할 수 없었다. 한밤중이기에 효율적이라고 할 수는 없겠지만, 이대로 아무것도 하지 않고 집으로 돌아가는 것도 마음에 걸렸다. 쥐색의 분실물을 찾으면서 천천히 부지 내를 나아갔다.

하지만 5분도 걸리지 않아 부지 내를 한 바퀴 돌고 폐기물 처리 센터 정면까지 도착하고 말았다. 정면 입구는 잠겨 있었고, 불투명한 유리창 건너편은 보이지 않았다.

문득 관리동의 뒷문을 바라보고는 문틈이 약간 벌어져 있다는 것을 깨달았다. 자물쇠가 제대로 잠겨 있다면 틈새는 생기지 않으리라. 평소에는 관리부의 인간이 문을 잠글 테지만, 오늘 밤은 허둥지둥거리다 잠그는 것을 잊어버렸을지도 모른다.

평소 일상적으로 이용하는 시설—즉 본동의 발송부나 발송 센터, 폐기물 처리 센터 그리고 식당—에서는 손목시계를 찾을 수 없었다. 이제 남은 것은 시타라에게 호출되어 방문했었던 관리동 정도밖에 없다.

다음에 언제 관리동에 불려갈지 알 수 없고, 휴직 처분이 된 상황에서 시계를 찾아달라고 부탁하는 것도 어려웠다. 가즈시는 미니밴을 관리동 동쪽에 붙인 뒤 사이드브레이크를 채우고 시동을 껐다. 바닥에 깔린 자갈을 밟으며 관리동 뒷문으로 발을 옮겼다.

문의 대각선 위에 감시 카메라가 설치되어 있었다. 시타라의 설명에 의하면 야간에도 감시하는 것은 육성부뿐일 테다. 가령 체크되고 있다고 해도, 어엿한 이유가 있기에 문제는 없으리라. 천천히 문을 열고 비상등만이 밝혀진 어두컴컴한 관리동으로 들어섰다.

우선 정면 입구까지 이동하여 어제와 같은 루트를 따라 바닥을 살펴보며 돌았다. 회의실 안에서도 분실물을 찾을 수 없었다. 책상 밑이나 파티션 뒤를 들여다보아도 그럴듯한 그림자는 없었다.

복도에는 사체의 신선도를 유지하기 위한 냉장고가 낮게 신음 소리를 내고 있었다. 문득 차보의 얼굴이 떠올랐다. 오늘은 아직 저녁밥을 주지 않았다. 모처럼 그렇게 살을 찌웠으니 쉬지 않고 사료를 공급해야만 하는데. 가즈시는 그래도 포기하지 않고 냉장고가 늘어선 복도를 지나 계단을 한 층 올라섰다.

경비실의 문도 잠겨 있지 않았고, 기왕에 여기까지 왔으니 문을 열어보기로 했다. 경비실은 여전히 담배 냄새로 가득했다. 설마 이런 곳에 있을 리 없으리라고 생각하면서도 데스크 밑으로 고개를 집어넣고 들여다보았다.

그때였다.

어둠에 익숙해진 동공에 갑자기 빛이 쏟아졌다. 두근두근 심장이 빠르게 뛰었다. 네 개의 모니터가 거의 동시에 에어컨 실외기처럼 웅웅 소리를 내기 시작했다.

가즈시는 가슴에 손을 대고 빨라진 맥박을 가라앉혔다. 사람이 모니터 앞에 서면 자동으로 화면에 전원이 들어오는 방식인 듯했다. 오피스 체어를 둘러싸고 놓여 있는 분할 화면에 빛이 밝게 들어와 있었다. 인기척이 없는 공장의 경치가 열여섯 개, 정연하게 눈앞에 늘어섰다.

"어?"

가즈시는 눈을 의심했다.

왼쪽 끝 모니터의 왼쪽 아래, 가장 구석에 있는 화면 안쪽에서 뭔가가 움직인 것이다.

시타라가 했던 것처럼 화면을 터치하여 영상을 확대해보았다. 무수히 많은 머리가 쌓인 폐기물 처리 센터의 쓰레기장. 그 머리의 산에 뒤섞여 누군가가 몸을 구부리고 있는 것이 보였다. 모니터 너머로는 확실히 보이지 않았지만, 뒤적뒤적 머리를 헤집는 중이었다. 머리를 순서대로 들어 올려서는 얼굴을 쓰다듬는 것처럼 보였다.

이 사람은 누구지? 어째서 여기에 있는 거지? 무엇을 하는 거지? 아니, 화면에 비친 불가사의한 것은 그 침입자만은 아니었다.

폐기물 처리 센터에서는 3개월 전부터 오전과 오후, 하루 두 차례씩 소각 처리를 하고 있다. 발송부의 업무가 오전과 오후로 나뉜 것에 대응하여 오전 중에 나온 폐기물은 정오부터, 오후에 나온 폐기물은 오후 3시부터 각각 소각한다. 즉 업무 중 발생한 폐기물은 오전 오후를 불문하고 반드시 그날 중에 소각된다.

왜 심야의 폐기물 처리 센터에 머리가 쌓여 있는 것일까?

설마 녹화된 영상이 재생되고 있는 것일까? 하지만 이런 한밤중에 굳이 오래된 영상을 내보낼 이유도 없을 터였다.

화면을 바라보자 침입자는 머리의 산에서 고개를 들고 감시 카메라의 사각으로 걸어가려 하는 중이었다. 만약 곧장 나아가면 쓰레기장에서 나가는 방향이 된다.

애가 타서 참을 수 없게 된 가즈시는 경비실에서 뛰어나 갔다.

이 사람은 십중팔구 이번 소동과 관련되어 있을 터였다. 아니, 가즈시를 함정에 빠뜨린 범인이라고 단언해도 좋을 정도다. 복잡하게 수사 따위 하지 않아도 현장을 잡으면 도 망칠 수 없으리라.

가즈시는 계단을 뛰어 내려가서는 자갈을 박차며 뒷문을 뛰쳐나갔다.

폐기물 처리 센터는 관리동에 인접해 있기에 입구는 바로 근처였다. 자세히 보니 아까까지는 잠겨 있던 문이 지렛대 같은 것으로 무리하게 열어 젖혀진 상태였다.

가즈시는 숨을 죽인 채 문을 열고 어두운 복도 너머를 바 라보았다. 누군가가 다가오는 기척은 없었다. 모니터에서는 쓰레기장에서 나가는 것처럼 보였지만, 다시 돌아간 것일까?

가즈시는 숨을 가다듬고 폐기물 처리 센터로 조용히 들어 갔다. 이미 익숙해진 피 냄새가 천천히 코를 찔렀다. 쓰레기 장은 복도 끝에서 왼쪽으로 돌아간 곳에 있었다. 방에서 새 어 나오는 빛이 복도를 밝게 비추었다.

뚜벅뚜벅 콘크리트 바닥을 걷는 소리가 울려 퍼졌다. 저 모퉁이를 돌면 침입자가 숨어 있는 것이다. 여기에서 물러 날 수는 없었다. 가즈시가 주먹을 다시 움켜쥔 그때.

녹슨 철과 비슷한 강렬한 냄새에 뒤섞여 아주 약간이지만 어울리지 않는 달콤한 향기가 풍겨왔다. 잘 익은 과일의 산미를 떠올리게 하는 감귤계의 향기가.

"기무라?"

그 남자인 것일까? 하지만 왜?

파리를 쫓아내며 모퉁이를 돈 후에 살금살금 쓰레기장으로 들어섰다.

침입자는 이쪽에 등을 향한 채 벽에 왼손을 대고 서 있었다. 머리가 쌓여 있는 곳과는 반대쪽 벽으로, 가즈시와의 거리는 5미터 정도였다. 직원 전원에게 배부되는 작업복을 입고, 머리에는 천으로 된 캡을 쓰고 있었다.

모니터로는 식별되지 않았지만, 오른손에 1미터 정도의 쇠막대기를 들고 있었다. 저런 것으로 맞으면 버틸 수 없을 것이다. 얼굴에서 핏기가 가시는 것이 느껴졌다.

아직 상대는 이쪽을 깨닫지 못했다. 도망쳐야 할까? 여기까지 와서 상대방의 정체를 밝히지 않고 도망간다는 말인가? 아니, 상대의 정체라면 이미 아는 것과 마찬가지 아닌가. 그렇다면 위험을 무릅쓰고까지 정체를 확인할 필요는 없다. 아니, 그렇다면 왜 자신은 이 쓰레기장에 온 것인가.

잠깐만. 뭐지, 이 소리는?

하루살이의 날갯소리와는 다르다. 센터 밖에서 작게 경찰차의 사이렌이 울려 퍼지고 있었다. 설마 경비회사가 이변을 깨닫고 통보한 것일까? 아니, 경비회사는 육성부만 감시한다고 했으니 우연히 지나가던 경찰차임이 분명하다. 하지만 침입자는 이 소리를 어떻게 생각할까.

침입자도 사이렌 소리를 깨달은 듯 조심스레 고개를 비틀었다.

"어이. 기, 기무라!"

무아지경에 빠져 외쳤지만, 경비실의 담배 연기에 목이 가라앉은 탓인지 쓰레기장에 울려 퍼진 목소리는 엄청나게 갈라져 있었다.

침입자는 이쪽으로 얼굴을 향한 채 멈춰 있었다. 모자 아래로는 쥐색 방한마스크 같은 것을 뒤집어쓰고 있었기에 표정을 읽을 수 없었다. 하지만 향기까지는 주의가 미치지 못한 것이리라.

"왜 이런 곳에……."

말이 끝나기를 기다리지 않고 침입자는 쇠막대기를 휘둘렀다.

반사적으로 몸을 굽혀 피했다. 그 순간, 침입자가 콘크리트를 차는 소리가 울려 퍼졌다.

엉거주춤한 자세로 눈을 감은 순간 오른쪽 어깨에 강한 충격을 받고 가즈시의 자세가 망가졌다. 흔들리는 시야에 상대방의 몸이 다가오는 것이 보이다 바로 시야에서 사라졌다. 침입자는 쇠막대기를 휘둘러 가즈시를 제지한 후 도망치려는 듯했다. 기다려. 도망치게 놔둘 수는 없어!

가즈시는 온몸을 던져 침입자의 다리를 붙잡았다. 상대는 조금 휘청거렸지만, 곧장 자세를 바로잡고 가즈시의 뺨을 걷어찼다. 비명을 지르고자 입을 열자, 휴웃, 하는 풀무 같은 소리와 함께 피가 터져 나왔다. 상대방이 쇠막대기를 휘둘러서 가즈시의 코를 때린 것이었다.

"제, 제길……."

가즈시는 콸콸 피가 쏟아지는 코를 양손으로 누른 채 억지로 상체를 비틀었다. 침입자의 모습은 이미 어디에도 보이지 않았다.

복도를 떠나가는 발소리만이 허무하게 울려 퍼졌다.

10
가와우치 미노리

그날의 가즈시는 달변가였다.

"이와테 현 마스부치 시의 만복산업 제1플라나리아 센터를 휴먼라이즈 에이전시라는 단체가 고소했다는 것 같네요. 이유 없이 사람을 죽이고 있다는 점에 관해서는 그들의 주장에도 일리가 있다고 생각합니다."

가즈시가 다 읽은 신문지를 가리키며 말했다. 둘은 공장 작업원과 유흥업소 아가씨가 오기에는 어울리지 않는 고급 요정에 있었다.

"엄밀히 말하면 플라나리아 센터에 상품을 발주하여 클론을 먹은 일본 전국의 셀럽들도 형법 190조의 사체훼손죄에 걸릴 가능성이 있습니다. 아니, 클론이 권리 주체가 아닌

비자연인이라는 점은 알아요. 다만 생존권이 없는 그들이라 해도 이유 없이 죽이거나 해체해도 좋은 것인가 하는 의문은 남습니다. 물론 사체를 먹지는 않더라도 머리를 잘라내는 저에게도 동죄의 적용이 가능하겠죠. 다만 이런 행위가 사체훼손죄에 해당하지 않는 경우도 물론 있습니다. 예를 들어 모종의 종교적인 의식에 따라 머리를 자른다거나 카니발리즘을 행하는 게 일본에서 인정되는 경우라면 말이죠. 그리고 몇몇 지역에서 지금도 행해지는 풍장이 190조에 해당되지 않는 것 또한 마찬가지라 할 수 있죠."

"시바타 씨."

"이야기가 벗어났는데, 가령 비자연인이라고는 해도 인간과 매우 비슷한 생물을 질식사시키는 행위는 형법에 저촉됩니다. 한 가지 생각할 수 있는 해결책은 인간과 침팬지를 하나로 합쳐서 둘로 나눈 것처럼 신생물을 만드는 일입니다. 그렇기는 해도 기술적으로도 윤리적으로도 이건 현실적이지 않겠죠. 그래서 제안하고 싶은 게 클론 인간을 노화 전에 자연사시킨다는 겁니다. 당신은 인간이 왜 노화하는지 알고 있나요?"

"자, 잠깐만 기다려 봐."

내가 양손을 올려서 이야기를 막자 가즈시는 노골적으로 눈썹을 찌푸렸다. 기분 좋게 말하는 도중에 미안하지만, 이

대로라면 날이 저물 때까지 이야기가 끝날 것 같지 않았다.

"오늘의 인격, '신사'가 아니네. '신사'라면 그렇게 줄줄 말하지도 않고, 다른 사람의 이야기를 들어줄 정도의 마음 씀씀이는 있으니까."

"그런 단편적인 논의는 좋아하지 않습니다. 애초에 인격이란 뭔가요? 성격과는 무슨 차이가……."

"잠깐만. 일부러 그러는 거야? 저기, 평소의 '신사'로 돌아와. 지금의 당신이랑은 제대로 커뮤니케이션을 취할 수 없으니까."

아니, 그건 반대인가. 가즈시는 상대에 따라 상성이 좋아 보이는 인격을 의도적으로 고른다. 그렇다면 오늘은 나와 커뮤니케이션을 취할 생각이 없기에 이렇게 말이 많은 인격을 고른 것일 수도 있다.

"인격은 그렇게 간단히 바꿀 수 있는 게 아닙니다."

"그럼 적어도 먹으면서 이야기하자. 음식 다 식어버리니까."

은은히 비치는 초롱불로 희미하게 밝혀진 테이블 위에는 내가 주방장에게 무리하게 부탁한 어느 요리가 놓여 있었다. 그 요리는 다른 호사스러운 일식 메뉴에 숨어서 테이블 구석에 살짝 자리 잡고 있었다. 다다미 객실을 검은색으로 리뉴얼한 모던한 인테리어가 고급스러운 느낌을 풍겼다.

"그 말에는 동의합니다."

가즈시가 젓가락을 손에 쥐었기에 나도 그제야 요리에 손을 댈 수 있었다.

"그래서 무슨 이야기였지?"

"동물의 노화에 관해서입니다. 당신은 노화의 메커니즘을 설명할 수 있나요?"

연하의 여성과 식사하며 나누는 화제 중에 이만큼 부적절한 테마가 있을까. 나는 가즈시의 오늘 인격을 '학자'라고 이름 붙였다.

"노화는 노화잖아. 이유고 뭐고 간에."

"무엇이 노화를 불러일으키는가 하는 말입니다."

"뇌라거나 장기가 노쇠화되어 못 쓰게 되는 거 아니야?"

"그 노쇠화되는 시스템을 묻는 거예요. 세포라는 건……."

"그럼 말이야, 냉장고나 세탁기는 왜 망가지는데?"

"뉴튼 역학으로 설명할 수 있는 운동 변화의 축적 때문입니다."

"그럼 인간도 세탁기랑 다르지 않겠지, 뭐."

"그건 아닙니다. 물리학에서는 짚신벌레의 움직임조차 설명할 수 없습니다. 동물이 죽는 건 생각해보면 세포가 죽기 때문입니다. 하지만 영양을 계속 공급하면 세포는 죽지 않습니다. 암세포나 생식세포는 영원히 분열을 계속하죠. 그럼에도 왜 우리는 바라지도 않는 주름을 얼굴에 새기며, 허리 통증에 얼굴을 찡그리면서 살아가지 않으면 안 되는가."

가즈시가 말을 멈추고 요리를 입으로 옮겼다.

"답을 말하자면 노화를 컨트롤하는 건 염색체에 존재하는 텔로미어라는 구조입니다. 텔로미어는 그리스어로 '말단'이라는 의미로, 문자 그대로 염색체의 말단 부분의 염기가 이에 해당합니다. 동물의 세포 대부분은 일정 횟수로 분열을 멈추지만, 이것은 텔로미어의 염기 배열에 따라 프로그램화된 정상적인 동작입니다. 암세포는 텔로머라아제라는 효소의 작용으로 텔로미어가 짧아지지 않기에 무한히 증식해버리는 거죠."

"그렇다면 그 텔로미어를 조작하면 절대로 죽지 않는 인간을 만들 수 있는 거야?"

"무슨 일이 있어도 죽지 않는 인간은 없습니다. 다만 그 반대라면 가능성이 있죠. 텔로미어를 조작함으로써 노화하기 전의 클론을 자연사시키는 것 말이죠. 이걸 실현하면 플라나리아 센터도 정당화할 수 있게 됩니다. 황당무계하다고 생각할지도 모르지만, 동물에게는 본래 스스로 세포를 죽이는 프로그램이 존재한답니다."

학력이 없는 공장 작업원이라고는 생각할 수 없을 정도로 지식의 샘물이 연이어 흘러넘쳤다. 나는 적당히 맞장구를 치면서 뒤를 재촉했다.

"가령 올챙이의 꼬리는 개구리가 되면 자연적으로 없어집니다. 인간의 태아가 가지고 있는 물갈퀴도 성장 과정에서 소멸하죠. 무엇보다 인간의 암세포는 체내에서 상시 제거되고 있습니다. 당신의 몸 안에서 오늘도 암세포가 죽고 있는 겁니다. 이것이 아시다시피 아포토시스라고 불리는 시스템입니다."

"처음 들어보는데."

"즉, 유전자 공학의 기술이 진보하면 우리가 죽이지 않더라도 딱 좋을 정도로 성장하면 자연사하는 클론을 만들 수 있다는 겁니다. 그때 처음으로 인간의 기술로 인해 플라나리아 센터가 합법화되는 거죠."

"시바타 씨는 그렇게 되기를 바라는 거야?"

"저는 플라나리아 센터의 직원이에요. 저에게 그걸 묻는 건 민족 정화의 필요성을 히틀러에게 묻는 거랑 마찬가지 아닐까요?"

"그래도 시대가 달랐으면 시바타 씨는 살인자일지도 몰라."

"아니요. 저는 다행히도 처리부에 소속한 적이 없습니다. 살인죄가 적용될 가능성은 낮다고 생각해요."

뺀질뺀질 이야기를 돌리는 것처럼 느껴져서 나는 입술을

202

삐쭉거렸다.

"저기, 전에도 물은 적 있는 것 같긴 한데, 시바타 씨는 어째서 플라나리아 센터에서 일하려고 마음먹은 거야?"

자신이 할 수 있는 일이 그것밖에 없기 때문이라고 '노동자'는 답했지만, 이만큼 머리 회전이 빠르면 일은 얼마든지 구할 수 있으리라. 지금 생각하면 '노동자'는 유흥업소 아가씨의 마음을 끌기 위해 만들어 낸 엄청나게 엉성한 캐릭터에 불과했다.

"진지하게 답하는 편이 좋을까요?"

"당연하지."

"합리적이라고 생각했거든요. 노동 조건이 좋은 일을 선별한 후에 객관적으로 등급을 매겼더니, 플라나리아 센터가 독보적으로 최고였어요."

너무나도 '학자'다운 답이었지만, 국회의원의 선거 연설처럼 내용에 허점이 많았다.

"하지만 안타깝게도 이 수치에는 어느 정도 오류가 포함되어 있었습니다."

"호오. '학자'인 주제에."

"저는 학자가 아닌데요?"

가즈시가 젓가락을 놓고 눈을 동그랗게 뜨고 말했다.

"미안. 아무것도 아니야. 그래서 무슨 오류가 있었는데?"

"심리학에서 말하는 '순화', 즉 익숙함이죠. 루틴 워크는 익숙해지면 부담이 경감됩니다. 다음에 일을 찾을 때는 이 개념도 고려해야겠어요."

"나는 일을 할 때 매너리즘에 빠지는 건 좋지 않다고 자주 듣는데."

"그렇긴 해도 인간의 행동에 오류가 포함되는 건 극히 자연스러운 일이에요. 착각이나 잘못된 확신에 따라 불합리한 행동을 취하는 게 인간이 인간답다는 증거이기도 하니까요. 한 명의 인간이 볼 수 있는 세계는 좁습니다. 우리는 5엔짜리 동전 구멍을 통해 세상을 보고 있는 것과 마찬가지죠."

점점 이야기의 내용이 '학자'에서 '시인'처럼 바뀌기 시작했다. 이제 더는 그만. 가즈시가 요리를 비운 것을 보고 나는 비밀을 털어놓기로 했다.

"그 이야기하기 전에 좋은 거 하나 가르쳐줄게."

"뭔가요?"

"그 접시에 들어 있던 요리, 뭔지 알았어?"

가즈시는 검은 접시에 눈을 떨구더니 무료한 듯 고개를 갸우뚱거렸다.

"조림 말인가요? 요리는 잘 몰라서요."

"저기 말이야. 출장 마사지 일을 하다 보면 때때로 엄청 대단한 사람에게 불려나갈 때가 있어. 그런 사람과 친해지면 선물을 건네줄 때도 있거든. 이번에는 대학병원의 대단한 사람한테서 뭔가를 받았는데. 혼자서 먹는 것도 뭐해서 시바타 씨를 부른 거야."

"그렇게 고급 식재료였나요?"

"여기는 말이야, 사실은 먹어서는 안 되는 요리를 먹을 수 있는 가게야. 일본산양을 넣은 탕이라거나 도롱뇽 훈제구이라거나. 그래서 간판도 밖에 꺼내놓지 않는 거지. 아, 경찰한테 말하면 안 돼."

"……."

"이번 것도 엄청나게 위법적인 재료야. 뭐냐고? 인간의 뱃살 감초 조림."

가즈시는 입을 멍하니 벌린 채 텅 빈 접시를 내려다보았다. 전혀 예상하지 못했던 요리였던 듯 말도 나오지 않는 듯했다. 대성공이었다.

"솔직히 조금 쓰고 맛없지. 안 그래?"

가즈시는 소리를 내며 몸을 일으키더니, 목울대를 크게 움직이며 작게 몸을 떤 후 먹은 것을 토해냈다.

11
시바타 가즈시

여자를 안고 싶다.

회의실에서 상사를 앞에 둔 채로 가즈시는 그런 것을 생각했다. 이렇게나 불합리한 일을 계속해서 당한 이상, 여자라도 안고 울분을 터뜨리지 않고는 견딜 수가 없다.

"즉, 정리하면 이렇다는 건가."

시타라가 억양이 없는 목소리로 말했다.

6월 23일, 이른 아침. 경영진이 출근하는 시간에 맞춰서 가즈시는 플라나리아 센터를 방문했다. 폐기물 처리 센터의 문이 망가진 것이 발견되면 소동이 벌어질 테니까, 그 자리에서 사정을 설명할 생각이었다.

어제는 미야기 현의 구급 의료 전화번호로 야간 병원을

조사한 후 현립 히라야마 병원에서 치료를 받았다. 병원에 도착하기까지는 코가 떨어져버린 것은 아닐까 걱정했지만, 실제로는 골절조차 당하지 않았고 홍수 같은 코피가 멈추자 아픔도 거의 남지 않았다.

가즈시는 침입자를 놓친 것이 분하다는 마음만을 가슴에 품은 채 집으로 돌아갔다. 차보에게 저녁밥을 주지도 않고 침대에 누워 아침을 맞이했다.

"……정리하면 이렇다는 건가. 어젯밤 자네는 관리동과 폐기물 처리 센터에 무단으로 침입했다. 그럼에도 불구하고 문을 부순 건 자네가 아니라 기무라고, 일련의 소동을 꾸민 것도 모두 기무라다."

어젯밤의 전말을 시타라에게 막 설명한 참이었다.

"얼굴은 보지 못했기에 단언할 수는 없지만 그럴 가능성이 큽니다."

침입자가 정체를 기무라라고 오인하게 만들고자 일부러 감귤계 향수를 사용했을 가능성도 제로는 아니었다. 하지만 가즈시가 경비실 모니터로 침입자를 깨달은 것은 완전한 우연이었고, 침입자가 누군가를 마주치게 될 것을 상상하고 대비했을 것이라고는 생각하기 어려웠다.

"자네가 주장하는 내용은 이해하기 어렵군."

시타라가 그렇게 말하며 자리에 앉았다. 여전히 대본이라도 읽는 것 같은 말투였다.

"개인적인 정을 배제하고 생각하면 후지야마 선생님께 머리를 보낸 범인은 틀림없이 자네야. 경찰에 신고했다면 지금쯤 체포 영장이 나왔다고 해도 이상하지 않지. 그런 상황인데 어째서 자신이 의심받을 만한 짓을 반복해서 저지르는 건지 이해가 안 돼."

"의심받을 수 있다는 건 알고 있었습니다. 하지만 저는 범인이 아니고, 어젯밤에 제가 침입자에게 공격을 당한 것도 사실입니다."

회의실의 창문을 굵은 빗줄기가 강하게 두드렸다. 태풍을 떠올리게 할 정도의 강풍이 나무를 휘어지게 했다. 오늘은 항의 활동가의 목소리도 전혀 들리지 않았다.

"자네도 알다시피 기무라는 시력이 매우 나빠. 익숙한 장소를 이동할 때는 지장이 없지만, 물건을 다루는 복잡한 작업, 즉 머리를 골라서 케이스에 담는 것 같은 작업은 할 수 없네."

"반복해서 연습했을지도 모릅니다."

"우연히 만난 상대를 때려눕힐 수도 없을 거야."

"침입자는 1미터 정도의 쇠막대기를 들고 있었습니다. 그에 비해 저는 맨손이었고요. 약시가 그렇게 큰 핸디캡이 될까요?"

"조사는 해보겠네. 어젯밤에 문이 망가진 건 사실이니까. 기무라를 포함해 전 직원에게 같은 질문을 던져 조사해보고, 겸해서 어젯밤의 알리바이나 후지야마 선생님 사건에 관해서도 연관된 사실은 없는지 조사하겠네. 하지만 압도적으로 수상한 건 자네야. 지금 이야기를 듣고 더더욱 의심이 깊어졌어."

"센터장님이 저를 의심하는 것도 이해가 갑니다. 그래도 이 사건은 단순한 장난질이 아닙니다. 제가 한 것으로 이야기를 마무리 짓더라도 소동은 끝나지 않을 겁니다."

"그러고 보니 자네에게 전해줄 게 있었지."

시타라가 갑자기 주머니에서 손목시계를 꺼내서 책상 위에 던졌다. 밴드를 고정하는 브래킷이 빠져서 밴드가 문자판 끝에서 축 늘어져 있었다. 손으로 들고 보지 않아도 가즈시가 찾던 그 손목시계였다.

"……어째서 센터장님이?"

"오늘 아침 복도에 떨어져 있던 걸 주웠지. 자네 거라는 걸 알았다면 곧장 돌려줬을 텐데. 어째선지 밴드가 풀린 듯하군."

"역시 관리동에 떨어져 있던 거군요."

"자네가 손목시계를 찾고 있었다는 사실은 믿을 수 있을 것 같군. 일부러 떨어뜨렸을 가능성도 제로는 아니지만, 거기까지 의심하고 싶지는 않아. 나도 자네가 범인이라고 생각하고 싶지는 않거든. 나머지는 조사 결과를 기다려주게."

가즈시가 입을 열기 전에 시타라가 몸을 일으켰다. 이 이상 이야기할 의사는 없어 보였다.

"얼른 복직하고 싶으니 잘 부탁드립니다."

가즈시는 고개를 숙이는 수밖에 없었다.

관리동을 나서자 엄청나게 쏟아지는 빗줄기 속에서 우산을 들고 있는 사람이 보였다. 가즈시의 모습을 보더니 우아하게 인사를 하고 가까이 다가왔다.

"좋지 않은 날씨지만, 안녕하세요. 어라, 얼굴의 상처는 어떻게 된 건가요?"

"유시마 씨, 왜 여기에?"

"그거야 뻔하잖아요. 수사하러 왔죠. 후지야마가 범인이라는 증거를 찾아야 하니까요. 그랬는데 휴직 중일 터인 시바타 씨의 미니밴이 있더라고요. 용건이 있는 거라면 관리동이 아닐까 해서 기다리던 참입니다."

유시마는 당연한 이야기를 하듯 가슴을 내밀었다. 가즈시에게는 유시마를 의심하는 마음과 신뢰하고 싶은 마음이 공존했다.

"실은 어제 그 후에 다시 귀찮은 일이 벌어져서요."

가즈시는 시타라에게 한 것과 마찬가지로 어제의 전말을 대강 설명했다.

"그렇군요. 그래서 폐기물 처리 센터의 문이 부서져 있던 거군요. 시바타 씨가 품고 있는 의문 중 한 가지는 설명할 수 있을 것 같습니다."

"무슨 뜻인가요?"

"어젯밤 늦게 폐기물 처리 센터에 대량의 머리가 있던 이유요."

그러고 보니 그에 대한 궁금증도 있었다. 3월의 스케줄 조정 이후, 플라나리아 센터의 업무는 오전 오후의 2부제가 되었고, 폐기물 처리 센터에 심야까지 머리가 방치되는 일은 없어진 상태였다. 그렇다면 가즈시가 목격한 머리의 산은 도대체 무엇이었을까.

"이유를 아시나요?"

"우연히 알게 되었거든요. 어제는 이와테 현에 있는 만복산업 제1플라나리아 센터가 정기 점검을 받는 날이어서 현지의 폐기물 처리 센터에서 쓰레기 소각을 할 수 없게 되었다더군요. 만복산업이 공개하는 1개월 단위의 예정표에서 우연히 발견한 거지만요. 지자체의 소각 시설로 가지고 갈 만한 폐기물도 아니니까, 형제격인 제2플라나리아 센터로 머리를 옮긴 거겠죠."

"그렇군요. 쌓여 있던 머리는 우리 시설에서 나온 게 아니라는 말이군요."

만복산업의 제1플라나리아 센터는 이와테 현 동부의 마스부치 시에 있고, 미야기 현 구라요시 시까지 직선거리로도 160킬로미터나 된다. 같은 도호쿠 지방이라고 해도 꽤 먼 거리이기는 하지만, 정기 점검 시에 서로의 폐기물을 융통한다는 이야기는 가즈시도 들은 기억이 있었다.

"하지만 침입자가 머리를 뒤지고 있었다는 점은 이상하네요. 이 플라나리아 센터와는 관계가 없는 머리를 왜 뒤질 필요가 있었을까요."

가즈시는 자신의 이야기를 믿어준 것이 솔직히 기뻤다.

"혹시라도 후지야마 씨가 이와테 현의 제1플라나리아 센터에도 상품을 발주했을 가능성은 없을까요?"

"저도 그 생각을 해봤어요. 다른 플라나리아 센터에 같은 주문을 했을 가능성은 제로가 아닙니다. 다만 현행법상 플라나리아 센터에의 주문은 3년간 기록을 남기도록 정해져 있죠. 조사하면 금방 들킬만한 일을 후지야마 같은 남자가 했을 것 같지는 않네요."

"그럼 그 침입자는 도대체……."

"시바타 씨, 걱정하실 필요 없어요."

유시마는 머리 스타일만 봐서는 도저히 상상도 되지 않는

212

온화한 말투로 아이를 달래듯이 말했다.

"제가 조사를 시작한 이상 시바타 씨의 결백은 틀림없이 증명될 겁니다. 범인은 후지야마가 분명해요. 제가 진상을 밝혀낼 테니 시바타 씨는 느긋한 마음으로 기다려주세요."

"어째서 그렇게 저를 도와주는 건가요?"

솔직한 궁금증을 터뜨리자, 유시마가 눈을 가늘게 뜨고 웃었다.

"재미있으니까 하는 거예요. 실은 저, 노다 의원이 살해당한 현장에도 있었거든요. 그때 후지야마 전 장관의 정체를 밝혀내지 못했기에 이번에 리벤지를 하는 거죠."

"자신이 휴직을 당하면서까지 말인가요?"

"시바타 씨, 10년 정도 전에 규슈의 한 유명한 정원에 누군가 불을 지른 사건을 기억하시나요? 건조물을 둘러싸듯 등유를 뿌린 후 불을 질러서 그 정원이 완전히 불타 없어졌거든요. 그때 정원이 불타는 걸 구경하려고 모인 구경꾼이 1만 4천 명이라고 합니다. 이건 무도관에서 열리는 이벤트에 필적하는 인원수예요. 인간에게는 근원적으로 사건을 목격하고 싶다, 강 건너편의 화재를 구경하고 싶다, 라는 욕구가 있습니다."

"그런가요?"

"물론 당사자로서는 화가 나는 일이겠죠. 자랑하던 정원이 불타오르는 걸 누군가가 구경한다면 기분 좋을 리 없으니까요. 그렇기에 저는 사건이나 사고를 그저 구경만 하는 게 아니라, 범인을 잡고자 마음먹었어요. 어떤 구경꾼이든 사건을 해결하게 되면 단순한 구경꾼이 아니라 관계자가 되니까요."

"어떻게 보면 탐정이라는 말이네요."

"간판을 내걸고 하는 건 아니니까 탐정은 아닙니다. 그래도 추리소설에 나오는, 반드시 사건을 해결하는 명탐정이라고 생각하셔도 문제없습니다."

빗속에 서 있음에도 유시마의 말은 흔들림 없이 우아했다.

"시타라 센터장이 조사를 시작했고, 후지야마도 수사를 시킨다고 했죠. 그리고 저도 이렇게 사건을 살피기 시작했어요. 사태는 더욱더 혼란에 빠질 겁니다. 그래도 마지막의 마지막, 진상을 밝히는 역할을 담당하는 건 틀림없이 바로 접니다."

여자를 안자.

집으로 돌아가 10분 정도 침대 위에서 멍하니 있다가 그렇게 정했다.

사이드 테이블에서 저금통장을 꺼내 잔액을 확인했다. 출장 마사지를 부를 만한 돈은 되지만, 그것으로는 스트레스를 제대로 풀 수 없을 것 같았다. 그랬기에 안은 적이 있던 여자들에게 연락을 취해보기로 했다.

운 좋게도 두 번째로 연락한 여자와 오후부터 만나기로 약속을 잡을 수 있었다. 식사를 한다거나 같이 외출할 기분은 아니었기에 근처의 러브호텔에서 오후 1시에 바로 만나기로 했다.

일과 유흥업소 말고 여자를 만나는 것은 오랜만이었다. 가즈시처럼 인격을 나눠 사용하는 것에 익숙해지면, 바라는 여자를 손에 넣는 일에는 거의 고생을 하지 않는다. 상대가 자신에게 무엇을 바라는지, 어떤 태도를 보이길 바라는지, 가즈시는 정확하게 냄새를 맡을 수가 있었다. 상대가 남자라면 원하는 대로 일이 잘 풀리지는 않지만, 여자는 어렵지 않았다. 특히 유흥업소 여자는 상실감을 품고 있는 일이 많기에 슬쩍 따뜻함을 보이면 쉽게 자신의 것으로 만들 수 있었다.

하지만 지금 약속한 여자, 가와우치 이노리는 그런 녀석들과는 차원이 달랐다. 분명 우연일 테지만, 가즈시가 인격을 나눠 쓰고 있다는 사실을 일찍부터 깨달은 것이다. 여자에게 비밀을 간파당한 것은 이때가 처음이었다. 그것도 어쩐 일인지 인격을 나눠 쓰는 가즈시에게 매력을 느낀 듯, 한때는 상대편 쪽에서 접근해올 정도로 적극적인 여자였다.

약속 시간까지 한 시간 정도 비어 있었다. 차보에게 식사를 주는 것도 귀찮았기에 소파에서 뒹굴뒹굴하며 소설을 읽기로 했다. 두 달 정도 전에 산 추리소설을 책장에서 꺼냈지만, 단조로운 전개에 질려서 중간에 멈추고 말았다. 보잘것없는 책은 몇 권인가 모아서 나중에 차보에게 가져다줘야지. 그런 생각을 하면서 소파 위에서 멍하니 시간을 보냈다.

집을 나선 것은 약속한 1시의 15분 전이었다. 우산을 펼치고 걷는데, '시스터맨'이라는 세련된 찻집에 셔터가 내려진 사실을 깨달았다. 셔터에 붙은 종이에는 '점주가 입원했습니다. 당분간 휴업합니다'라고 적혀 있었다. 가와우치 이노리와 알게 된 겨울의 그날, 러브호텔로 가기 전에 '시스터맨'에서 시간을 보냈던 사실이 떠올랐다. 건강해보였던 마스터에게 어떤 불행이 닥친 것인지 이런저런 상상을 하며 걸었다.

'랑데부' 앞에서는 이미 가와우치 이노리가 기다리고 있었다. 빗방울에 젖은 흑발이 요염해 보였다. 어떤 인격으로 접해야 할지 가즈시는 순간적으로 머리를 굴렸다.

"시바타 씨, 오랜만이네. 어라, 코 어떻게 된 거야?"

가와우치는 만면에 미소를 띠었다. 가즈시와 만나는 것이 왜 그렇게 기쁜 것일까.

"시끄러워. 얼른 들어가자고."

"어라. 오늘은 난폭하네. 혹시……."

"어이. 맞고 싶은 거야?"

"역시 그렇네."

깔깔 웃는 가와우치를 곁눈질하며 불투명 유리창이 달린 문을 열고 호텔로 들어섰다. 여유롭게 쉴 생각에 세 시간의 대실 요금을 프런트에 지불했다. 208호실의 열쇠를 받아 쥐고는 가와우치에게 눈으로 신호를 보내고 계단을 올랐다.

"뭐야. 혹시 펑크에 눈을 뜬 거야?"

"그런 한가한 사람 아니야."

"거짓말쟁이. 하루 두 시간 정도밖에 일하지 않잖아."

"이래저래 바쁘다고."

"그래서 스트레스 발산하고 싶어서 나를 부른 거야?"

"너, 얼굴 얻어맞고 싶어?"

"안 돼. 내 일은 몸이 자산이니까."

가와우치는 입술을 가리키며 싱글벙글 웃었다. 복도를 걷는 도중에 유통기한이 지난 카바레 클럽 아가씨 같은 여자를 지나쳤다. 이런 곳에 여자 혼자 있다니, 출장 마사지에서 일한다는 간판을 내걸고 있는 것과 마찬가지다. 가와우치는 여전히 방긋 웃고 있었다.

열쇠를 열고 208호실에 들어서자, 벽돌을 쌓아 만든 풍의 인테리어로 장식된 이상할 정도로 넓은 공간이 나왔다. 프런트에서 인기가 없는 방을 억지로 떠넘긴 것일지도 모르겠다. 붉은 커튼을 들추자, 수갑과 목걸이가 잔뜩 놓여 있었다.

"우리, 이런 쪽 취향인 것처럼 보인 걸까?"

가와우치가 손에 든 반투명 케이스 안에서는 낚시용 지렁이가 꿈틀거렸다.

"기분 나쁘군. 방 바꿔 달라고 할까."

"됐어. 귀찮잖아. 그보다 오늘 연락해줘서 고마워. 요전번 일로 시바타 씨가 화내고 있지는 않을까 했거든."

"요전번 일?"

"어라. 벌써 잊어버린 거라면⋯⋯."

대화가 귀찮아졌기에 말이 끝나기를 기다리지 않고 가와우치를 침대로 밀어 쓰러뜨렸다. 그녀의 위에 올라타고 어깨를 누른 후 밀어붙이듯 입술을 겹쳤다. 교성과 비명이 뒤섞인 듯한 소리가 입술에서 새어 나왔다. 원피스 위에서 유방을 움켜쥐고 힘을 넣고 만졌다. 끼익끼익 침대가 삐걱거리는 소리가 울려 퍼졌다.

"자, 잠깐만. 오늘은 이상하게 정열적이라고 할까, 조금 깨는데."

"펑크란 게 이런 거 아니었어?"

"무슨 일 있었어? 뭔가 있었던 거지? 열 받는 일이."

가와우치는 가슴을 움켜쥔 가즈시의 양손에 자신의 손바

닥을 가져다 댔다. 입가가 느슨했다.

"뭐가 웃긴 건데? 내가 화를 내면 너는 기쁜 거야?"

"알고 있잖아. 펑크는 화를 내지 않으면 시작되지 않으니까. 저기, 무슨 일이 있었던 건데? 내가 들어줄게."

"시끄럽다고 했잖아!"

"만나서 바로 섹스하는 사이인데도 고민 하나도 말해주지 않는 거야?"

"여자는 이러니까 싫어."

"잘도 말하네. 그럼 말이야……."

가와우치는 스키니진을 자신의 손으로 내리더니 팬티를 젖혀 성기를 드러냈다. 땀을 농축한 듯한 비릿한 냄새가 코를 찔렀다.

"알려주는지 어떤지로 콘돔 없이 할지 말지 정할래."

"콘돔 써도 상관없어."

"반대야, 반대. 무슨 일인지 알려주면 콘돔을 끼게 해줄게. 알려주지 않으면 끼게 해주지 않을 거야."

가와우치가 혀를 내밀고 싱글벙글 웃었다. 가즈시가 콘돔 없이 하는 성행위를 바라지 않는다는 것을 아는 것이다. 가즈시는 지금까지 자신의 유전자를 후세에 남기고 싶다고 생각한 적이 없었다.

"미친 거 아니야?"

"고집부리지 않아도 되잖아. 어차피 아무한테도 말 안 할 건데."

"그럼 내 조건도 받아들여."

"뭔데?"

"내 똥을 먹어. 그럼 말하지."

"아하하. 본인도 미쳤네. 뭐, 좋아. 아까 그 지렁이랑 섞어서 먹어줄게."

가즈시가 고개를 숙이고 바닥에 침을 뱉었다.

"아무 짓도 안 했는데 직장에서 함정에 빠졌어. 최악의 경우, 체포당할 수도 있어."

가즈시는 자신이 하지도 않은 의심을 받고 난 후 침입자에게 쇠막대기로 얻어맞을 때까지의 일 전부를 설명했다. 지금까지 가와우치에게는 허세를 부렸지만, 누군가에게 털어놓으니 기분이 조금 가라앉았다.

"……그랬구나. 그래서 얼굴에 상처를 입은 거네. 시계도 망가진 것 같고."

가와우치는 가즈시가 손목시계를 차지 않은 것을 깨닫고 있던 듯했다. 가즈시의 비밀을 간파할 정도니 꽤 영리하다. 시계는 밴드가 떨어진 채였기에 바지 왼쪽 주머니에 넣어둔 채였다.

"공격당했을 때 망가진 게 아니야. 애초에 손목시계를 잃어버리지 않았다면 한밤중에 관리동에 갈 일도 없었을 테고."

"뭐? 그럼 그 손목시계는 찾았어?"

"그래, 높으신 분이 찾아줬지. 복도에 떨어져 있었다더라고."

가즈시는 주머니에서 손목시계를 꺼냈다.

"잠깐만."

가와우치의 말투가 딱딱해졌다. 진지한 표정으로 허공을 노려본 후 말을 이었다.

"화, 화내지 않기다? 그 인격, 꽤 무서우니까. 나 말이야, 그 사건의 범인을 알아낸 것 같아."

"웃기지 마."

센터장이나 전 장관이 머리를 맞대고도 알아내지 못했던 범인을 그렇게 간단히 알 수 있단 말인가. 하지만 이 여자는 때때로 날카로운 감을 활용해서 진실을 간파하는 것 또한 사실이었다.

"거짓말 아니야. 시바타 씨는 역시 함정에 빠진 거야."

"알아. 내가 범인이 아닌 건 분명하니까. 문제는 누가 한 거냐지."

"그러니까 나, 밀랍인형도 경찰차도 쓰지 않고 시바타 씨에게 죄를 뒤집어씌울 방법이 떠올랐어. 게다가 범인 또한 일목요연한 것 같은데."

그렇게 말하며 가와우치가 설명한 트릭은 어제 나온 어떤 설보다도 설득력이 있었으며 명확히 한 범인을 지목했다. 처음에는 반신반의로 듣던 가즈시도 설명을 다 들었을 무렵에는 눈앞의 여자를 만난 것에 감사할 정도였다.

"잠깐만. 그러고 보니 어제, 낮부터 묘하게 일이 잘 풀리지 않아서 이상하다고 생각했어."

"그건 시바타 씨가 이상한 게 아니라, 이미 범인의 손바닥 위에서 놀아나고 있었기 때문이야. 평소처럼 일할 수 있었을 리가 없으니까."

"그래도 금발 녀석은 범인은 후지야마라고 자신만만하게 떠들어댔는데."

"그러니까 그 금발 씨를 감시하라는 명령을 받은 시점에 이미 범인의 계략이 시작된 거야. 혹시 유시마라는 사람도 그쪽 편인 거 아니야?"

유시마도 범인 측의 인간? 그런 일이 있을 수 있을까. 유시마가 가즈시를 함정에 빠뜨리려고 한 것이라면 굳이 가즈시를 변호하지 않았을 것이다. 아니, 혹시 그도 누군가에게 놀아나고 있는 것일지도 모른다.

"솔직히 감탄했어. 너, 대단하네."

"정말로? 그럼 포상으로 그 손목시계 줘."

"손목시계? 이딴 거 얼마든지 주지."

잘 보니 가와우치가 왼손에 찬 손목시계는 양판점에서 팔법한 싸구려 아날로그 시계였다. 직업상 몸치장에는 돈을 들일 테지만, 시계에 대한 고집은 딱히 없는 듯했다. 가즈시는 손목시계를 사이드 테이블에 던졌다.

"어이, 이거 차."

"어? 정말로 주는 거야? 농담이야. 필요 없어."

"뭐라고? 얼른 차라니까. 그런 싸구려 시계 버려버리고."

"하지 마!"

가즈시가 팔을 잡으려고 하자 가와우치는 갑자기 비명을 질렀다. 왼손을 감추듯 돌리고, 겁먹은 눈으로 가즈시를 노려보았다. 이 여자가 도대체 무슨 생각을 하는 것인지 알 수가 없었다.

"뭐야, 도대체."

"이 시계, 소중한 거야. 미안."

"그럼 좋아. 네가 내 시계 안 찬다면, 나도 없이 할 테니까."

"응? 무슨 말이야?"

"이런 말이지."

가와우치의 입을 입술로 막고 바지를 벗어 던진 후, 억지로 덮쳤다. 가와우치는 눈을 감고 얼굴을 일그러뜨렸다.

"아, 안 돼. 안에는. 아이 생겨버리니까."

"아까는 본인이 먼저 말을 꺼내놓고는. 괜찮아."

분명 괜찮을 것이다. 오늘은 행운이 따르는 날이니까.

12
가와우치 미노리

    침대 모서리에 앉아서 나는 가즈시가 막 나간 문을 바라보았다.

    전에 만났을 때도 그랬다. 가즈시는 남자인 주제에 여자를 남겨두고 먼저 호텔에서 나가버린다. 나는 침대에서 뒹굴며 담배 연기로 검게 변한 천장을 바라보았다.

    "나, 도대체 뭘 하고 싶은 걸까."

    전에 만난 이후 보름 만에 가즈시를 만났다. 요정에서 토하게 만든 후, 집으로 찾아가는 것도 내키지 않았었다. 상대방이 나를 유쾌하게 생각하지 않는다는 것은 처음부터 알고 있었다.

    그렇기에 오늘은 기뻤다. 가즈시의 전화를 받은 나는 미야모토에게 열이 난다고 거짓말한 후 가즈시가 부른 호텔로 달음박질쳤다. 가즈시는 보름 사이에 다소 살이 빠진 것처럼 보였다.

이 보름 사이에 깨달은 것이 있었다. 그것은 가즈시에 관해 아무것도 모른다는 점이었다. 생애, 가족, 성격, 취미, 인생관, 꿈. 가즈시에 관해 생각하면 나는 안개에 휩싸인 듯한 기분이 들었다. 아는 것은 무수히 많은 인격을 나눠 사용한다는 것과 인간의 고기를 먹으면 토한다는 것 정도였다.

그렇기에 오늘, 가즈시가 하는 일에 대해 이런저런 이야기를 듣게 된 것은 분명 큰 진전이었다. 그런 한편, 그가 아직 비밀을 숨기고 있다는 사실은 태도를 보면 명백했다. 그는 신중하게 말을 골랐고, 이야기가 어딘가로 파고 들어갈 것 같으면 교묘하게 화제를 돌렸다.

돌아갈 때 가즈시는 나에게 집에 찾아오는 것은 평일 낮에만 해달라고 말했다. 가끔 오늘 같은 휴일이 있다고 해도, 본래라면 구라요시 시에서 일에 전념할 시간이었다. 오지 말라는 말을 돌려서 한 것일지도 모르지만, 위화감은 지울 수 없었다.

위화감이라고 하면, 가즈시가 인육을 토한 이유도 잘 알 수 없었다. 플라나리아 센터에서 일할 정도니까, 그런 면에 관한 저항감은 없다고 생각했었다.

"축산업자는 뒈져버려."

라이브하우스에서 마이크를 손에 쥐고 말한 이 대사에도 묘한 위화감을 느꼈다. 그의 일 또한 축산업의 일종이다. 자신이 고른 일을 매도하는 것은 어떤 심경인 것일까.

결국 나는 가즈시에 관해 아무것도 모른다.

하필이면 그가 지명수배범이 되어 세간을 떠들썩하게 만들게 되리라고는 이때는 아직 알 도리가 없었다.

13
시바타 가즈시

"그럼 내일 찾아뵙겠습니다. 아니, 저야말로 감사드립니다. 네, 잘 부탁드립니다."

가와우치 이노리를 안은 다음 날, 가즈시는 전화로 시타라 센터장과 면담 약속을 잡았다. 일정은 내일, 6월 25일. 전화 너머의 목소리를 통해 시타라가 별로 내켜 하지 않는다는 사실이 강하게 전해졌다. 하지만 같은 시간에 유시마도 면담 신청을 했다는 듯, 어차피 하는 것이라면 함께 해치우자는 이야기가 되었다.

어쩌면 유시마도 가즈시와 같은 결론에 도달했을지도 모른다. 그렇다면 마음이 든든하지만, 범인과 이어져 있을 가능성도 있기에 방심할 수는 없었다.

가즈시는 혹시나 하는 마음에 호신용 무기를 준비해두기로 했다. 폐기물 처리 센터에서 침입자에게 공격을 당했을 때 방망이 하나라도 있었다면 응전할 수 있었을 터였다. 내일도 같은 식으로 범인이 가즈시의 입을 막으려 들 가능성은 제로가 아니었다.

휴직 중이었기에 가즈시에게는 시간이 충분히 있었다. 가즈시는 단골인 업무용 슈퍼를 방문해서 닫으면 펜처럼 보이는 나이프, 오일 라이터 그리고 소형 녹음기를 샀다. 괴한에게 습격당할 경우, 정말로 도움이 되는 것은 소형 라이터라고 잡지에서 읽은 적이 있었다. 녹음기는 당연히 범인의 언동을 기록해두기 위한 물건이었다. 펜나이프는 최악의 사태를 대비하기 위해 산 것으로, 나이프를 휘두를 만한 상황 전개는 가능하면 피하고 싶었다.

하늘은 여전히 잿빛으로 칙칙했다. 어제는 천지를 뒤흔들 정도로 많은 비가 내렸지만, 그 후에는 구름이 잠시 숨을 고르는 중인지 비다운 비는 내리지 않았다. 때때로 구름 틈새로 태양이 얼굴을 내밀었고, 도랑에 가득 찬 물이 빛을 받아 반짝거렸다.

"저기요."

숨이 끊길 듯한 여성의 목소리가 뒤쪽에서 들려왔다. 돌아보자, 본 적 있는 여성이 달음박질해왔다. 숄더백에는 대량의 포스터가 가득 들어 있었다.

"요전번에는 감사했습니다. 휴먼라이츠의 후지카와입니다. 지금 말이죠. 거리에 궐기 집회 포스터를 붙이고 있거든요."

며칠 전 가즈시의 집에 들이닥쳤던 휴먼라이츠 에이전시의 지국장이었다. 항의 활동가들은 여론의 지지를 잃고 난 후 더 많은 포스터를 붙였다. 거리를 포스터로 뒤덮으면 자신들의 주장이 세간에 침투할 것이라고 믿는 듯했다.

"무슨 일이신가요? 지금 바쁜데요."

"저기, 요전번 서명에 관해서인데요. 거짓말은 하지 않으셨으면 했는데요."

"거짓말? 무슨 말인가요?"

"당신, 가족과 함께 살고 있잖아요. 혼자서 산다고 해놓고서."

"……착각하신 거 아닌가요? 저는 혼자 사는데요."

"또 그러신다. 근처에 사는 분도 본 적 있다고 하던데요. 꽤 닮은 형제가 있는걸."

맹렬한 한기가 등골을 타고 올랐다.

꽤 닮은 형제를 봤다고?

가즈시에게 가족이 없는 것은 사실이었다. 하지만 혼자 사느냐 하면 엄밀히 말해 아니었다. 불법으로 클론 인간을 지

230

하실에서 키우고 있기 때문이었다.

"거짓말이죠? 언제 어디서 봤다는 건가요?"

"자, 자세한 건 몰라요."

가즈시의 기백에 놀란 듯 후지카와가 머쓱하게 대답했다.

"누구한테 들은 이야기인가요?"

"……."

"알려주세요."

"그, 그냥 알려드릴 수는 없어요."

"네?"

후지카와가 어색하게 웃었다.

"그 가족에게도 서명을 받아준다고 지금 이 자리에서 약속해주시면 가르쳐드리죠."

말도 안 된다.

가즈시는 얼굴을 때리고 싶다는 충동을 참으며 서둘러 집으로 향했다.

차보는 족쇄를 찬 채 우리 안에 갇혀 있다. 족쇄에 연결한 밧줄은 우리 뒷면에 부착되어 있고, 우리 자체도 자물쇠가 잠겨 있다. 누군가가 도와주지 않으면 도망칠 수 없으리라.

아니, 가령 탈출이 가능하다고 해도 차보가 바깥 세계로 뛰쳐나가는 일은 없을 것이다. 지난 8개월간 우리 안에서 순종하며 살아온 차보에게 도망치려는 의사나 기력이 생겨

날 수 있을까? 녀석은 좁은 우리에서 생애를 마치게 되리라는 사실을 받아들이고 있는 것처럼 보였다. 하지만……

가즈시는 자택으로 돌아오자마자 손잡이를 돌려서 문이 잠겨 있는지를 확인했다. 이 30분 정도 사이에 차보가 도망쳤다면 자물쇠는 열린 채일 터였다. 복사키를 만든 적은 단 한 번도 없었다. 가즈시는 두 개의 자물쇠를 차례로 열고, 귀를 기울이며 신중히 문을 열었다.

"……"

아무 소리도 들리지 않았다. 대신 희미하게 뭔가 썩는 냄새가 코를 찔렀다.

역시 차보가 지하실에서 나온 것일까? 아니, 지하실에서 가축을 한 마리 키운다고 생각하면 다소는 방에 냄새가 남는 것도 당연하리라. 지나친 생각이다.

가즈시는 샌들을 벗고 발소리를 죽인 채 복도를 나아갔다. 거실을 둘러보아도 차보가 나와서 걸어 다닌 것 같은 흔적은 없었다. 후지카와라는 여자가 가즈시에게 가족이 있을 것이라고 넘겨짚고 한 말일 것이다. 천박한 여자다. 지하실에 차보가 있는 것을 확인하고 바보 같은 여자에 관해서는 서둘러 잊어버리자. 내일은 범인과의 대결이 기다리고 있으니까.

별생각 없이 이동식 책장을 돌아보고는 깜짝 놀랐다.

두 개의 책장 사이에 5센티미터 정도 틈이 벌어져 있었다. 그 사이로 지하실로 이어지는 문이 훤히 보였다. 예민한 가즈시가 절대로 저지를 리 없는 실수였다. 가즈시는 자신도 모르게 멈춰서고 말았다.

슈퍼에 갔던 30분 정도 사이에 차보는 이 책장을 열고 바깥으로 나온 것이다.

"……침착해."

가즈시는 스스로에게 말했다. 어차피 상대는 병적인 비만으로 인해 제대로 걷지도 못하는 가축 인간이다. 현관 열쇠가 잠겨 있던 이상, 이 집 안에 있다는 것은 틀림없었다. 잡아서 우리에 가두면 끝인 이야기였다.

막 사온 라이터를 오른손에 쥔 채 천천히 책장을 옆으로 밀었다. 지하실로 가는 문을 열자, 그때까지와는 비교도 되지 않을 정도로 강렬한 악취가 풍겼다.

"어이, 차보. 거기에 있는 거야?"

"네, 여기 있습니다요."

곧장 평소 같은 대사가 돌아왔다. 안도의 한숨이 새어 나왔다.

"너, 우리에서 도망친 거야?"

이번에는 답이 없었다. 가즈시는 라이터의 레버에 손을 대고 천천히 계단을 내려섰다.

"우리에서 나왔다는 거지?"

"요, 용서해주십쇼. 가즈시 님이 우리 열쇠를 잠그는 걸 잊으셔서, 저도 모르게."

지하실 문을 열자, 차보가 우리 바로 앞에 무릎을 꿇고 있었다. 우리의 문이 열려 있고 안에는 끊어진 밧줄이 굴러다녔다.

"네놈. 가축인 주제에 무슨 짓이야!"

차보의 긴 머리카락을 붙잡고 고개를 들어 올린 후 라이터의 점화구를 얼굴에 가져다 댔다. 차보가 군살로 가득한 머리를 벌벌 떨었다.

"죄, 죄송합니다. 아무것도……."

가즈시는 레버를 눌러서 불을 붙였다. 아기 같은 비명이 울려 퍼졌다. 날뛰는 몸을 양발로 누른 채 점화구를 왼쪽 눈에 대고 눌렀다. 눈두덩이의 군살이 문드러지며 흘러나온 기름이 볼을 타고 흘렀다. 10초 정도 안구를 지진 후 차보의 몸을 우리 안으로 차 넣었다.

"어디 갔다 왔어?"

"아파요. 아파 죽겠어요."

"질문에 답하라고! 오른쪽 눈도 태워줄까?"

"아, 아니요. 죄송합니다요. 용서해주세요. 저 계단을 올라서 가즈시 님의 방을 들여다보았지만, 뭔가 마음이 찝찝해서 곧장 돌아왔습니다."

"거짓말하지 마, 이 쓰레기 새끼가! 네놈을 집 밖에서 본
녀석이 있어!"

"그, 그럴 리 없습니다요. 저는 지하실 안과 저 계단을 조
금 이동한 것밖에 없어요. 믿어주세요."

차보는 왼쪽 눈을 누른 채 몸을 웅크리고 있었다. 진위는
알 수 없지만, 눈이 이렇게 된 상황에서까지 거짓말을 계속
할 의미도 없어 보였다. 후지카와에게 한 방 먹은 것일지도
모른다.

"어떻게 바깥으로 나온 거지?"

"그게 3일 정도 전에 우리를 청소해주셨을 때, 가즈시 님
이 자물쇠를 잠그는 걸 잊어버리셨거든요. 그래서 그, 저도
모르게 호기심이 샘솟아서……."

"족쇄는 언제부터 풀려 있었는데?"

"바, 방금 전부터예요. 가즈시 님이 주신 소설을 다 읽고는
심심해서 밧줄을 비틀고 원래대로 돌리는 놀이를 하고 있었
어요. 그랬더니 밧줄이 끊어져버려서."

"우리에서 나온 건 오늘이 처음이라는 거지?"

"네, 맞습니다요."

가즈시도 반성할 필요가 있었다. 우리와 족쇄를 사용하고
있었기에 만에 하나라도 도망칠 걱정은 없다고 안심했다.

우리의 열쇠를 잠그는 것을 잊은 것은 너무 과신한 나머지 벌인 실수였다. 반대로 차보가 멀리 도망치기 전에 깨달은 것이 불행 중 다행이었다.

"네놈이 키워준 은혜를 원수로 갚는 녀석이라고는 생각 안 했어. 안구 하나로 용서해줄 테니 기쁘게 생각하라고."

"아, 아니에요, 가즈시 님."

"뭐가 아니야, 개똥같은 자식아. 네놈은 인간은커녕 가축으로서도 실격이야."

"아닙니다. 최, 최근에 가즈시 님이 아무리 봐도 고민하고 계신 것 같아서, 소인, 가즈시 님의 은혜에 보답하고 싶다고 생각했습니다요."

"뭐라고?"

바깥세상을 모르는 가축 주제에 가즈시를 위해 무엇을 할 수 있다는 말인가. 차보는 웅크린 채 어깨를 잘게 떨었다.

"소인은 철창 안에 있을 뿐, 아무것도 할 수 없어요. 가즈시 님에게 밥을 얻어먹고 살고 있음에도 소인은 가즈시 님에게 아무것도 해드릴 수가 없거든요. 그게 뭔가 속상했어요. 그래서 잠깐이라도 밖에 나가면 뭔가 할 수 있는 게 있지는 않을까 했습니다요."

문득 우리 안을 보자, 끊어진 밧줄 중간중간에 묶은 흔적이 있는 것이 보였다. 밧줄이 끊어졌다고 기뻐한 것이 아니

라, 끊어진 밧줄을 원래대로 돌리고자 차보 나름대로 노력
한 듯했다.

"쓸데없는 걸 생각하고 말이야."

"네, 그건 알고 있어요. 소인은 정말로 바보예요."

"네놈은 가축이야. 나한테 잡아먹히기 위해 살아온 거라
고. 밥을 먹어 살을 키우고, 나머지는 나를 귀찮게 하지 않는
게 네놈의 일이야. 두 번 다시 바보 같은 거 생각하지 마."

"네, 네. 죄송합니다."

차보는 목소리를 떨면서 스스로 이마를 바닥에 짓이겼다.

냉정하게 상황을 정리해보기로 했다. 자물쇠는 다시 잠근
다고 치고, 족쇄를 고정할 방법을 새롭게 생각해야만 했다.
추를 달아서 움직이지 못하게 할까, 아니면 쇠사슬이라도
준비할까.

아니, 차보는 이미 충분히 뚱뚱해진 상태다. 이래저래 8개
월이나 키워왔으니 차라리 죽이는 편이 간편할지도 모른다.

애초에 사적으로 클론을 키우는 것은 '클론 기술 규제법'
으로 금지되어 있다. 클론 인간은 배양조에서 3킬로그램 정
도까지 자라지만, 후생성의 인가를 받은 플라나리아 센터만
이 장치를 구입할 수 있다. 배양조 없이 클론을 육성하는 것
도 기술적으로는 가능하지만, 어느 쪽이든 불법으로 클론
인간을 만든 것이 발각되면 10년 이하의 징역이나 1천만

엔 이하의 벌금이 부과된다.

그럼에도 가즈시가 차보를 만들어 낼 수 있었던 것은 몇 가지의 우연이 그에게 아군이 되어준 덕분이었다.

가즈시는 8개월 전의 추웠던 그날 아침을 떠올렸다.

육성부에서 발송부로 이동하고 나서 보름 정도 지났을 무렵이었다. 주문이 급증했기에 육성부의 인원이 부족하게 되어, 일주일 한정으로 옛 보금자리로 복귀하게 되었다. 가즈시에게 부여된 업무는 배양조가 늘어선 작은 방에서 30개의 클론 인간의 상태를 한 시간마다 기록하는 일이었다.

배양조는 드럼세탁기 같은 직사각형 장치로, 기증자의 체세포에서 핵을 추출하여 난세포에 이식한 후 클론배의 배양까지 전자동으로 이루어지는 뛰어난 제품이었다. 참고로 배양조의 특허는 후지야마가 연구자일 때 취득했다고 한다. 클론배는 3일 후에는 인간처럼 보이는 형태가 되며, 5일 후에는 완벽한 한 명의 유아가 되므로, 그 시점에 배양조에서 꺼내서 우리로 옮긴다.

그 무렵의 가즈시로서는 익숙하지 않은 발송부의 일로 피로가 쌓인 탓도 있었기에, 좁은 방에서 혼자서 일할 수 있는 이 업무가 무척이나 마음 편했다. 관리직이 순찰하러 오는 것도 아니었고, 감시 카메라도 보이지 않았기에 대부분의 시간 동안은 식당에서 가져온 둥근 의자에 앉아 소설책을 읽었다.

그렇게 육성부로 돌아온 지 이튿날 아침이었다. 가즈시는 순서대로 배양조를 들여다보고는 기록 노트에 '이상 없음'이라는 네 글자를 적었다. 머릿속 대부분은 읽던 소설의 스토리로 가득 차 있었다. 문제의 클론을 발견했을 때도 이상을 깨닫기까지 10초 정도 걸렸다.

"어라?"

그 배양조에도 고래처럼 머리가 큰 태아가 둥실둥실 떠 있었다. 처음에 깨달은 것은 눈이 많다는 점이었다. 검은콩 같은 안구가 어째서인지 세 개가 보인 것이다.

얼굴 방향을 돌려 보니, 네 번째 안구가 보였다. 특별한 일이 아니라 그저 두 개의 얼굴이 겹쳐 있었을 뿐이다. 하나의 배양조에 두 태아가 떠 있던 것이다.

문득 초등학교 동급생 중에 똑 닮은 쌍둥이가 있던 사실이 떠올랐다. 하나의 수정란에서 두 명의 일란성 쌍둥이가 태어나는 것은 결코 부자연스러운 현상이 아니었다. 그렇다면 클론배에서 쌍둥이가 태어나는 일도 있으리라. 관리직 직원에게 제대로 보고하면 가즈시가 한소리를 들을 일도 없을 것이다.

아니, 정말로 그것으로 좋을까.

머릿속에서 악마가 속삭였다. 이것은 말도 안 되는 행운을 만난 것이 아닐까? 이대로 이상 없이 배양이 진행되면, 서른 개의 배양조에서 서른한 개의 클론 인간이 태어난다는 말이 된다. 이 여분의 개체 하나를 몰래 가지고 돌아가면 가즈시는 한 푼도 들이지 않고 유아의 육체를 손에 넣을 수 있다.

"……."

도마뱀 같은 태아의 얼굴을 바라보면서 가즈시는 숨을 삼켰다.

가즈시 또한 타인의 클론을 먹는 것에는 저항감이 있었다. 이대로 쌍둥이 태아를 키우더라도 손에 들어오는 것은 생판 남의 고기뿐이었다.

그래도 대책은 있었다. 오늘 오후에는 새로운 배양조와 기증자의 체세포가 한 세트 도착할 예정이었다. 쌍둥이 클론 중 한 개체를 이 배양조에서 키운 것이라고 속이면 된다. 그렇게 하면 서른 한 개의 배양조에서 서른 한 개의 클론 인간을 만든 것처럼 꾸미고, 실제로는 서른 개의 배양조에서 서른 한 개의 클론 인간을 만들 수 있다. 미사용 배양조가 하나 남으니 이것으로 자신의 클론을 만들면 되는 것이다.

가즈시는 웃음이 터져 나오는 것을 참을 수 없었다. 우려되는 점이라고 하면, 고객 중 한 명에게 완전한 타인의 클론을 보내게 된다는 점이었다. 그렇지만 주문이 가공육이라면 가열 조리된 고깃덩어리를 보고 발주자가 자신의 클론이 아니라는 점을 깨달을 리 없었다. 미가공육이라고 해도, 발주자에게 전달하는 사체는 머리가 잘린 상태이기에 바뀐 것을 깨달을 가능성은 적을 것이다. 성별이 맞지 않는다면 이변을 깨닫겠지만, 주문은 남성이 80퍼센트 정도를 차지한다. 수주 리스트를 확인해보니, 예상대로 모든 발주자가 남성이었다.

가즈시는 읽던 소설은 머릿속에서 지워버리고 상상의 날개를 펼쳤다. 유아를 손에 넣으면 식량과 성장촉진제를 쏟아 붓듯 섭취시켜서 누구도 본 적 없을 정도로 뒤룩뒤룩 살을 찌워야지. 배가 터질 정도로 고기를 먹을 수 있는 날이 또다시 찾아오다니.

그날 오후, 가즈시는 입안에서 긁어낸 점막 체세포를 바탕으로 자신의 클론배를 만들었다. 클론은 이상 없이 성장했고, 5일 후에는 3킬로그램이 넘는 유아가 되었다. 발송부로 돌아가기 전날, 몰래 유아를 꺼내올 때는 매우 긴장했지만 가즈시의 모습을 수상하게 여기는 자는 없었다. 이곳에서는 타인에게 관여하는 것을 싫어하는 직원이 많기에 가즈시의 불룩한 짐을 보고도 말을 거는 사람은 없었다.

가즈시의 계획은 그로부터 놀라울 정도로 순조롭게 진행

되었다. 우리에 넣었을 무렵에는 양손으로 안을 수 있을 정도였던 차보도, 이미 200킬로그램이 넘는 거구로 변모한 상태였다. 슬슬 숨통을 끊을 때가 온 것일지도 모른다.

그렇기는 해도 일단 내일, 자신에게 씌워진 혐의를 벗는 것에 집중해야 했다. 차보에 관해서는 그 후에 생각해도 늦지 않다. 가즈시는 샤워로 냄새를 제거한 후, 소파에서 뒹굴며 머릿속을 정리했다. 가와우치 이노리의 추리에서 모순점을 찾을 수는 없었지만, 추리를 선보였을 때 시타라가 어떤 반론을 펼칠지 여러모로 궁리해보았다. 가즈시는 다시금 추리에 자신감이 깊어졌다.

"가즈시 님이 주신 소설을 다 읽고는 심심해서 밧줄을 비틀고 원래대로 돌리는 놀이를 하고 있었어요."

문득 그 말이 귓속에서 되살아났다. 차보는 겉보기에는 어른 같지만, 머릿속은 유아와 다르지 않다. 도통 영문을 알 수 없는 오래된 소설을 읽게 했지만, 얼마나 이해하며 읽는 것인지는 의심스러웠다.

그렇기는 해도 심심하다는 이유로 다시 이상한 호기심을 일으켜서는 곤란했다. 사건 후에 잔뜩 사두었던 신문을 3일 치 정도 던져줘야겠다.

샤워를 마친 것을 후회하면서 지하실로 돌아가자, 썩어가는 냄새에 뒤섞여 고기가 탄 듯한 냄새가 풍겨왔다. 차보가 안쪽 쇠창살에 몸을 기댄 채 훌쩍거리고 있었다.

"그만 좀 울어. 기분 나쁘니까. 신문이라도 읽으라고."

눈동자에서 흘러나온 액체가 군살로 일그러진 윤곽을 따라 흘러내렸다.

신문지로 뻗은 차보의 손에는 둥글게 부풀어 오른 진드기가 가득 달라붙어 있었다.

얼마만의 파란 하늘일까.

구름 한 점 없는 하늘이라고 하면 거짓말이지만, 거리를 밝히는 햇빛과 마르고 산뜻한 공기 덕에 무척이나 기분이 좋았다. 장마의 휴지기라고 볼 수 있겠지만 길을 걷는 사람들의 표정도 밝아진 것처럼 보였다. 평소에는 성가시기만 한 항의 단체 사람들도 오늘은 어딘지 상쾌해 보였다.

만복산업 제2플라나리아 센터, 관리동 1층의 회의실.

모인 것은 시타라 센터장, 시라카바 임원, 기무라 다로, 유시마 미키오 그리고 가즈시 다섯 명이었다. 시라카바는 사건이 일어난 후, 조사를 위해 만복산업 본사에서 파견된 임원이었다. 기무라의 출석 예정은 없었지만, 유시마가 시타라에게 동석을 부탁했다고 했다. 여전히 기무라는 데오드란트로 보이는 감귤계 향기를 풍겼다.

"지금 딱 오전 10시군. 그렇게까지 시간을 들일 생각은 없으니 한 시간 내로 마치도록 하지."

시타라가 유시마와 가즈시를 노려보면서 억양이 없는 말투로 말했다. 가즈시는 작업복 가슴 주머니에 손을 넣어 녹음기의 녹음 버튼을 눌렀다.

"이쪽의 조사 결과로서는 새로운 것은 거의 없네. 22일 오후 2시부터 3시 사이에 경찰차나 구급차, 혹은 헬리콥터 등이 구라요시 시에서 가와라마치 방면으로 향했다는 목격 증언은 없었어. 후지야마 선생님의 저택 주변에서 밀랍으로 만들어진 머리 같은 것도 발견되지 않았고 말이야. 22일 이야기된 여러 가설은 전부 부정되었다고 봐도 좋겠지."

"그 말은 곧 가능성이 제로라는 건 아니네요?"

시타라의 위압적인 분위기에 휘말리지 않고자 가즈시가 끼어들었다.

"가능성을 언급하면 끝이 없지. 사법의 장에서는 합리성 혹은 개연성으로 판단이 이루어져. 보다 합리적인 건 시바타 군, 자네를 범인이라고 생각하는 거야."

시타라가 안색 하나 변하지 않고 말했다. 자신의 가설이 부정된 유시마는 아무렇지도 않은 표정으로 대화를 들었다. 보다 설득력이 있는 추리를 준비한 것이리라.

"오늘은 자네들에게서 의견을 듣는 마지막 자리로 하고 싶네. 우리 또한 직원을 경찰에 신고하고 싶지는 않지만, 후지야마 선생님과 관련된 일을 쉬쉬할 수도 없는 거고."

어제부터 신문과 주간지에서 사건과 관련된 기사가 나오기 시작했다. 후지야마도 사건을 공표할 각오를 굳힌 듯했다. 가령 그것이 항의 단체의 활동을 자극하는 일이 되더라도 말이다.

"시바타 씨, 당신이 이 자리에 있다는 건 당신도 진상에 도달했나 보네요."

유시마가 유쾌한 듯 말하더니 짧은 금발을 쓸어 올렸다.

"맞습니다."

"그럼 당신부터 설명하는 게 좋지 않을까요? 잘못이 있으면 제가 수정할 테니까요."

시라카바 임원이 노골적으로 눈썹을 찌푸렸다. 시라카바는 50세가 넘은, 두툼한 눈썹과 진한 턱수염이 인상적인 덩치 좋은 남자였다. 마치 원시인이 작업복을 입고 앉아 있는 것만 같았다.

가즈시는 꿀꺽 침을 삼켰다. 눈앞에 있는 상사는 시타라와 시라카바 두 명이지만, 그 뒤에는 후지야마 전 장관이 있다는 것도 잊어서는 안 된다. 이 자리에서 혐의를 벗지 못하면 지금까지와 같은 생활을 영위하기 어려워지리라. 협박죄로 기소되어 징역형을 피할 수 없을지 모른다.

"그럼 저부터 이야기하도록 하겠습니다."

가즈시는 의식적으로 목소리에 힘을 주었다.

"당연하지만 저는 자신이 범인이 아니라는 사실을 알고 있습니다. 한편, 저 말고 다른 사람이 머리를 케이스에 넣을 기회가 없었던 것 또한 이해합니다. 그래서 어떻게 하면 저 말고 다른 사람이라도 머리를 케이스에 넣을 수 있을지, 가능성을 검토해보았습니다."

정확히는 가즈시가 아니라 가와우치 이노리가 간파한 것이지만, 그것까지 설명해줄 의리는 없었다.

"여기서의 포인트는 시간입니다. 저 말고 다른 직원에게는 머리를 주워 와서 케이스에 담을 시간이 없었던 거니까요. 다시 한번 시간의 흐름을 정리해보겠습니다. 제가 머리를 폐기물 처리 센터로 옮긴 건 2시 조금 전, 1시 55분 정도였어요. 이후 포장이 끝난 플라스틱 케이스를 발송 센터로 옮긴 게 딱 2시 정도입니다. 그로부터 약 5분 후, 2시 5분에는 드라이버인 미네타 씨가 발송 센터를 방문, 트럭에 케이스를 실었습니다. 미네타 씨가 발송 센터를 출발한 게 2시 15분경, 가와라마치에 있는 후지야마 전 장관 저택에 도착한 게 3시가 조금 지난 시각입니다. 약 45분 만에 도착한 것인데, 평소에는 한 시간 정도 걸리는 거리이기에 이것은 상당히 신속한 배달이었습니다. 이후 후지야마 전 장관이 케이스를 별채로 옮기고, 3시 반쯤 개봉, 머리와 협박문을 발견했습니다. 여기까지는 문제없으시죠?"

그 누구도 반론을 하지 않았다. 미네타가 발송 센터를 방문한 시간은 동료 드라이버가 확인해주었고, 가와라마치에 도착한 시간에 대해서도 미네타와 후지야마의 증언이 일치했다.

"저 말고 다른 누군가가 범인이라고 생각하면, 역시 시간이 문제가 됩니다. 범인은 제가 폐기물 처리 센터를 나선 후, 발송부의 직원이 차례로 방문하는 사이에 100개 이상의 머리 중에서 하나의 머리를 찾아야만 합니다. 시타라 센터장님, 이 같은 수상한 인물의 목격 증언은 있었나요?"

"전혀 없어. 모든 직원에게 물어봤지만 말이야."

"감사합니다. 또한 범인은 머리를 가지고 발송 센터로 이동하여 플라스틱 케이스 안에 머리를 넣어야만 합니다. 이동에만 2, 3분이 걸리는데, 이들 전부를 1시 55분에서 2시 5분까지의 10분 사이에 끝내는 건 불가능하겠죠. 하지만 앞서도 말씀드린 것처럼 저는 제가 범인이 아니라는 사실을 알고 있습니다. 지금 제가 정리한 시간의 흐름은 어딘가에 문제가 숨어 있다고 생각할 수밖에 없습니다. 하지만 미네타 씨와 후지야마 전 장관이 증언한 시간은 어느 쪽이건 복수의 증언에 의해 뒷받침되고 있습니다. 따라서 잘못된 것은 제가 증언한 시간이라는 말이 됩니다."

"……자신에게 불리하니까 증언을 뒤집으려는 건가?"

시타라의 말은 담담했지만, 바늘로 찌르는 듯한 무서움이 담겨 있었다.

"아닙니다. 저 자신이 범인의 함정에 빠져서 시간을 오인했던 겁니다. 저는 평소라면 한 시간에 열 명 전후의 사체를 포장합니다. 물론 사체의 양이나 크기가 매일 다르니 일률적으로 말할 수는 없지만요. 하지만 문제의 22일은 어쩐 일인지 오전에 여덟 명, 오후에 아홉 명밖에 사체를 처리하지 못했습니다. 약간의 스트레스도 있어서 컨디션이 좋지 않았기 때문이라고 생각했지만, 이것이야말로 범인이 장치한 함정이었던 거죠. 아시겠나요? 제 컨디션이 좋지 않았던 게 아니라 저도 모르는 사이에 작업 시간이 단축되었던 겁니다. 범인은 머리를 케이스에 넣을 시간을 만들기 위해, 발송부의 작업장에 있는 벽걸이 시계의 시간을 뒤로 보내 놓았습니다. 이런 짓을 할 수 있는 건 제가 시계를 잃어버렸다는 걸 알고 있던 사람뿐입니다. 제 손목시계를 주운 시타라 센터장님, 당신 말고는 없습니다."

"무슨 말을 하는 건지 이해하기 어렵군."

시타라는 전혀 음색을 바꾸지 않았다.

"순서대로 설명하죠. 애초에 시타라 센터장님이 범행을 생각한 건 21일 오전, 제가 손목시계를 떨어뜨린 걸 깨달았을 때였습니다. 플라나리아 센터 직원은 작업 중은 물론 휴식 시간에도 서로 대화하는 일이 거의 없습니다. 발송부의 시계를 뒤로 보내 놓으면, 손목시계를 잃어버린 저는 그 시간을 믿을 수밖에 없습니다. 이 환경을 이용해서 제게 죄를 뒤집어씌울 방법은 없을까 당신은 지혜를 짜냈겠죠. 21일의 작업이 끝났을 때, 당신은 아무도 없는 작업장에 들어가 벽걸이 시계를 뒤로 조금 보내 놓았습니다. 어느 정도 조정했는지 정확히는 알 수 없지만, 무난한 건 5분 정도겠죠. 감시 카메라로 체크한다고는 하지만, 당당히 행동하면 오히려 의심을 사지 않습니다. 어긋난 시간을 원래대로 조정하는 것으로밖에 보이지 않을 테니까요. 가령 시계를 뒤로 보내 놓은 사실을 들키더라도, 작업이 늦어지지 않도록 일부러 시간을 바꿔 놓았다고 변명하면 문제없겠죠. 그리고 문제인 22일이 됩니다. 저는 작업장 시계가 조작되어 있다는 사실을 꿈에도 깨닫지 못하고, 시계가 1시 55분을 가리킨 시각 —실제로는 1시 50분이지만—에 머리를 폐기물 처리 센터로 옮겼고, 이어서 시계가 2시를 가리킨 시각—실제로는 1시 55분이지만—에 케이스를 발송 센터로 옮긴 것입니다. 미가공육 담당 직원 중에는 벽걸이 시계의 시간이 맞지 않는다는 것을 알아챈 사람도 있을 테지만, 그것을 동료에게 말하지는 않았을 겁니다. 이로써 범인은 여유롭게 머리를 찾아서 발송 센터로 옮길 수 있게 됩니다. 많은 발송부 직원이 머리를 버리러 오기 전에 머리를 회수할 수 있고, 배달 드라이버가 모이기 전에 플라스틱 케이스에 머리를 넣을 수도 있습니다. 협박장은 물론 미리 준비해두었겠죠. 다음 날쯤 벽걸이 시계를 원래대로 돌려놓고, 제게 손목시계를 돌려주면 아무에게도 의심받을 일이 없습니다. 하지만 반대로 생각하면 제가 손목시계를 잃어버린 걸 알고 있던, 즉 관리동 복도에서 손목시계를 주운 당신이 아니면 범행을 저지를 수 없다는 말이 됩니다."

"설명이 이해가 안 돼."

시타라가 다시금 같은 말을 입에 담았다.

"왜 내가 후지야마 선생님께 미움받을 만한 짓을 해야 한다는 거지?"

"동기가 없으니 범인이 아니라는 건 비겁합니다. 저 또한 동기가 없는데 당신들은 범인 취급을 했으니까요. 플라나리아 센터의 항의 활동가와 내통한 것일지도 모르고, 후지야마 히로미라는 전 국회의원과 연을 끊을 계기가 필요했던 것일 수도 있죠."

"시바타 씨, 몇 가지 물어봐도 될까요?"

갑자기 끼어든 것은 유시마였다.

"뭔가요?"

"시타라 센터장님이 범인이라면, 22일 밤에 시바타 씨를 습격한 자도 마찬가지로 센터장님이란 말인가요?"

"그렇게 생각하는 게 자연스럽지 않을까요?"

"그럼 센터장님은 심야의 폐기물 처리 센터에서 뭘 하고 있던 걸까요?"

"범인은 머리를 회수하기 위해 같은 날 오후 2시쯤에 폐기물 처리 센터를 방문했습니다. 그때 뭔가를 떨어뜨렸거나, 부자연스러운 위치에 지문을 남겨두었을지도 모르죠. 아니면 저랑 마찬가지로 손목시계를 떨어뜨렸을 수도 있고요. 이유야 무엇이든 뭔가 흔적을 지우기 위해 센터에 침입한 거 아닐까요?"

"그렇군요. 하지만 요전번 시바타 씨의 이야기에 따르면 폐기물 처리 센터의 쓰레기장에도 감시 카메라가 설치되어 있어요. 시계를 조작함으로써 아무도 오지 않는 시간에 머리를 회수할 수 있었다 쳐도, 감시 카메라로 체크되는 상황이라면 본전도 못 찾는 것 아닌가요? 센터장님이 머리를 가지고 나갔다면 수상하다고 여기지 않을 리 없습니다."

식은땀이 등줄기를 타고 흐르는 것이 느껴졌다. 어째서 시타라가 아니라 유시마에게 추궁을 당해야만 하는 것일까.

"설명을 알기 쉽게 하려고 시타라 센터장님이 머리를 회수한 것처럼 말했지만, 실제로 센터장님 본인이 범행을 저질렀다고는 저도 생각지 않습니다. 센터장님은 저에게 유시마 씨의 미행을 명령한 것처럼 극비 임무를 얼마든지 직원에게 명령할 수 있습니다. 혹은 감시 카메라를 체크하던 관리부 직원이 처음부터 센터장님과 내통하고 있을 수도 있고요."

"그렇군요. 그래도 결정적인 모순이 하나 있습니다. 단독 범이든 복수범이든, 시타라 센터장님을 포함한 관리부 인간이 범인이라면, 폐기물 처리 센터에 침입할 때 문을 부술 필요가 없어요."

등줄기가 얼어붙었다.

시타라가 범인이 아니라는 것인가?

"하, 항의 활동가의 범행인 것처럼 보이고자 일부러 문을 부쉈겠죠."

"부자연스럽네요. 시바타 씨가 관리동 경비실에 침입할 거라고는 아무도 예측할 수 없었을 겁니다. 침입자로서는 폐기물 처리 센터에 침입한 사실을 들킬 가능성이 한없이 제로에 가까웠을 테죠. 그렇다면 외부의 범행으로 보이게 할 필요 없이 몰래 침입해서 몰래 빠져나오면 그뿐입니다. 감시 카메라의 영상도 저장되지 않으니까요."

그런 바보 같은 말이. 시타라도 범인이 아니라는 건가? 그럼 범인이 될 수 있는 인물은 가즈시밖에 없다는 말이 되는 것 아닌가.

"나는 범인이 아니라는 것으로 결론이 난 건가?"

시타라가 무척이나 형식적인 웃음을 보였다.

"네, 센터장님은 범인이 아닙니다. 안타깝게도 시바타 씨의 추리로는 사건의 전모를 밝혀낼 수가 없습니다."

유시마가 금발을 쓸어 올린 후 득의양양하게 웃었다.

"괜찮습니다. 저는 시바타 씨가 범인이 아니라는 사실을 잘 알고 있거든요. 지난번에도 말씀드린 것처럼 마지막에 진상을 밝히는 건 접니다."

"꼭 들어보고 싶군. 자네의 추리를."

시타라의 말에서 비아냥거림은 느껴지지 않았다.

"알겠습니다. 여러분, 사건의 세세한 파트만을 언급하며 추리를 거듭해도 이 사건의 진상에는 도달할 수 없습니다. 범인은 머리가 들어 있는 케이스를 후지야마 전 장관에게 보냄으로써 도대체 무엇을 얻을 수 있을까요? 어째서 침입자는 심야의 폐기물 처리 센터에 침입해야만 했을까요? 왜 가련한 시바타 씨는 이렇게 궁지에 내몰리게 되었을까요? 이 의문점들에 합리적인 설명을 할 수 있다면, 범인이 취한 행동도 자연스레 밝혀지게 됩니다. 22일의 심야, 시바타 씨는 폐기물 처리 센터에서 침입자를 발견했습니다. 쇠막대기로 얻어맞는 재난을 당했지만, 실은 범인으로서도 이것은 되돌릴 수 없는 실패였습니다. 시바타 씨는 이때⋯⋯."

창밖으로 쾅, 하는 폭음이 울려 퍼졌다.

***

"휴먼라이츠 에이전시의 후지카와 씨인가요?"

'플라나리아 센터 반대!'라는 구호가 울려 퍼지는 만복산
업 제2플라나리아 센터 정면 광장. 계절과 어울리지 않는
털로 짠 니트 모자에 간호사 같은 커다란 마스크를 한 보통
몸집에 보통 키의 남자가 후지카와 지요코의 등 뒤에 서 있
었다. 사람이 다가오는 기색이 전혀 없었기에 후지카와는
살짝 숨을 들이켰다.

"아, 참가하시고 싶으신가요?"

커다란 마스크로 얼굴을 가리는 것은 플라나리아 센터 항
의 활동가들의 습관이었다.

"어제 연락드린 조지마입니다. 말씀드린 자료를 가지고 왔
습니다."

"아, 이거 실례했습니다. 제가 휴먼라이츠 에이전시의 구
라요시 지국장을 맡고 있는 후지카와 지요코입니다."

후지카와를 따라 남자도 고개를 숙여 인사했다.

조지마라고 이름을 밝힌 남자가 사무소로 연락한 것은 어

제 오후 5시가 지난 시각이었다. 전화는 발신자 표시 제한으로 설정되어 있었고, 조지마는 대화를 시작할 때 절대로 이야기 내용을 메모하지 말라고 강한 어조로 말했다.

"어제 말씀드린 대로 이 케이스에 든 자료를 제2플라나리아 센터로 전달해주셨으면 합니다."

"실례지만 조지마 씨는 어떤 단체에 소속된 분이신가요?"

"독일에 본부가 있는 한 인권 보호 단체에 소속되어 있습니다. 아마도 후지카와 씨도 이름을 들은 적이 있을 겁니다. 그래도 이번 건은 제가 단독으로 행동하고 있고, 조직과는 관계가 없습니다."

조지마는 그렇게 말하고 오른손에 들고 있던 두랄루민 케이스를 내밀었다.

"이 케이스에는 고발문이 들어 있습니다. 만복산업이 저지른 간과할 수 없는 잘못을 엄밀한 조사를 바탕으로 지적한 내용이죠. 저는 지금부터 같은 자료를 법원에 제출할 생각입니다."

"그, 그건 요전번의 스캔들과 관련된 건가요?"

"스캔들이라 하시면?"

"어제부터 보도 중인, 후지야마 전 장관의 자택에 무서운 이물질이 도착한 사건 말이에요."

"아, 관계가 없다고 하면 거짓말이겠죠. 다만 보다 커다란 사건과 관련된 것이라고 이해해주십시오. 만복산업은 물론, 전국의 플라나리아 센터의 존속을 뒤흔들 수 있는 고발입니다. 이 자리에서 말씀드릴 수 없다는 게 대단히 죄송스럽지만요."

지금부터 법원에 제출한다는 고발문을 이제 와서 숨겨 뭐하냐는 생각이 들었다. 하지만 그도 아마 나름대로 생각이 있는 것이리라.

"알겠습니다. 조직은 다르지만, 당신은 같은 미래를 위해 활동하는 동지입니다. 제가 그 역할을 맡겠습니다."

"감사합니다. 그럼 이 케이스를 제2플라나리아 센터 본동 입구로 가지고 가서, 근처에 있는 직원에게 건네주십시오."

"어라, 공장 본동 말인가요? 직급이 높은 사람들이 있는 곳은 북쪽의 관리동인데요."

"반드시 공장 본동 입구 쪽에 전해주십시오. 발송부의 작업장 근처요. 관리 부문의 인간에게 직접 건네줄 필요는 없습니다. 잘 부탁드립니다."

조지마가 오른손을 내밀기에 후지카와는 그 손을 강하게 쥐었다.

"아마도 두 번 다시 만날 일은 없을 테지만 진심으로 감사드립니다."

"천만에요. 플라나리아 센터를 폐지하게끔 만드는 건 저희 모두의 꿈이니까요. 솔직히 조금 두근거립니다."

"모두의 꿈이라. 지금부터 좋은 꿈을 꾸실 수 있을 겁니다."

조지마는 다시금 고개를 푹 숙이고는 '제2플라나리아센터 앞' 역으로 돌아갔다.

"지요코 씨, 지금 그 사람 누구였어요? 저런 무서운 사람, 저는 싫어요."

휴먼라이즈 에이전시의 멤버가 가까이 다가왔다. 두 사람의 대화를 지켜보고 있었던 듯했다.

"어라, 유키코 씨. 딱히 무서울 것 없어요. 멋진 분이에요. 사람을 외모로 판단하는 건 좋지 않아요."

"아니, 그게. 저, 남편 외의 남자는 모두 뭔가 무서워서요."

유키코가 양손으로 입을 가리더니 쿡쿡 웃었다.

"저 잠시, 공장 쪽에 다녀올게요. 여기 잘 부탁해요."

"무슨 일 있어요?"

"아무것도 아니에요. 신경 쓰지 마세요."

후지카와는 "야만적인 직원들을 조심하세요"라고 눈을 크게 뜨고 말하는 유키코의 배웅을 받으며 공장으로 향했다.

호흡을 가다듬듯 가슴에 손을 대다가 오른손이 젖어 있다는 것을 깨달았다.

오랜만에 태양이 비추고 있다고는 해도 땀을 흘릴 정도의 날씨는 아니었다. 별생각 없이 코에 가까이 대보자 주유소와 비슷한 냄새가 났다.

조지마와 악수를 했을 때 어떤 액체가 묻은 것일지도 모른다. 손수건으로 오른손을 닦고, 공장 본동의 문지방을 넘었다.

"실례합니다. 누군가 안 계신가요……."

말이 끝나기 전에 두랄루민 케이스가 폭발했다.

대량의 액체와 A4 사이즈의 종이가 날아올랐다. 후지카와도 젖은 쥐처럼 되어버렸다. 강렬한 기름 냄새가 코를 찔렀다. 케이스에서 흘러나온 액체가 리놀륨 바닥을 차례로 적셔나갔다.

"이게 무슨?"

바닥에 떨어진 두랄루민 케이스를 바라본 순간, 후지카와의 머리는 불기둥에 휩싸였다.

***

창문 블라인드를 들추니 공장에서 검은 연기가 세차게 피어오르는 중이었다.

시타라가 용수철처럼 튀어 오르더니 의자를 걷어차며 회의실을 뛰어나갔다. 시라카바도 그 뒤를 쫓았다. 기무라도 따르듯 몸을 일으켰지만, 벌벌 떨기만 할 뿐 방을 나가는 모습은 보이지 않았다.

"시바타 씨, 우리도 가보죠."

"……지, 지금 건 도대체."

"폭발이 일어난 것 같네요."

유시마가 진지한 얼굴로 말했다.

"도, 도망치죠."

"싫습니다. 저는 현장을 보러 갈 거예요. 시바타 씨는 도망치고 싶으면 도망치세요."

유시마도 경쾌하게 달려 나갔다.

"기다려주세요. 결국 범인은 누군가요?"

"뻔하잖아요. 이런 일을 벌일 인물은 한 명밖에 없습니다."

방을 뛰어나가는 유시마의 목소리는 꽤 들떠 있었다. 정원이 불타오르는 것을 기쁜 듯이 바라보던 녀석이니 그야말로 가슴이 설레는 모양이다.

"뭐야, 도대체."

기무라를 남기고 가즈시도 회의실을 나섰다.

플라나리아 센터 본동의 서쪽 끝에 위치한 입구가 거대한 불덩어리에 휩싸여 있었다. 열을 품은 검은 연기가 바람을 타고 건물을 감쌌다. 화재경보기의 날카로운 벨소리가 고막을 뚫을 것만 같았다.

"소방서에 전화해! 어서!"

이 목소리는 시타라인 것일까.

비명과 함께 불기둥 속에서 직원이 뛰어나왔다.

몸에 달라붙은 악령이라도 털어내듯 상의를 벗어 던지더니 그대로 자갈 위로 쓰러졌다.

"괘, 괜찮은가!"

그을음으로 얼굴이 검게 변한 시라카바가 굴러가듯 남자에게 달려들었다.

"저 녀석들이 한 거야! 난 봤어! 폭탄 테러야!"

남자가 악마에 쒸 것처럼 외쳤다. 손가락이 가리키는 방향에는 항의 활동가들이 아연실색한 표정으로 불길을 바라보고 있었다.

"저 녀석들 테러리스트야! 자폭 테러라고! 전쟁이야!"

"저들이 저지른 일인가!"

"시라카바 씨, 인명 구조가 먼저예요."

상사에게 제언하는 시타라의 목소리에는 힘이 담겨 있었다. 폭음이 울리고, 가즈시의 코끝까지 불똥이 날아왔다.

"관리동으로 돌아가서 방송을 해주세요. 공장 본동 출입구로는 나갈 수 없으니 주차장 쪽 뒷문으로 피난하라고."

"아, 알겠네."

"사용할 수 있는 출구는 한 곳뿐입니다. 차분하게 피난하라고 해주세요."

"그, 그래."

시라카바가 막 온 길을 되돌아갔다. 불길은 점점 더 커졌다. 가공부를 집어삼키고 처리부로 옮겨 붙는 중이었다.

시타라가 지시한 뒷문은 육성부 작업장을 빠져나간 안쪽에 있었다. 올해 4월까지 사용이 끝난 배양조가 쌓여 막혀 있던 장소였다. 소방법 위반을 지적받은 탓에 배양조가 통째로 철거되는 소동이 있었다. 정보를 파악한 항의 활동단체가 매스컴에 정보를 흘렸지만, 시타라가 억지로 사실을 덮었다는 소문이 돌았다. 그 문이 지금 140명 직원의 생명줄이 되어 있었다.

그러고 보니 유시마의 모습이 보이지 않았다. 어딘가 높은 곳에서 구경하고 있는 것일까. 아무리 호기심이 넘친다고 해도 불꽃의 소용돌이 속으로 뛰어드는 바보짓은 하지 않으리라고 믿고 싶었다.

"시바타 군, 움직일 수 있겠나?"

"아, 네."

"나는 뒷문으로 가겠네. 자네는 여기에 남아서 도망쳐 나온 사람들을 돌봐주게. 알겠나?"

"네!"

이 불기둥 안쪽에서 사람들이 뛰어나오리라고는 생각할 수 없었지만, 만에 하나의 가능성을 생각한 것이리라. 시타라는 자욱하게 끼어 있는 연기 속을 큰 걸음으로 달려 나갔다. 시야 끝에서는 항의 활동가들이 서로를 끌어안고 울음을 터뜨렸다.

화염의 기세는 전혀 잦아들지 않았고, 이미 육성부를 반쯤 잡아 삼키고 있었다. 저 안에는 대량의 클론 인간이 있고, 그들은 모두 병적인 양의 군살을 품고 있었다. 연료로는 부족하지 않으리라.

굉음과 함께 공장의 벽면이 천천히 붕괴하기 시작했다. 불꽃이 팍팍 튀는 소리에 섞여서 무수히 많은 인간들이 우는 소리가 울려 퍼졌다. 말을 배우지 못한 채 어른으로 성장한 클론 인간들이 절망에 가득 찬 포효를 질렀다. 시커멓게 뿜어져 나오는 연기의 소용돌이 안에서 클론들의 지옥도가 넓게 펼쳐지고 있는 것이리라. 그야말로 아비규환이 따로 없었다.

그때 하늘을 뚫어버릴 것처럼 솟아오르던 화염이 변덕을 일으킨 것처럼 눈앞으로 다가왔다. 공기를 태우는 듯한 열풍이 몸을 감쌌다. 시타라와의 약속을 깨고 가즈시는 국도 방향으로 도망쳤다.

"......!"

기차가 정면충돌한 것 같은 엄청난 폭음이 울려 퍼졌다.

지진이 난 것처럼 땅이 흔들려서 가즈시는 지면에 납죽 엎드렸다. 검은 연기가 점차 시야를 덮었다. 눈동자를 뜨는 것만으로도 눈물이 흘러나왔고, 목에서는 기침이 멈추지 않았다. 가즈시는 담배 연기를 맡는 것만으로도 기침이 나오는 체질이다. 호흡을 가다듬듯 가슴을 눌러봐도 숨쉬기는 계속해서 괴로워질 뿐이었다.

몸을 일으켜 앞으로 나아가려 해도 어디로 도망치면 좋을지 알 수 없었다. 신발에 불이 붙은 것을 깨닫고 서둘러 벗어버렸다.

어떻게든 자세를 바로잡고, 주변을 둘러보고 놀랐다.

어느새 불똥과 검은 연기가 주변에 가득했다. 태양도 연기에 가려져, 어느 방향으로 가면 좋을지 알 수 없었다.

"시바타 씨! 여기예요!"

뒤쪽의 연막을 뚫듯 하얀 미니밴이 달려왔다. 창문으로 금발 남자가 얼굴을 내밀었다.

"얼른 타세요."

흐트러진 금발 젊은이에게 후광이 비치는 것처럼 보였다. 문을 열고 구르듯 조수석으로 뛰어들었다. 기침을 하는 가즈시와는 대조적으로 유시마는 아무렇지도 않은 듯 핸들을 잡고 있었다.

필사적으로 심호흡을 해서 어떻게든 호흡을 정돈했다.

"······고마워요. 덕분에 살았네요."

"위험한 순간이었네요. 우연이에요. 이렇게 안 보여서야, 실수로 차로 치더라도 이상하지 않았겠네요."

유시마는 차분한 모습으로 사이드브레이크를 내렸다.

"얼른 도망가죠."

"······도망간다고요? 도망 안 갈 건데요."

유시마는 그렇게 말하며 강하게 액셀을 밟았다. 가즈시의 몸은 시트에 처박혔다.

탁류에 역행하듯 창문 바깥을 불똥이 흘러갔다. 소용돌이치는 검은 연기의 기세가 점점 더 강해졌다.

"뭐 하는 거예요! 이대로라면 화염 속으로 처박힐 거예요!"

"처음부터 그럴 셈이었는데요?"

앞 유리가 화염에 휩싸이기 시작했다.

"웃기지 마세요! 저를 구하러 와준 거 아니었나요?"

"우연히 발견해서 도와줬더니 그런 말투는 심한 거 아닌가요? 싫으면 내리실래요?"

"죽고 싶은 건가요? 그래서는 탐정 실격입니다!"

"오해하고 계신 거 같네요. 저는 탐정이 아닙니다. 아니, 당신이 저를 탐정이라고 생각하는 건 자유지만······."

유시마의 말이 살짝 떨렸다. 옆모습을 응시하던 가즈시는 그 떨림이 환호에 의한 것이라는 사실을 확실히 알았다.

"저는 탐정이기 전에 구경꾼이라고 말씀드렸을 텐데요. 사건이나 사고에 휩쓸리고 싶어서 항상 좀이 쑤신단 말이죠."

옆 유리창에 생긴 균열 사이로 고기가 타는 냄새가 흘러 들어왔다.

미쳐 날뛰는 무수한 불기둥에 둘러싸여 하얀 미니밴이 정차해 있었다. 앞 유리창의 몇 미터 앞에는 전라의 인간이 들어 있는 우리가 벽돌처럼 쌓여 있었다. 몸이 불타는 클론 인간들이 뜨거운 쇠창살 틈새로 필사적으로 팔을 내밀고 의미를 알 수 없는 비명을 질러댔다.

플라나리아 센터의 중추인 육성부. 미니밴이 여기에 도착하기에는 무수히 쌓인 잔해 틈을 기어가듯 화염 속을 나아갈 수밖에 없었다. 이미 직원들은 전부 다 도망친 듯, 동료의 모습은 보이지 않았다.

이동 동물원의 주인이라고 해도, 이만큼의 우리가 한곳에 쌓여 있는 광경은 본 적 없으리라. 우리 속에 있는 것은 거의 다 뒤룩뒤룩 살이 찐 남자들이지만, 그중에는 어린아이나 지방을 축적한 여성의 모습도 있었다. 다들 좁은 우리 속에서 날뛰는 화염에 몸이 타올라 생사의 경계선 위에서 마지막 괴성을 지르고 있었다. 그들 대부분이 필사적으로 목걸이를 벗겨내려는 듯한 동작을 보였다. 목에 꽉 낀 철제 목걸이가 뜨겁게 달궈져 피부를 태우고 있는 것이리라.

"시바타 씨, 당신은 이 광경을 보고 무엇을 느끼나요?"

운전석에 앉아 있던 유시마가 양손을 펼치고 물었다.

"죄악감? 아니면 무력감인가요? 흥분, 혹은 해방감인가요?"

"이런 장소에서 쾌감을 느끼는 건가요? 도대체 얼마나 변태인 겁니까?"

가즈시는 강한 말투로 비난하며 유시마의 얼굴을 노려보았다.

"쾌감인지 뭔지는 모르겠지만, 흥분한 상태이기는 합니다. 이런 광경을 눈으로 본 건 인류 역사 속에서 저와 시바타 씨뿐이니까요. 닐 암스트롱에게 자랑하고 싶어지네요."

무슨 말을 하는 것일까. 구경꾼은 불똥이 떨어지지 않는 건너편 강가에서 화재를 보는 자들이 아니었나. 자신이 언제 통구이가 될지 알 수 없는데, 타인이 통구이가 되는 것을 느긋하게 바라볼 수 있을 리가 없다.

"이대로 죽어도 좋다고 생각하는 건가요?"

"괜찮아요. 아슬아슬한 시점에 도망칠 거니까요. 아직 시바타 씨를 함정에 빠뜨린 진범이 누구인지 밝히지 않았잖아요. 그런 것보다……."

"그럼 어째서 저를 함께 데리고 온 건가요? 저는 이런 걸 좋아하지 않는다고요."

"무슨 말을 하는 거죠?"

유시마는 입술을 내밀고 이쪽을 바라봤다.

"오해하고 계신 것 같네요. 저는 딱히 당신을 좋아하지도 미워하지도 않습니다. 그저 호기심이 가는 대로 행동할 뿐이에요. 연기에 휩싸여 있던 시바타 씨를 구한 것도 우연일 뿐, 그 이상의 의도는 없습니다."

유시마가 운전석 문을 열고 꿈틀거리는 불길 속으로 몸을 내밀었다. 조수석까지 열기가 들어왔다. 호흡하기가 힘들었다. 유시마는 보닛 앞에 서서 쇠창살을 사이에 두고 클론 인간과 대치했다.

"푸, 풀어줄 생각인 건가요?"

사료 급여를 위해 우리의 열쇠는 바깥에서 풀 수 있게끔 되어 있었다. 열기 때문에 몸부림치는 클론 인간을 도와주는 것도 어려운 일은 아니었다.

"안타깝지만, 그들을 풀어주는 것에서 의미를 느끼진 않아요. 가령 이 감옥 같은 우리에서 나온다고 해도 클론들이 살 곳은 없을 테니까요. 인간 사회가 구축한 감옥은 이런 대용품보다 훨씬 견디기 힘들잖아요."

우리 안에서 몸을 불태우며 산소를 찾듯 신음하던 거한이 목을 누르고 뒤쪽으로 쓰러졌다. 그 거한의 검은 흑발을 화염이 감싸기 시작했다. 유시마는 예의 바르게 합장하더니 미니밴을 돌아보았다.

"그럼 슬슬 돌아갈……."

엄청난 충돌음과 함께 조수석이 튀어 올랐다.

몸이 공중으로 날아오르고, 머리부터 앞 유리에 처박혔다. 입안으로 쇠 맛이 퍼졌다.

어떻게든 고개를 들어 올리자, 앞 유리창을 사이에 두고 눈앞에 피투성이가 된 유시마의 얼굴이 보였다. 한쪽 안구가 장난감처럼 튀어나왔고, 입술이 움찔움찔 떨렸다. 보닛과 우리 사이에 끼인 듯, 가슴 아랫부분이 엉망진창으로 찌부러졌다.

멈춰 있던 미니밴에 뒤쪽에서 뭔가가 충돌한 것이었다. 충돌 때문에 가즈시는 시트에서 내동댕이쳐졌고, 당구공처럼 전진한 미니밴이 유시마를 으그러뜨린 것이리라.

목을 기울여서 깨진 백미러를 바라보자 쿠페의 차체가 비쳤다. 시타라의 차인 것일까. 보닛 위쪽으로 시선을 옮기자, 본 적 있는 캡이 눈에 들어왔다. 운전석에 앉은 인물은 쓰레기장에서 만난 침입자와 같은 방한마스크를 하고 있었다.

그 녀석이었다.

쿠페의 문이 열렸기에 가즈시는 조수석 발밑으로 몸을 숨겼다. 저 침입자도 붕괴한 벽의 틈을 통해 공장 안으로 들어온 것일까. 천천히 고개를 들자, 침입자는 소방관처럼 방화복으로 몸을 감싸고 등 뒤에는 산소 호흡기를 짊어졌다.

"……."

1미터도 떨어지지 않은 장소에서 침입자가 유시마의 으깨진 몸을 가만히 바라보았다. 필사적으로 숨을 죽이려고 해도, 짓무르는 듯한 열기와 부족한 산소 탓에 호흡은 거칠어지기만 했다.

"어쩔 수 없군."

중얼거리는 목소리가 희미하게 들렸다. 어딘가에서 들은 적 있는 목소리 같았지만, 누구의 목소리인지는 알 수 없었다. 침입자는 쿠페로 돌아가더니, 다가오는 검은 연기를 양손으로 헤치며 뒷좌석에서 뭔가를 꺼냈다. 우리에서 클론의 비명이 울려 퍼졌고, 가즈시는 반사적으로 귀를 막았다. 침입자는 가만히 문을 닫더니 우리를 순서대로 바라보기 시작했다. 뭐라도 찾는 것일까. 장갑을 낀 오른손에는 양날톱과 손잡이가 긴 함석가위를 쥐고 있었다.

식은땀이 등골을 타고 흘러내렸다. 눈앞에서 화염이 용솟음치는데도 침입자의 움직임은 차분했다. 침입자는 한 우리 앞에서 발을 멈추더니, 왼손으로 자물쇠를 열고 클론의 몸뚱이를 난폭하게 잡아당겼다. 전신의 피부가 붉게 짓물렀지만 희미하게 숨을 쉬는 듯했다. 침입자는 클론의 측두부를 발뒤꿈치로 누르더니, 톱을 목에 대고 주저 없이 앞으로 당겼다. 지방이 뒤섞인 선혈이 사방으로 튀어 올랐다.

뭐야 이게 도대체. 너무나도 현실미가 없었기에 형편없는 연극을 보는 듯한 기분이었다. 눈앞에서 누군가가 열심히 클론의 목을 자르고 있었다. 주도면밀하게 도구까지 준비해서는 가만히 놔두어도 죽을 클론의 목을 자르는 일에 무슨 의미가 있는 것일까.

침입자는 톱을 함석가위로 바꿔 쥐더니 목의 절단면에 가윗날을 푹 찔러 넣었다. 샘물처럼 피가 흘러넘쳤다. 허리를 굽히고 딱 소리를 내며 경골을 자르더니, 오른손으로 머리카락을 잡아당겨 머리를 몸뚱이에서 떼어냈다. 파열한 수도관처럼 끊임없이 피가 퍼져나갔다. 일상적으로 클론의 머리를 자르는 가즈시도 살아 있는 채로 절단하는 것을 보는 것은 처음이었다. 심장이 아직 움직이고 있던 탓인지, 피의 양과 기세가 극단적으로 달랐다.

희미하게 소방차 사이렌 소리가 들려서 문득 제정신을 되찾았다.

어째서 바보처럼 이런 곳에 숨어 있는 거지. 눈앞에서 찌부러진 유시마는 이미 도와줄 수 없고, 이 침입자가 유시마처럼 자신을 구해줄 것이라고는 도저히 생각할 수 없었다. 의지할 상대는 더는 없는 것이 분명했다.

고민할 시간은 없다. 도망칠 수밖에 없었다.

침입자는 다음 포획물을 찾듯이 쌓여 있는 우리를 노려보았다. 이쪽을 돌아볼 기색은 없어 보였다. 조수석 문을 통해 도망치면 찬스는 있을 것이다. 이대로 자동차 한구석에서 불타 죽을 바에야 온몸에 큰 화상을 입더라도 살아남는 편이 낫다.

팔을 뻗어 문을 열고 기세 좋게 차 밖으로 뛰어나갔다.

뒤를 돌아보지 않고 붕괴한 벽의 틈새를 향해 달렸다. 역시 소방차의 사이렌 소리가 들렸다. 도움의 손길은 눈앞까지 도착해 있었다. 아무리 호흡해도 숨이 편해지지 않는 것이 애가 탔다.

아무 생각도 하지 마. 도망쳐……

뒤에서 팔을 붙잡혔다.

돌아보자 방한마스크를 쓴 침입자가 톱을 높게 들어 올렸다. 잠긴 목에서는 목소리도 나오지 않았다. 구르듯 등 뒤로 물러서자, 피로 범벅이 된 톱날이 눈앞에서 공기를 갈랐다.

"……사, 살려줘."

침입자는 쓰러진 가즈시의 가슴을 딱딱한 구둣발로 밟더니 톱을 내려서 톱날을 목에 가져다 댔다. 심장이 미친 듯 가슴을 두드려댔다. 이제 끝이다. 가즈시는 눈을 감았다……

"우윽."

둔한 신음 소리와 함께 뜨뜻한 액체가 얼굴을 적셨다. 천천히 눈을 뜨자, 취한 사람처럼 침입자의 자세가 무너졌다. 유시마의 양손이 침입자의 오른발에 달라붙어 있었다. 유시마는 만면에 미소를 띠고 있었다. 배에서는 애벌레처럼 내장이 흘러넘쳤다.

'시바타 씨, 도망쳐.'

유시마의 입술이 그렇게 속삭이는 것처럼 보였다.

몸을 일으켜 쏜살같이 뛰어나갔다. 침입자가 쫓아오는 기색은 없었다. 클론들의 신음 소리가 멀어졌다. 중간에 딱 한 번 뒤를 돌아보자, 연무에 뒤섞여 피투성이가 된 유시마의 주검이 보였다.

미쳐 날뛰는 화염과 연기 속에서 방향도 모른 채 계속해서 달렸다. 유시마의 광기로 가득 찬 미소가 뇌리에 새겨져서 떠나가지 않았다. 줄곧 사건에 휘말리기를 바라던 남자로서는 만족스러운 죽음이었을까.

어느 쪽이든 유시마 미키오가 죽은 지금, 더 이상 아군은 없었다. 우리 안에서 죽음을 기다리는 클론 인간들과 마찬가지로, 그 아무리 목이 쉬어라 외쳐도 누군가가 도움의 손길을 내밀어줄 리 없었다. 가즈시는 보이지 않는 하늘을 올려다보았다.

그저 하나 할 수 있는 것은 자신의 목숨을 지키기 위해 멀리 도망치는 것이었다. 생각하는 것조차 무의미한 것일지도 모른다. 이 연기 같은 의심이 풀릴 때까지 몸을 숨기는 수밖에 없었다.

굉음과 함께 타오르는 화염은 가즈시의 앞에 퍼지는 절망 그 자체였다.

"빌어먹을!"

이런 장소에서 죽고 싶지는 않았다.

가즈시는 무작정 달렸다.

14

XXX WEB 뉴스 속보(국내) 6월 25일(금) 오후 4시 46분 갱신

25일 오전 10시 반경, 미야기 현 구라요시 시의 만복산업 제2플라나리아 센터에서 시설 내에 반입된 대형 케이스가 폭발하여 별동을 제외한 공장 시설이 전소. 불탄 자리에서 두 명의 시신이 발견되었다. 경찰은 오후 4시 넘어서, 동 센터 직원인 시바타 가즈시 용의자(25)가 사건에 관여되었을 가능성이 크다는 이유로 전국에 지명 수배했다고 발표했다.

경찰에 따르면, 사망한 것은 센터 직원인 유시마 미키오 씨(24)와

휴먼라이츠 에이전시 구라요시 지국장인 후지카와 지요코 씨(46) 두 명. 후지카와 씨는 처음 보는 남성으로부터 두랄루민 케이스를 플라나리아 센터로 전해달라는 의뢰를 받았고, 후지카와 씨가 시설 내에 들어간 직후에 케이스가 폭발한 것으로 보인다. 불탄 흔적에서 GPS 안테나 파편이 발견된 점으로 보아 범인은 케이스의 위치를 파악하고 있었으며, 후지카와 씨가 센터에 접근한 때를 노려 원격 조작으로 폭탄을 터뜨린 것으로 보인다.

당일은 124명의 직원이 근무 중이었지만, 피난 유도가 신속히 이루어진 덕에 대참사까지는 이르지 않았다. 한편 만복산업 제2플라나리아 센터에서 사육 중이던 4,420개의 클론 인간은 전부 불에 타 죽었다.

**

XXX WEB 뉴스 헤드라인(국내) 6월 25일(금) 오후 7시 30분 갱신

미야기 현 구라요시 시의 만복산업 제2플라나리아 센터에 폭발물이 반입, 공장 시설이 전소된 사건에서 불에 탄 클론 인간의 사체가 고의로 훼손되어 있다는 점이 취재 결과 드러났다.
훼손된 흔적이 발견된 것은 불에 탄 4,420개의 사체 중 여섯 개.

전부 머리와 몸이 예리한 날붙이에 의해 절단된 상태였다. 다른 사체에서는 지금 시점에서 이상은 발견되지 않았다.

플라나리아 센터를 경영 중인 만복산업에 따르면, 지명수배 중인 시바타 가즈시 용의자(25)는 발송부의 직원으로, 클론 인간의 머리를 절단하는 작업에 종사했다고 한다. 경찰에서는 동 용의자가 사정을 알고 있다고 보고 계속해서 행방을 좇고 있다. 목격 증언 등은 022-XXX-XXXX(미야기 현 경찰 직통전화)로.

***

XXX WEB 뉴스 헤드라인(국내) 6월 25일(금) 오후 9시 14분 갱신

미야기 현 구라요시 시의 만복산업 제2플라나리아 센터에서 발생한 폭탄 테러 사건과 관련하여, 올해 1월에 정계를 은퇴한 후지야마 히로미 전 장관이 도쿄에서 기자회견을 열었다.

후지야마 씨는 일부 주간지에서 보도한 바 대로 만복산업 쪽에서 머리와 협박장이 들어 있는 상품을 받았다는 사실을 인정했다. 그뿐 아니라, 해당 상품을 포장한 것이 폭탄 테러 사건으로 지명수배 중인 시바타 가즈시 용의자(25)라는 점을 밝혔다. 사건 전, 후지야마 씨가 시바타 용의자에게 직접 사정을 물었으나, 용의자는 자신

의 관여를 강하게 부정했다고 한다.

경찰에서는 시바타 용의자가 플라나리아 센터에 대한 항의 활동을 반복적으로 행하고 있으며, 폭탄 테러도 그 일환이었다고 판단하고 계속해서 용의자의 행방을 쫓고 있다. 목격 증언은 022-XXX-XXXX(미야기 현 경찰 직통전화)로.

15
가와우치 미노리

"경시청의 호소미 경부입니다. 반년 만이네요."

문을 열자 낯익은 남자 두 명이 서 있었다. 덩치가 크고 위압감이 도는 남자 한 명과 덩치가 작고 젊은 남자가 한 명. 올해 1월 1일, 노다 조타로 의원이 추락사했을 때 방문했던 콤비였다.

"뭔가 사건에 진전이라도 있었나요?"

"아니요. 오늘은 다른 건으로 찾아왔습니다. 어제 구라요시에서 플라나리아 센터가 불에 탄 사건은 알고 계시죠?"

질문하는 것은 젊은 형사의 역할로 정해져 있는 듯했다. 일부러 찾아와 놓고선 알고 계시냐니, 속이 너무 뻔히 들여다보였다.

"네. 뉴스에서 봤어요. 많은 클론이 죽었다는 것 같네요."

"그렇다면 시바타라는 직원이 지명수배된 것도 알고 계시겠네요?"

"알고 있는데, 그게 왜요? 조금 더 확실히 물어봐주시면 좋겠는데요."

남자는 과장되게 소리를 내면서 수첩을 닫았다.

"알겠습니다. 시바타와 닮은 남자와 당신이 함께 있는 모습을 보았다는 증언을 다수 확보했어요. 시바타와 당신은 연인 사이인가요?"

"아니요. 아직 연인까지는 아니에요. 미묘해요. 제대로 설명하기 어려운 관계라서요."

"그 부분을 제대로 설명해주셨으면 하는데요."

"저는 친구 이상이 되고 싶은데, 그는 아직 조금 이르다는 느낌이었어요. 뭐, 유흥업소 아가씨의 사랑이란 언제나 이런 식이지만요."

"육체관계는요?"

"없을 리 없잖아요. 애초에 그 일을 하다가 만났는데요. 그거, 물어볼 필요 있나요?"

"시바타 가즈시라는 남자에 관해 모든 걸 알 필요가 있습니다. 그는 파악하기가 좀처럼 쉽지 않은 남자라서요."

그도 그럴 것이다. 가즈시에게는 확고한 자아가 존재하지 않고, 이른바 무수한 인격이 모여 있는 상태로 살아왔다. 바깥에서 그의 윤곽을 파악하려고 해도 평범한 인간처럼 쉽게 될 리가 없었다.

"그와는 어느 정도 교제하셨나요?"

"처음 만난 게 4월이니까, 두 달 정도요. 교제라는 말은 조금 맞지 않지만요."

"그가 플라나리아 센터에 잠입한 공작원이라는 건 알고 계셨나요?"

"아니요. 그건 절대로 있을 리 없어요."

나는 고개를 저었다. 실제로 나는 가즈시에게 서명을 받으려다가 엄청 욕을 먹은 적도 있었다.

"그는 휴먼라이츠 에이전시라는 단체의 활동에 찬동하며 서명도 했습니다. 죽은 후지카와 씨가 소속한 곳과 같은 단체죠. 어떤 단체이건 간에, 플라나리아 센터의 직원임에도 항의 활동에 찬성한다는 건 상식적으로는 생각하기 어려운 일 아닌가요?"

나를 떠보는 중인가. 가령 플라나리아 센터에 불을 붙이는 일은 있더라도 서명만은 절대 하지 않을 것이라고 믿었는데. 인격이 바뀌면 그런 부분의 생각도 바뀌는 것일까.

"전혀 몰랐어요. 평범하게 플라나리아 센터에서 일한다고 생각했으니까요."

"마지막으로 그를 만난 게 언제죠?"

"보름쯤 전에 식사했을 때요."

그 후에도 러브호텔에서 한 번 만났지만, 자세히 캐물으면 귀찮기에 말하지 않았다.

"전화나 메시지는?"

"전혀 안 했는데요."

"그런가요. 안타깝네요."

젊은 형사는 살짝 한숨을 내쉬고, 상사로 보이는 덩치 큰 형사의 얼굴을 올려다보았다. 수첩을 가리키며 작은 목소리로 대화를 나눈 후 덩치 큰 남자 쪽이 입을 열었다.

"솔직히 말씀드리죠. 수사관 중에는 당신이 사건과 관여되었다고 의심하는 사람도 적지 않습니다. 실은 폭파 사건 그 자체에 관해서는 시바타 가즈시에게 알리바이가 성립합니다. 하지만 그는 그 며칠 전에 후지야마 전 장관에게 협박문을 보냈죠. 당신이 작년 말에 육체관계를 가졌던 바로 그 남자입니다."

"그 일 때문에 왜 제가 의심을 받는 거죠?"

"노다 의원이 죽은 사건에서 후지야마 전 장관의 알리바이를 증명한 건 당신이었어요. 그런 당신의 연인이 이번에는 후지야마 전 장관을 협박하고 난 후 행방이 묘연해졌죠. 당신이 뭔가 사정을 알고 있다고 생각하는 게 자연스럽지 않을까요?"

"뭐가 어떻게 돌아가고 있는 건지 오히려 제가 더 알고 싶은데요. 그와 난 연인도 아니고요."

"조금 억지스럽긴 하지만 이렇게 생각해볼 수도 있습니다. 당신은 후지야마 전 장관과 공모하여 플라나리아 센터 반대파의 리더였던 노다 조타로 씨를 살해했다. 나아가 시바타 가즈시와 후지야마 전 장관 사이를 부추겨서, 폭파 사건을 일으킴으로써 반대파에게 치명상을 입혔다."

"그 반대 아닌가요? 폭파 사건으로 대미지를 입은 건 플라나리아 추진파 쪽이겠죠."

"아닙니다. 이번 사건이 일어난 이상, 플라나리아 센터 반대파는 두 번 다시 세간의 지지를 얻지 못하겠죠. 과격화된 학생 운동이 1970년대 이후 급속도로 지지를 잃은 것과 마찬가지입니다. 플라나리아 센터 추진파 입장에서는 반대파가 자멸해준 것과 마찬가지입니다."

그렇구나. 그런 식으로 생각할 수도 있다. 단순히 나를 떠보려는 수작은 아닌 듯했다.

"말하고 싶은 건 알겠지만 저 또한 당황스러워요. 저는 그저 유흥업소에서 일하는 여자예요. 플라나리아 센터 따위 어떻게 되든 상관없다고요."

"알겠습니다. 만약 시바타에게 연락이 온다면 반드시 저희한테 연락해주세요. 범인을 감싸주거나 도망치는 걸 도와주면 범인 도피 방조나 범인 은닉죄를 묻게 될 수 있으니까요. 꼭 협력해주십시오."

형사 두 명은 나란히 모자를 벗고 고개를 숙였다. 나는 문을 닫고 재빨리 자물쇠를 채웠다.

크게 심호흡을 하고 두근거리는 마음을 가라앉혔다.

거짓말은 들통 나지 않았을 것이다. 이렇게 할 수밖에 없었다.

무슨 일이 일어나고 있는지 나 자신도 완전히 이해하지 못했다. 부엌에 놓아둔 전화기를 손에 들고 화면에 비친 '통화 중'이라는 글자를 확인했다.

"시바타 씨, 아직 거기 있어?"

"응. 기다렸어."

"지금 형사가 왔었어. 나까지 의심받았단 말이야. 도대체 무슨 일이야."

"당신과의 관계까지 들킨 건가. 일본 경찰은 우수하군."

가즈시의 목소리에는 억양이 없었고, 그야말로 생기가 느껴지지 않았다. 그것이 오늘 이용 중인 인격 때문인지, 혹은 정말로 기진맥진했기 때문인지 나로서는 판단할 수 없었다.

"뭐가 어떻게 되고 있는 거야? 지명수배된 시바타 가즈시는 당신 맞는 거지?"

"진정해. 분명 지금 나는 경찰에 쫓기는 몸이야. 그건 틀림없어."

"그래도 신문에 실린 사진, 얼굴 생김새가 전혀 다르던데? 정말로 시바타 씨 맞아?"

"만복산업에 들어갔을 때의 옛날 사진이라 그런 거겠지. 그보다 들어줘. 나는 분명 지명수배당했지만, 나쁜 짓은 전혀 하지 않았어. 사람 목숨을 파리 목숨만큼도 여기지 않는 위험한 녀석이 나를 함정에 빠뜨린 거야. 하지만 당신은 진짜 사실을 알아줬으면 해. 당장 우리 집에 와주지 않겠어?"

가즈시의 집에 간다고? 지명수배범인 주제에 뻔뻔스레 자택으로 오라는 건가?

"잠깐만. 애초에 지금 어디 있는 거야?"

"지금은 구라요시에 있는 상점가의 공중전화야. 평소에는 집 지하실에 숨어 있어. 두 명의 형사가 두 시간 교대로 집을 감시하는데, 한 명이 늙어 빠진 영감이라서 뒷문으로 드나들면 들키지 않거든."

꽤 얼빠진 감시지만, 지명수배범이 자택에 숨어 있으리라고는 경찰도 생각하지 못했으리라. 등잔 밑이 어둡다고 하니까.

"멀리 도망치는 게 좋지 않아?"

"그것도 포함해서 당신과 상담하고 싶어. 와주지 않을래?

부탁해."

"나, 체포당하기 싫은데. 범인 어쩌고 죄가 된다고 방금 형사가 말했단 말이야."

"당신은 크게 착각하고 있어. 나도 거짓말을 한 게 있거든. 그걸 포함해서 당신에게 진짜 사실을 말하고 싶어. 이건 말하자면 '의식'이야."

"무슨 말인지 모르겠어."

"애초에 무죄니까, 당신도 범인 은닉죄가 되지 않을 거야. 단언할 수 있어. 시바타 가즈시는 무죄야."

가즈시의 목소리에 망설임은 없었다. 스마트폰을 쥔 손에 힘이 들어갔다.

"알았어. 지금 갈게. 죄도 없이 쫓긴다니 엄청나게 펑크이기도 하고."

노이즈가 뒤섞인 웃음소리가 들렸다.

"고마워. 11시에 감시가 젊은 형사로 바뀌니까, 그 전에 와줘. 역의 뒷길을 따라오면 들키지 않을 거야. 거실에 커다란 이동식 책장이 있는데, 선반을 좌우로 밀면 문이 나와. 그곳을 통해 지하로 내려와."

나는 뒷문 위치를 확인하고 전화를 끊었다.

벽걸이 시계를 보니 이미 10시 반이 지났다. 구라요시까지는 택시로 이동한 후 역 근처에서 내릴 수밖에 없을 듯했다. 얼굴을 보이지 않도록 역 앞에서 챙이 큰 모자를 사야지. 그리고 신문도 사 가면 가즈시가 기뻐할지도 모른다.

지갑과 스마트폰을 토트백에 넣고 현관문으로 향했다. 가즈시가 한 말이 천천히 되살아났다.

"사람 목숨을 파리 목숨만큼도 여기지 않는 위험한 녀석이 나를 함정에 빠뜨린 거야."

나는 말도 안 되는 위험 속으로 뛰어 들어가려 하는 것이다. 당연하지만 나는 아직 죽고 싶지 않다. 아무것도 못한 채 끝나는 인생이라니, 펑크와 가장 거리가 멀다.

혹시나 하는 마음에 과도를 가지고 가기로 했다. 몸을 지키는 데 어느 정도는 도움이 되겠지. 눈을 꾹 감고 흥분을 가라앉힌 후에 집을 나섰다.

16
시바타 가즈시

그을음투성이가 된 작업복을 입은 채 거실로 뛰어든 후, 숨도 고를 겨를 없이 텔레비전을 켰다. 상공에서 촬영한 플라나리아 센터의 영상이 흐르기 시작했다.

새끼 거미가 흩어지듯이 도망치는 직원들이 보였다. 소방차의 방수가 막 시작된 듯했다. 그러고 보니 지금도 상공에서 헬리콥터 선회음이 울려 퍼졌다. 저 미쳐 날뛰는 화염 속에서 가즈시는 목숨만 겨우 건져내서 도망친 것이었다.

진정해. 우선 진정하라고.

가즈시가 현장에서 도망친 사실을 알게 되면 경찰이 당장 이곳에 들이닥치리라. 한시라도 빨리 멀리 도망쳐야 한다. 최저한의 의복과 식량을 미니밴에 담자. 미안하지만 차보와도 오늘로 작별이다.

"······."

아니, 정말 그것으로 괜찮은 것일까.

가와라마치에서 연속 유괴 사건이 벌어진 이후 경찰은 모든 자동차를 검문했다. 자동차로 도망치는 것은 경찰의 품속으로 뛰어드는 것과 마찬가지인 것 아닐까.

가장 가까운 구라요시 역까지 자동차로 이동한 후 거기부터는 전철을 타자. 센다이로 나가면 사람이 많기에 발견될 확률도 극단적으로 낮아질 것이다. 북쪽으로 가든 남쪽으로 가든 우선 향해야 할 곳은 센다이였다.

그렇다면 이런 그을음투성이로 전철을 탈 수는 없다. 화재 현장에서 도망쳤다고 말하며 걷는 것과 마찬가지다. 샤워를 하고 옷을 갈아입자. 자동차를 처음 타기 시작했을 무렵에 샀던 선글라스가 어딘가에 있을 것이다.

탄내가 나는 작업복을 벗어 던지고 샤워룸에서 찬물을 끼얹었다. 샤워젤로 거품을 내어 온몸의 그을음을 씻어냈다. 침입자에게 습격당했을 때 입은 상처가 따끔따끔 아팠다.

그렇다고는 해도 플라나리아 센터를 불태운 것은 누구일까. 어제까지는 광장에서 소동을 벌일 뿐이었던 항의 활동가들이 갑자기 강경한 수단에 나서기 시작한 것일까? 그렇다면 후지야마 전 장관에게 머리를 보낸 것도 그들의 선전

포고라는 말이 된다.

하지만 그래서는 설명할 수 없는 의문점이 너무 많다. 범인은 어떻게 케이스에 머리를 넣은 것일까. 심야의 폐기물 처리 센터에서 머리를 찾고, 불타오르는 공장에서 클론의 머리를 자르던 침입자는 누구일까. 어째서 플라나리아 센터의 항의 활동이 갑자기 폭탄 테러를 벌일 정도로 과격해진 것일까. 생각하기 시작하면 끝이 없었다.

샤워룸에서 돌아와서 자신도 모르게 눈을 크게 떴다. 양탄자에 군데군데 혈흔이 묻어 있었다. 거울 앞에 서자 머리끝에서 발끝까지 멍과 상처투성이였다. 목에는 톱이 와 닿았을 때 입은 상처가 붉게 부풀어 있었다.

텔레비전의 화면에는 열 대 이상의 소방차가 플라나리아 센터를 둘러싸고 물을 뿌리는 중이었다. 도망친 직원들이 정면 광장에 모여 있었다. 본 적 있는 얼굴도 있었다.

느긋하게 텔레비전을 볼 여유는 없었다. 옷장에서 속옷을 꺼내려던 그때…….

여러 명의 발소리와 함께 문을 거세게 두드리는 소리가 울려 퍼졌다.

"젠장."

뒷문으로 도망칠까.

말도 안 된다. 벌거숭이 상태로 도망칠 수 있을 리가 없다.

"경찰이다! 거기 있는 거 알고 있어! 얌전하게 나와!"

마치 인질을 방패로 세우고 숨어 있는 사람에게 말하는 듯했다. 웃기고 있어.

어딘가에 숨을 수 없을까. 화장실? 지하실? 장롱 안? 바보 같다. 숨바꼭질도 아니고, 경찰의 눈을 속일 수 있을 리가 없다. 아니, 잠깐만!

차보를 키우고 있는 덕에 지하실로 가는 문은 책장으로 숨길 수 있게 만들어 놓았다. 일단 이 상황만 모면하는 거라면…….

가즈시는 책장을 좌우로 밀어 문을 열고 어둠 속으로 몸을 미끄러뜨렸다.

딸깍, 하고 뒷문이 열리는 소리가 났다. 창문을 버너로 태운 것일까. 이렇게 빠르게 영장이 나올 리 없는데.

안쪽에서 책장을 닫자, 가즈시의 시야는 어둠에 휩싸였다.

"가, 가, 가즈시 님. 어떻게 된 건가요?"

차보의 얼굴은 왼쪽 반이 검붉게 물들어 있었다. 눈에서 흘러나온 피가 굳어버린 것이리라.

"닥쳐. 나는 잠시 여기에 있을 거야."

"오, 옷은 왜 안 입으셨나요?"

"닥치라고 했지."

차보를 때리고 싶었지만, 소리를 내서는 안 되기에 참았다. 변함없이 시큼한 냄새에 분변 냄새가 뒤섞여 있었다. 탈착형 변기 안에서는 액상의 변에 뒤섞여 톡토기가 더듬이를 흔들어 댔다. 소동이 잠잠해지면 살충제를 사야만 하리라.

소리가 나지 않게끔 조심스레 바닥에 앉았다. 위층에서 사람의 기척이 없어지기를 계속해서 기다릴 수밖에 없었다.

차보는 언제나 이렇게 차가운 바닥에 앉아 있던 것인가. 벌거벗은 채 쇠창살을 사이에 두고 클론 인간과 마주하고 있다 보니, 자신도 가축이 된 것 같아서 매우 한심한 기분이 들었다.

나쁜 짓은 전혀 하지 않았다. 누군가가 가즈시를 이런 비참한 상황으로 몰아세운 것이다. 가즈시에게 뭔가 원한이 있었거나, 가즈시가 어떻게 되든 신경 쓰지 않는 자다. 그의 간계에 빠져서 가즈시는 결국 짐승처럼 보일 정도까지 추락하고 말았다.

가즈시는 얼굴이 보이지 않는 인간이 어렵다. 약점이라고 해도 좋을지 모른다. 상대에게 맞춰서 인격을 변화무쌍하게 바꾸면서 세상을 살아온 덕에, 상대방의 얼굴도 성격도 알지 못하면 어떻게 대응하면 좋을지 알 수 없게 되어버렸다.

"가즈시 님, 가즈시 님."

차보가 귓속말하는 듯한 목소리로 말했다.

"뭔데?"

"가즈시 님은 화재를 저질렀다는 죄를 뒤집어쓰셨나요?"

깜짝 놀랐다.

어째서 차보가 사정을 알고 있는 것인가. 피의 흔적으로 일그러져 있지만, 차보의 표정은 진지했다.

"죄, 죄송합니다요. 어제 주신 신문에서 가즈시 님이 일하는 공장에서 사건이 일어났다는 걸 알았어요. 요즘 기분이 좋지 않아 보였기에 혹시라도 의심을 받는 건 아닐까 상상하고 있었거든요. 그랬더니 오늘은 상처투성이가 되어 당황한 채 이 방으로 달려 들어오셨습죠. 목이나 무릎 주변에는 채 씻어내지 못한 그을음도 보입니다. 그래서 저, 가즈시 님이 불을 질렀다고 의심을 받고 도망쳐온 건 아닐까 생각했어요."

그렇군. 3일치의 신문을 읽었기에 어제까지의 일을 알고 있는 것은 당연했다. 하지만 오늘 일어난 일까지 이렇게 간단히 맞힐 수 있는 것일까.

"가즈시 님, 실례가 아니면 소인이 몇 가지 질문을 해도 될까요?"

"뭐 하는 짓이야. 가축인 주제에 탐정 흉내야?"

"탐정 흉내건 뭐건 상관없어요. 다만 소인은 가즈시 님이 키워주신 은혜에 보답하고 싶을 뿐입니다요."

바보 같은 말에도 정도가 있다.

지금까지 수많은 인간이 지혜를 짜 모아 다양한 추리를 했음에도 불구하고, 결국은 아무도 진상을 밝혀내지 못했다. 신문기사를 읽었을 뿐인 짐승이 간단히 해결할 수 있을 리가 없었다.

"웃기지 마. 그럼 묻겠는데, 머리는 어떻게 구라요시에서 가와라마치로 이동한 거지? 나는 문제의 머리를 제대로 폐기했거든. 어? 설명해보라고."

"가즈시 님. 가즈시 님은 어째서 차보를 키워주신 거죠?"

"뭐라고?"

차보의 표정은 진지했다. 지저분한 클론 인간도 이런 진지한 표정을 지을 수 있는 것일까.

"당연하잖아. 먹기 위해서지. 인간의 고기를 먹어 보고 싶어서 나는 네놈을 키운 거야."

"흠. 그렇다면 문제의 머리도 그와 같은 거 아닐까요?"

"머리를 먹으려고 했다는 거야? 어라……. 아…….."

설마.

아니, 분명 그렇게 생각하면 플라스틱 케이스에 머리가 들어 있던 것을 논리적으로 설명할 수 있다. 하지만…….

가즈시가 함정에 빠진 것이 그런 보잘것없는 이유 때문이라고?

"아시겠나요?"

"그, 그렇다면 오늘의 폭파는 뭐였던 건데?"

"진정하세요. 소인은 신문에 실려 있던 것밖에 모릅니다요. 그러니 가즈시 님, 일련의 사건에 관해 차례대로 소인에게 가르쳐주실 수 있으신가요?"

"그렇게 하면 진상을 전부 알아차릴 수 있단 말이야?"

"아마도 기대에 부응할 수 있지 않을까 싶습니다요."

믿기 어려운 이야기였다. 어두컴컴한 지하실에서 살아온 가축 인간이 가즈시를 궁지로 몬 범인의 책략을 간파할 수 있다는 것인가.

아니, 자신의 눈으로는 아무것도 보지 않고 문자만으로 정보를 얻는다면 반대로 논리정연하게 상황을 이해할 수 있을지도 모른다. 더욱이 그로서는 무한이라고 해도 좋을 만큼 생각할 시간이 주어져 있었다.

"좋아. 알려주지."

가즈시는 차보에게 일주일간 벌어진 일을 빠짐없이 설명했다. 점점 이 클론이 진실을 밝혀줄지도 모른다는 기대감이 높아졌고, 마지막에는 기도하는 마음이 되었다. 차보는 태연한 눈초리로 때때로 고개를 끄덕이며 이야기를 들었다.

"가즈시 님, 폐기물 처리 센터에서 가즈시 님을 때렸다는 침입자는 무기를 가지고 있었나요?"

"응. 1미터 정도 되는 쇠막대기를 휘둘렀어."

"그 쇠막대기라는 건 무슨 색이었나요?"

그런 것을 알아서 어디에 쓴다는 말인가.

"쇳덩어리 색이었어. 진한 회색이라고 할까."

"그런가요. 뭐, 그렇다 해도 문제는 되지 않겠네요."

차보는 구시렁구시렁 작은 목소리로 중얼거린 후, 천천히 고개를 들었다.

"가즈시 님, 소인은 진상을 전부 간파했어요. 그래서 말인데, 실은 또 하나 부탁드릴 게 있습니다요."

아무렇지도 않게 엄청난 말을 꺼냈다.

"……뭔데? 말해봐."

"네. 가즈시 님은 전에 소인이 소나를 좋아한다고 말한 걸 기억하시나요?"

"《죄와 벌》말이지. 그게 어쨌는데?"

"그게, 역시 철회하고 싶어서요. 가축이라고는 해도 인간 남자로서 태어난 이상, 살아 있는 여자를 안아보고 싶습니다요. 가즈시 님, 소인이 추리를 선보이기 전에 여자를 안게 해주실 수 있으신가요?"

차보는 늘어진 볼을 붉히면서 그런 말을 꺼냈다.

정수리를 때려주고자 쇠파이프로 손을 뻗으려다 멈췄다. 지금 가즈시의 머리는 차보 덕에 간신히 붙어 있다고 해도 과언이 아니었다. 차보의 기분을 상하게 할 수는 없었다.

"좋아. 아까도 말이 많은 여자 탓에 망신을 당한 참이야. 상황이 잠잠해지면 그 탐정 놀이를 즐기는 여자를 불러주지. 같이 한번 놀아보자고."

"네, 네. 감사합니다."

차보는 교주를 모시는 신자처럼 머리를 바닥에 짓이겼다.

"참고로, 그, 그 여자의 이름은 무엇인가요?"

"너, 좀 진정해."

가즈시는 볼을 누그러뜨리고 웃었다.

"그녀의 이름은 가와우치 이노리야. 어쩐지 마음에 안 드는 여자지."

17
가와우치 미노리

10시 54분.

스마트폰을 가방에 넣었다. 아슬아슬하지만 늦지 않았다.

주변 사람들을 신경 쓰면서 옆집의 주차장을 가로질러 뒷문으로 달려갔다. 도중에 경찰처럼 보이는 남성이 현관문 앞에 서 있는 것이 보였지만, 내 존재를 깨달은 것 같지는 않았다. 교대 시간이 가까워졌기에 마음이 풀어진 것일지도 모른다.

뒷문의 열쇠 구멍 옆의 불투명 유리가 잘려 있었다. 소리를 내지 않게끔 주의하며 손잡이를 돌리자, 문은 바깥으로 열렸다. 벗은 스니커를 왼손으로 집어 들고, 실내로 몸을 미끄러뜨렸다.

부엌을 지나자, 바로 정면이 거실이었다. 여기저기에 옷과 수건이 흐트러져 있었다. 양탄자에는 여기저기 혈흔이 남아 있었다.

서쪽 벽을 덮듯 키가 큰 책장이 놓여 있었다. 얼핏 보니 맨 앞 선반이 좌우로 움직이는 슬라이드식 책장처럼 보였지만 책이 꽂혀 있는 것은 바로 앞의 선반뿐, 그 안은 빈 공간이었다.

소리를 내지 않도록 신경 쓰면서 책장을 옆으로 밀자 숨겨진 문이 드러났다. 토트백을 쥔 손에 나도 모르게 힘이 들어갔다. 가방에는 둥글게 만 신문과 종이팩으로 된 야채 주스가 담겨 있었다.

손잡이를 돌리자 지하로 가라앉는 듯한 계단이 뻗어 있었다. 시큼한 냄새에 코가 삐뚤어질 것만 같았다.

"……시바타 씨, 거기 있어?"

계단에는 조명이 없는 것 같았다. 숨겨진 문을 훤히 드러낼 수는 없었기에 안쪽에서 책장을 당겨서 닫았다.

희미한 빛도 들어오지 않는 계단은 먹물을 뿌린 것처럼 어두웠다. 가득 찬 썩는 냄새만이 비강을 찔렀다.

나는 신중하게 지하로 뻗은 계단에 발을 내디뎠다.

18
시바타 가즈시

지하실의 문이 열리는 것과 동시에 가즈시는 쇠파이프를
휘둘렀다.

빛 때문에 순간 눈이 부셨는지 여자는 도망치지 못했고,
쇠파이프는 가와우치 이노리의 정수리를 직격했다. 미량의
출혈과 함께 가와우치는 뒤쪽으로 쓰러졌다.

"뭐야…… 갑자기……."

아직 의식이 있는 듯했다. 소동을 부려서는 곤란하기에 그
녀의 몸 위에 올라탄 후 안면을 때렸다. 주먹 한 방에 축 늘
어져서 몸을 움직이지 못했지만, 혹시나 하는 마음에 열 방
정도 더 주먹을 휘둘렀다. 그녀는 코가 함몰되어 피투성이
인 불도그처럼 되었다. 펑크인지 노이즈인지는 모르지만, 다

다른 곳은 비참하기 그지없었다.

"차보, 준비됐다. 네놈이 동정을 버리는 건 이 여자야."

실신한 가와우치를 방으로 끌어당긴 후 후두부를 차서 안면을 우리 쪽으로 향했다.

"가, 감사합니다요. 이것이 여자의 얼굴인 건가요. 생각했던 것보다 기분 나쁘네요."

차보가 콧구멍을 벌름거리며 중얼거렸다. 가즈시는 지하실 문을 닫으려다가 작은 가방이 떨어져 있는 것을 알아챘다. 지퍼 끝으로 신문지가 보였다.

"마음이 통하는군."

둥글게 말린 신문을 펼치자, 한 면에 가즈시의 얼굴 사진이 실려 있었다. 플라나리아 센터 폭파 사건으로 현재도 도망 중인 시바타 용의자라고 적혀 있었다. 사회면에는 현장 검증 상황을 전하는 기사가 있었다. 폭발물을 반입한 경위와 죽은 두 명의 인물상에 대해서도 적혀 있었다.

놀랍게도 사망한 두 명은 모두 가즈시가 아는 사람이었다. 유시마 미키오는 둘째 치고, 그 후지카와 뭐시기인가 하는 활동가까지 죽었을 줄이야. 범인에게 속아 공장에 폭발물을 반입한 것이 그녀인 듯했다.

"뭐, 뭔가 새로운 정보가 있나요?"

차보가 쇠창살 너머에서 허리를 숙이고 이쪽을 바라보았

다. 그야말로 기대할 수 있는 것은 이 군살 덩어리인 남자밖에 없었다. 가즈시는 신문을 둥글게 말아서 우리 건너편으로 던졌다.

"호오……. 단 하루 만에 꽤 수사가 진행되었네요. ……폭탄은 원격 조작으로 기폭. 호오, 엄청나네요……."

차보가 신문을 팔랑 넘기면서 재빠르게 기사를 읽었다.

"결국 범죄에 손을 담그고 말았어. 차보, 나머지는 알고 있지?"

"……머, 먼저 여자를 안는 건 안 되나요?"

가즈시가 쇠파이프를 들어 올리고 차보를 노려보았다.

"너무 건방 떨지 마. 쓰레기 똥 덩어리 주제에. 네놈이 누구라도 납득할 수 있는 추리를 선보이면 나는 이 여자를 우리에 넣어주고 당당히 경찰에 출두할 거야. 그러기 전에 한 번 정도는 하고 갈 거지만. 나머지는 우리 안에서 마음대로 해."

"……알겠습니다. 소인은 가즈시 님에게 도움이 되는 데다가, 여자를 안을 수 있으니 이렇게 기쁜 일은 없습니다요."

차보가 쇠창살 바로 앞까지 걸어오더니, 비엔나 소시지 같은 다리를 구부리고 허리를 낮췄다. 표정이 진지하게 바뀐 상태였다. 때때로 말을 더듬기는 했지만, 차보는 확실한 말투로 추리를 말하기 시작했다.

"조금 귀찮은 방식이기는 하지만, 소인이 생각한 순서에 따라 설명하고 싶습니다. 일단은 일련의 사건에 관한 의문점을 정리해보려고 합니다. 이렇게 뒤얽힌 문제를 해결할 때는 그런 절차를 제대로 밟는 게 중요하니까요."

차보가 헛기침을 하더니 집게손가락을 세웠다.

"첫 번째 사건. 후지야마 전 장관에게 머리가 배달된 사건에 관한 의문점은 두 가지입니다. 먼저 이게 가장 중요한 수수께끼라고 말할 수 있는데, 범인은 어떻게 머리를 플라스틱 케이스에 넣을 수 있었는가 하는 점입니다요. 오후 2시 정도에 가즈시 님이 케이스를 발송 센터로 옮기고 나서 후지야마 전 장관이 별채에서 케이스를 개봉한 오후 3시 30분경 사이에 누가 어떻게 머리를 넣을 수 있었는가. 게다가 설령 수단을 알았다고 해도, 어째서 그런 짓을 했는지에 관한 의문이 남습죠. 범인 녀석은 무슨 목적으로 그런 짓을 했는가 하는 점이죠. 이것이 두 번째. 다음으로 제2사건. 즉 폐기물 처리 센터에서 가즈시 님이 얻어맞은 사건을 살펴보죠."

집게손가락에 이어 가운뎃손가락을 세웠다.

"이 사건에 관해서는 침입자의 행동이 수수께끼투성이입니다요. 크게 나눠 세 가지 의문점이 있습니다. 첫 번째는 당연히 침입자는 폐기물 처리 센터에서 무엇을 하고 있었는가 하는 점입니다. 쌓여 있는 머리를 만지작거리고 있었다고 하는데, 그 머리는 이와테 현의 제1플라나리아 센터에서 옮겨온 것이었습죠. 방한마스크로 얼굴을 가리고 있던 이상, 침입자는 발각되면 좋지 않은 뒤가 켕기는 일을 하고 있었습니다. 그것은 도대체 무엇인가, 라는 의문이네요. 두 번째는 가즈시 님이 경비실에서 달려갈 때까지 사이에, 침입자는 왜 도망치지 않았는가 하는 수수께끼입니다요."

"웅? 그건 단순한 착각인 거 아니야?"

가즈시가 끼어들었다.

"착각이요?"

"아니, 당연한 거지만 말이야. 내가 감시 카메라로 침입자를 깨달았다고 해도 상대방이 그걸 알 리가 없잖아. 상대방이 알아챌 수 있다면, 그런 감시 카메라 따위 아무런 의미도 없으니까."

"네, 그건 알고 있습니다요. 하지만 가즈시 님은 쓰레기장에서 나가려는 움직임이 보였기에 서둘러 경비실에서 폐기물 처리 센터로 향한 거지요? 그 시점에서 침입자는 용무를 끝마친 게 아닐까 생각됩니다. 그런데 도중의 복도에서 마주친 게 아니라, 가즈시 님이 나타날 때까지 침입자가 쓰레기장에 있었던 건 이상한 일 아닐까요?"

"흠, 그건 그렇지. 뭔가 생각난 게 있어서 돌아간 것뿐일 것 같긴 해도."

"대량으로 쌓인 머리를 앞에 두고 생각에 잠긴다고요? 침입자로서는 한시라도 빨리 도망치고 싶었을 겁니다요."

차보에게 무슨 생각이 있는 듯했다. 가즈시는 작게 고개를 끄덕이고 다음 이야기를 재촉했다.

"계속해봐."

"네. 이어서 세 번째인데, 침입자는 어째서 쇠막대기를 가지고 있었는가 하는 의문입니다요."

"왜 가지고 있었냐고? 그건 당연히 누군가에게 들켰을 때 때리기 위해서겠지. 실제로 내가 당하기도 했고."

"정말로 그런 걸까요? 분명 그런 의미도 있었을지도 모릅니다요. 하지만 한눈에 봐도 위험해 보이는 무기를 가지고 돌아다니면, 나는 수상한 사람입니다, 라고 말하며 돌아다니는 것과 마찬가지 아닐까요? 애초에 1미터나 되는 쇠막대기를 가지고 돌아다니는 것 자체도 그렇게 쉽지 않은 일이겠죠. 나이프 하나 정도라면 몰라도 왜 쇠막대기 따위를 가지고 다녀야만 했을까, 라는 점이 의아한 점입니다요."

그렇군. 듣고 보니 그런 것 같기도 했다. 실제로 가즈시도 시타라와의 대결을 앞에 두고 준비한 것은 소형 펜나이프였다. 가즈시는 아무 말 없이 다음을 재촉했다.

"괜찮으실까요? 그럼 제3사건. 즉 플라나리아 센터 폭파 사건으로 넘어가겠습니다요."

차보가 세 번째로 약지를 세웠다.

"여기서의 의문점은 두 가지입니다. 신문 기사에 따르면 범행 수단은 판명된 듯하니, 그것에 관해서는 문제가 없습니다요. 첫 번째 수수께끼는 범인 녀석은 왜 플라나리아 센터를 폭파했는가, 하는 점입니다. 이건 이해하실 수 있으시겠죠? 두 번째는 첫 번째와도 연관된 건데, 왜 범인은 플라나리아 센터 공장 본동의 입구를 폭파했는가, 하는 점입니다."

"폭파한 장소에 의미가 있는 거야?"

"무척이나 의미가 있습니다요. 범인은 GPS로 두랄루민 케이스의 정확한 위치를 알고 있었습니다. 중추를 공격한다면 육성부나 관리부로 옮기고 나서 터뜨리면 좋지 않았을까요? 굳이 구석에 있는 발송부를 불태울 필요는 없었습니다. 실제로 유시마 미키오를 제외하면, 플라나리아 센터 직원은 전부 뒷문으로 도망쳤으니까요."

"임팩트가 있는 사건을 일으키고 싶었을 뿐, 많은 직원이 죽는 건 피하고 싶었던 것일지도 모르잖아."

"네, 그런 식으로 생각할 수 있을지도 모릅니다. 어느 쪽이든 폭탄 테러라는 과격한 수단을 취하면서 피해가 적은 장소에서 터뜨린 이유는 무엇인가, 하는 의문이 남습니다. 한 가지 더 추가하자면 어떤 의미에서는 이게 가장 중요한 걸지도 모릅니다. 그건 범인은 도대체 누구인가, 하는 수수께 끼입니다요. 세 사건의 범인이 같은지 다른지는 알 수 없지만, 어느 쪽이든 도대체 누가 사건을 꾸몄는가, 하는 점입니다. 가즈시 님, 더 하시고 싶은 말씀이 있다면 부탁드립니다."

차보의 오른쪽 눈이 똑바로 가즈시를 바라보았다. 가즈시는 자신도 모르게 등을 쫙 폈다.

"흐음……. 그래, 중요한 걸 하나 잊고 있었어. 불타오르는 공장 안에서 침입자가 클론의 머리를 자른 이유. 신문에도 클론 여섯 개의 머리가 잘려 있었다고 적혀 있어. 어째서 그런 위험한 장소에서, 가만히 내버려둬도 죽는 클론의 머리를 자른 걸까."

차보가 고개를 살짝 좌우로 저었다.

"의문이라고 하면 의문이지만, 저는 굳이 그 점을 무시했습니다."

"왜?"

"가즈시 님에게 죄를 뒤집어씌운다는 범인의 의도가 훤히 보였기 때문입니다요. 제1사건과 제3사건, 그 양쪽에 머리가 등장하면 두 사건이 이어져 있다는 인상이 강해집니다. 이에 더해서 가즈시 님이 머리를 절단하는 작업에 종사했다는 사정도 있죠. 결국 죄를 가즈시 님께 뒤집어씌우기 위해 마지막 못을 박는 행위 아니었을까요."

"……흠. 그걸로 말의 앞뒤가 맞는다면 그럴지도. 계속해
봐."

가즈시가 내뱉듯 말했다.

"네, 감사합니다. 세어보면 의문점은 합쳐서 여덟 가지입
니다. 어떤 수수께끼부터 설명하는 게 좋은지 소인은 머리
를 쥐어짰습니다. 어떤 의문점이 가장 중요한지 생각하면,
그건 역시 범인은 누구인가 하는 점입죠. 극단적인 이야기
지만, 범인만 알 수 있다면 세세한 부분은 그 녀석에게 물어
보면 알 수 있으니까요. 그래서 저는 범인을 좁히는 조건이
무엇인가 하는 점에 신경을 집중했습니다."

가즈시가 천천히 고개를 끄덕였다. 범인의 정체가 중요하
다는 생각에 이의는 없었다.

"간단한 부분부터 말하면, 범인은 한밤중에 플라나리아 센
터에 침입할 정도였으니 센터의 구조를 잘 알고 있는 인간
이라는 말이 됩니다. 하지만 항의 활동가를 포함해, 내부 사
정을 파악하고 있는 인간은 외부에도 있으니까, 이걸로는
제대로 범위를 좁힐 수 없습니다. 그래서 소인은 제2사건에
주목했습니다요. 폐기물 처리 센터에 침입한 자의 행동에
다시 한번 주목해본 것이죠. 침입자는 도대체 무엇을 하고
있던 것일까, 라는 의문은 제쳐두더라도 제2사건에는 두 가

지 의문점이 있었습니다. 용무를 마친 침입자가 곧장 도망치지 않은 건 왜일까, 하는 점과 군이 쇠막대기를 가지고 돌아다닌 것은 왜일까, 하는 점입니다. 가즈시 님이 센터를 찾은 오후 11시 반 경, 침입자는 쇠막대기를 한 손에 들고 쌓여 있는 머리들을 뒤지고 있었습니다. 머리를 차례로 들어 올려서는 얼굴을 쓰다듬었다고 하니 기분 나쁘기 그지없네요. 그 후 용무를 마친 듯 떠나려고 하는 것처럼 보였지만, 가즈시 님이 달려왔을 때는 어째선지 벽에 손을 대고 서 있었습니다."

새삼 돌이켜보니 침입자의 행동은 분명 기묘했다. 가능하면 빨리 자리를 뜨고 싶었을 텐데, 왜 쓰레기장에 남아 있던 것일까.

"일단 나가려고 했지만 어째선지 그렇게 하지 않았다. 한시라도 빨리 나가고 싶다고 바라고 있었음에도 불구하고 말입죠. 이 건에 관한 가장 자연스러운 해석은 침입자는 도망치고 싶었지만 도망치지 못했다는 게 되겠죠."

"도망치지 못했다고?"

자신도 모르게 목소리가 거칠어졌다.

"그럴 리가 있어? 출구로 당당히 나가면 되잖아. 내가 감시 카메라로 보고 있다는 사실도 침입자는 깨닫지 못했으니까."

"그 출구가 어디에 있는지 알지 못했던 겁니다요. 침입자는 쓰레기장 안에서 길을 잃어버린 겁니다."

차보의 말을 몇 번이고 반추해보았지만, 의미를 전혀 이해할 수가 없었다. 방 안에서 길을 잃을 수 있는 것일까?

"쓰레기장의 전등이 꺼져 있어서 실내가 깜깜했다고 말하고 싶은 거야? 침입자가 누군가에게 들키는 게 두려워서 전등을 켜지 않았다고? 아니, 쓰레기장은 분명 밝았어."

쓰레기장에서 새어 나온 빛이 복도를 비추고 있던 것을 확실히 본 기억이 났다.

"가즈시 님이 쓰레기장에 달려간 시점에 불이 들어와 있었으니, 전등은 줄곧 켜져 있었겠죠. 전등을 껐다 켰다 했다는 건 현실적이지 않습니다요. 그럼에도 쓰레기장 안에서 길을 잃은 건 어째서일까요? 여기에서 힌트가 되는 게 침입자가 쇠막대기를 가지고 있었다는 사실입니다."

"무슨 관계가 있는 건데?"

"무대가 폐기물 처리 센터였기 때문에 이상한 선입견이 생겨버린 것입니다요. 냉정하게 생각해보세요. 일반적인 거리에서 막대기를 한 손에 들고 길을 잃은 사람이 있다면, 가즈시 님은 어떻게 생각하실까요?"

"그야, 녀석이 손에 들고 있는 쇠막대기는……."

"맞습니다요. 그건 약시인 사람이 길 위에서 장애물을 발견할 때 사용하는 지팡이였던 겁니다."

　차보가 작게 한숨을 내쉰 후 설명을 계속했다.

　"일반적으로는 흰색이나 노란색 지팡이를 사용한다고 책
에서 읽은 적 있지만, 그런 걸 가지고 돌아다니면 자신이 약
시라는 정체를 드러내는 것과 마찬가지이기에 쇠로 된 막대
기를 들고 있던 거겠죠."

　"……약시인 사람이 공장 시설을 돌아다닐 수 있다는 거
야?"

　"그 일이 가능하다는 건 기무라가 증명해주지 않았나요?
처음에도 말한 것처럼 침입자는 센터 내의 구조를 알고 있
었습니다. 사전에 지식이 있다면, 센터 내를 이동하는 건 어
렵지 않겠죠. 침입자는 어떤 목적을 가지고 쓰레기장에 침
입했습니다. 그 침입자가 약시라면, 머리의 얼굴을 만지고
있던 건 얼굴을 구별하기 위한 행위였다고 상상할 수 있습
니다요. 목적은 확실히 알 수 없지만, 그 행위에 집중하는 동
안 침입자는 출구가 있는 방향을 잊어버린 것이겠죠. 문자
그대로 돌아갈 방향을 알 수 없게 되어버린 겁니다. 그래서
일단 침입자는 방의 벽면으로 이동했습니다. 벽을 만질 수
있다면, 거기에서 벽을 따라 방을 돌면 반드시 출구에 가 닿
을 수 있으니까요. 가즈시 님이 방을 찾았을 때, 침입자가 벽
에 손을 대고 있던 건 그런 사정이 있던 것입니다."

차보의 입에서 말이 청산유수처럼 쏟아졌다.

"그래도 침입자는 나를 쇠막대기로 때렸는데? 눈이 나쁜 사람이 그런 짓을 할 수 있나?"

"그건 가즈시 님이 스스로 목소리를 냈기 때문입니다요. 가즈시 님이 목소리를 낸 탓에 침입자는 출구와 가즈시 님의 위치를 곧바로 파악할 수 있었습니다. 지금 말한 것 말고도 범인이 약시라는 증거는 몇 가지 더 있습니다. 설명 순서 때문에 아직은 말씀드리지 않지만, 이 점에 관해서는 우선 틀림이 없습니다요."

필사적으로 머리를 쥐어짜내도 차보의 설명에 대한 반론이 떠오르지 않았다. 침입자의 정체는 기무라는 말인가. 그렇다면 복도에서 맡은 감귤계 향기도 기분 탓이 아니었다는 말이 된다.

"흠, 잠깐만. 너무 세부적인 걸 묻는지도 모르겠지만, 어째서 약시라는 거야? 완전 앞이 안 보이는 맹인일지도 모르잖아."

"아니요. 아예 안 보인다면 애초에 전등을 켤 필요가 없으니까요."

그렇군. 듣고 보니 당연한 이야기였다.

"그럼 침입자의 정체는 기무라 다로가 틀림없겠군."

"아니요. 그렇게 생각하는 건 아직 이릅니다요. 눈이 나쁘다는 점은 범인을 좁히는 조건 중 하나에 불과합니다."

아직 이르다고? 관계자 중에 기무라 말고 약시인 인간은 없다. 아무리 그래도 너무 신중한 것 아닌가.

"저기 말이야, 약시인 직원은 달리 없는데?"

"애초에 범인을 직원으로 한정할 수 있는 것도 아니고, 시력이 나쁜 사실을 숨기고 있던 직원이 달리 없다고도 단언할 수 없습죠. 범인이 될 수 있는 인물이 눈이 나쁘다는 점만으로는 범인을 특정할 수 없다는 말입니다. 다른 조건이 더 필요합니다요."

이런 식으로 가능성을 들이대기 시작하면 끝이 없을 것 같지만 가즈시는 차보의 말을 받아들였다. 팔짱을 바꿔 끼고 다음을 재촉했다.

"여기부터는 범인이 주변에 눈이 나쁘다는 걸 숨기고 있었다. 즉, 기무라 다로 이외의 인물이었다는 전제로 생각해보겠습니다요. 기무라가 범인이라는 가능성에 관해서는 나중에 검토해보죠. 두 번째 조건이라는 것도 실은 지금 말한 첫 번째 조건에서 도출된 것입니다요. 바꿔 말하면 범인은 왜 플라나리아 센터를 폭파했는가, 하는 점과도 이어집니다. 그런데 가즈시 님, 가즈시 님은 폐기물 처리 센터에서 약시인 침입자에게 뭐라고 말씀하셨는지 기억하시나요?"

가즈시는 차보가 무슨 말을 하고 싶은 것인지 영문을 알 수가 없었다.

"……내가 뭔가 말했던가? 그때 경찰차 사이렌 소리가 들려오자 침입자가 내 쪽을 돌아봤었지. 맞아. 감귤계 향기 탓에 기무라라고 생각했으니까 이렇게 외쳤어. '어이, 기무라!'라고."

"아, 맞습니다. 가즈시 님은 약시라는 사실은 깨닫지 못하고, 향기만을 근거로 그렇게 외치신 것입죠. 하지만 침입자는 그걸 듣고 어떻게 생각했을까요?"

"어떻게 생각했냐고?"

"네. 얼굴을 가렸는데도 불구하고 어째서 가즈시 님이 자신 있게 '기무라'라고 지적했는지 이상하게 생각했음이 분명합니다. 기무라 다로의 특징으로서 가장 먼저 떠오르는 건 향기보다는 그가 약시라는 사실입죠. 당연히 침입자는 가즈시 님의 말을 듣고 자신이 약시라는 사실을 들켰다고 오해했겠죠."

가즈시에게는 반론할 말이 없었다.

인간이란 자신의 신체적 특징에 관해서는 과잉 해석을 해버리는 생물이다. "너는 기무라 같다"라고 갑자기 들으면, 당연히 약시에 관해 말한 것이라 착각하리라.

"침입자는 자신의 특징을 들켰다고 오해한 겁니다요. 이대로라면 제1사건까지 의심을 받을 게 당연하겠죠. 관계자의 시력을 검사하면, 범인이라는 사실을 들켜버릴 테니까요. 쇠막대기로 가즈시 님을 때려눕힌 시점에, 완전히 입을 봉해버릴 걸 그랬다고 범인은 후회했겠죠. 그래서 범인은 폐기물 처리 센터에서 만난 직원, 즉 가즈시 님을 살해하고자 생각하기에 이른 겁니다."

"나를 죽인다고? 나는 살아 있잖아. 뭐라고 지껄이는 거야."

"표현이 잘못된 걸지도 모르겠네요. 범인은 자신이 약시라는 사실을 간파한 직원을 가능하면 빨리 살해하려고 꾸몄습니다. 하지만 여기에 커다란 문제가 있었죠. 담배 냄새가 나는 경비실에서 막 나온 가즈시 님은 평소와 다르게 목소리가 갈라져 있었겠죠. 눈이 나쁜 범인으로서는 가즈시 님의 얼굴은 잘 보이지 않았을 겁니다요. 목소리와 얼굴도 알 수 없는 상태였다는 거죠. 가즈시 님에게는 다행이게도 자신의 정체를 간파한 직원이 누구인지 범인은 알 수 없었던 겁니다."

가즈시는 그 순간을 명확히 떠올릴 수 있었다. 분명 그때, 경비실에서 달려온 자신의 목소리는 심히 갈라진 상태였다.

"이 사실과 불과 3일 후에 일어난 폭탄 테러를 생각하면, 하나의 결론이 떠오릅니다. 눈이 나쁜 사실을 간파한 직원이 있다는 점은 알고 있다. 그래도 그게 누구인지 알지 못한다. 심야의 폐기물 처리 센터에서 만난 직원을 특정할 수 없는 이상, 범인으로선 할 수 있는 게 하나밖에 없습니다. 범인은 그 알지 못하는 한 명의 입을 막기 위해, 직원을 모조리 죽이려 한 것입니다요."

가즈시는 차보의 말을 신중하게 곱씹은 후에 천천히 입을 열었다.

"……아무리 그래도 그건 이상한 거 아니야? 네놈이 스스로 말했잖아. 범인은 GPS로 두랄루민 케이스의 위치를 파악하고 있었는데도 일부러 본동의 끝부분을 폭파했잖아? 직원을 한 명이라도 더 많이 죽이고 싶었다면 플라나리아 센터의 중심부를 폭파했겠지."

"그 말이 맞습니다요. 이 점에서 범인에 관한 두 번째 조건이 떠오르게 됩니다.

공장의 평면도를 보면 금방 알 수 있지만, 공장 본동의 북측에 뒷문이 있는 이상, 공장 본동의 서쪽 출입구를 태운다고 해도 직원을 전부 죽일 수 없습니다. 직원들은 뒷문으로 도망치면 되니까요. 그런데도 불구하고 범인은 공장 본동의 서쪽 끝을 화염의 소용돌이에 빠뜨리면 직원을 전부 죽일 수 있다고 착각했습죠. 왜일까요? 생각할 수 있는 설명은 하나밖에 없습니다."

차보가 혀로 입술을 핥았다.

"범인은 올해 4월에 소방서에서 지적을 받아 북측 뒷문을 사용할 수 있게 된 경위를 알지 못했던 겁니다요. 서쪽 출입구가 유일한 피난로라고 착각했던 거죠. 따라서 범인은 이런 사정을 모르는 인물, 즉 4월 시점에 플라나리아 센터의 업무에서 벗어나 있던 인물이라는 말이 됩니다. 이것이 범인의 두 번째 조건입니다요."

꿀꺽 소리를 내며 차보가 침을 삼켰다. 쇠창살을 사이에 두고 대치한 두 명에게 일순 쥐 죽은 듯한 정적이 찾아왔다.

차보의 추리는 처음부터 끝까지 일관성이 있었다. 범인은 착각에 착각을 거듭한 결과, 플라나리아 센터를 폭파하지 않고는 배길 수 없는 상태에 빠졌다. 우연에 의지한 거짓 추론처럼도 느껴지지만, 현실에서는 때때로 이런 어긋난 연쇄 작용이 벌어지고는 한다.

"범인은 이미 플라나리아 센터의 업무에서 배제된 인물입니다."

차보는 말을 이었다.

"같은 식으로 생각해보면 제대로 설명할 수 있는 게 하나 더 있습니다요. 이건 제2사건에서 범인이 왜 폐기물 처리 센터에 침입했는지에 관해서입니다. 구체적인 목적은 아직 알 수 없습니다. 그래도 이와테 현의 제1플라나리아 센터에서 옮겨온 머리가 이 사건과 관계되어 있을 리는 없습죠. 어째서 범인이 위험을 무릅쓰고 폐기물 처리 센터에 침입했는지 얼핏 보면 매우 이상하게 생각됩니다. 그런데 만약 범인이 플라나리아 센터의 업무가 오전, 오후의 2부 구성이 되기 전, 즉 올해 3월 이전에 플라나리아 센터를 떠났다고 하면 어떨까요? 당시에는 소각 처분은 아침 일찍 이루어졌으니까, 업무에서 발생한 쓰레기는 당연히 하룻밤 놓아두었을 테죠. 범인이 이 무렵의 스케줄밖에 모른다면, 심야에 쌓여 있던 머리가 제2플라나리아 센터의 것이라고 착각하는 것도 수긍이 가죠."

"그렇군. 거기에서도 착각의 연쇄 작용이 벌어졌다는 건가."

자신도 모르게 감탄의 목소리가 새어 나왔다.

"그렇게 보면 되겠네요. 만약 범인이 기무라라고 하면, 약시라는 조건은 충족된다고 해도 지금까지 말한 범인상과는 어울리지 않습니다. 왜 공장 본동의 서쪽 출입구를 폭파했는지, 왜 제1플라나리아 센터에서 보낸 머리를 뒤졌는지에 대한 해답을 풀 수 없죠. 지금도 센터에서 일하는 기무라가 이런 착각을 할 리는 없으니까요. 따라서 범인은 기무라가 아니라, 두 가지 조건을 만족하는—즉 약시인 데다가 늦어도 3월 이전에 업무에서 배제된—인물이라는 말이 됩니다."

그 녀석 탓에 가즈시는 경찰에게 쫓기고, 지금도 썩는 냄새가 풍기는 지하실에서 숨을 죽이고 있는 것이다. 가즈시는 주먹을 쥐었다.

"그게 누구야? 나는 5년 전부터 제2플라나리아 센터에서 일하고 있지만, 기무라 말고 약시인 녀석 따위 본 적이 없어."

"물론 주변이 눈치 채지 못하도록 신경을 썼겠죠. 그리고 범인이 플라나리아 센터 직원이라고 단정할 수는 없습니다요."

"그렇다면 알 턱이 없지. 거기에서 일하는 녀석들은 전부 비슷비슷하게 속이 어두컴컴한 놈들이야. 더욱이 이미 그만둔 녀석이라니, 머리 한쪽 끝에도 남아 있지 않아."

"가즈시 님이 못 보고 지나치신 게 있습니다요. 제1사건이 일어난 날, 가와라마치의 쓰레기 집하장에 있던 걸 떠올려보세요. 200권은 될 법한 정치학 서적이 버려져 있었다고 하지 않았나요? 그 책의 주인은 책을 읽지 못하게 되었기에 그걸 버린 게 분명합니다."

벼락을 맞은 듯한 충격을 느꼈다. 갑자기 머릿속에서 흐릿했던 침입자가 형태를 갖추기 시작했다.

"물론 선글라스는 패션이 아니라 시각 장애를 숨기기 위한 도구였단 말이 됩니다. 이제 깨달으셨죠?"

당장에는 믿을 수 없는 이야기였다. 가즈시가 만나서 이야기한 바로는 도저히 시각에 장애가 있는 것처럼은 보이지 않았다. 하지만 정황증거는 충분할 정도로 갖추어져 있었다.

"정치인으로 자리를 잡기 시작했을 무렵부터 이미 시력이 나빠지기 시작했던 거겠죠. 아직 40대임에도 서둘러 은퇴를 결정한 것도, 매스컴에 공격당한 탓이 아니라 약시가 원인이었던 게 분명합니다요."

폐기물 처리 센터에서 머리를 뒤지던 침입자의 윤곽이, 수완이 뛰어난 것으로 알려졌던 전 정치인의 모습과 겹쳐지기 시작했다. 유시마 미키오는 옳았다.

"전 후생노동성 장관은 두 가지 조건을 훌륭히 만족합니다. 범인은 후지야마 히로미가 틀림없습니다."

우리를 사이에 두고 건너편에 있는 것은 평소의 차보와는 다른 사람 같았다. 가즈시 혼자였다면 이런 추리를 생각해낼 수 없었을 것이다. 차보를 키우지 않았으면 어땠을까 생각하니 모골이 송연했다.

"일단 범인만 알면, 나머지 설명은 간단해집니다요."

차보는 별스러운 일도 아닌 듯 마음 든든한 말을 했다. 가즈시는 아무 말 없이 차보의 말을 기다렸다.

"여기에서도 열쇠가 되는 건 제2사건입니다. 후지야마는 쓰레기장에 침입해 특정한 머리를 찾고 있었죠. 얼굴을 쓰다듬고 있었다는 건, 즉, 얼굴을 아는 인물의 머리를 찾고 있었다는 말이 됩니다요. 물론 실제로 쌓여 있던 건 제1플라나리아 센터에서 옮겨온 머리였기에 후지야마로서는 찾던 걸 발견할 수가 없었죠. 하지만 사정을 모르는 후지야마는 발견되어서는 안 되는 머리가 거기에 있다고 생각하고 필사적으로 찾은 것이죠. 그 머리는 물론, 같은 날 벌어진 제1사건과 관련된 것이겠죠. 이날 죽은 클론 인간 중에서 후지야마가 얼굴을 알고 있는 게 달리 있으리라고는 생각하기 어렵습니다. 후지야마가 찾던 건 자기 자신을 복제한 클론의 머리였을 겁니다요."

후지야마가 자신을 복제한 클론의 머리를 찾고 있었다고? 무슨 말이지?

"후지야마의 머리는 가와라마치에 있는 저택의 별채에서 발견되었잖아? 후지야마와 시타라 두 명이 밀랍인형 따위가 아니라는 걸 확인했어. 그렇다면…… 아니, 잠깐만. 그것 자체가 반대였던 건가?"

"깨달으셨나요?"

가즈시는 필사적으로 머릿속을 정리해보려고 애썼다.

"별채에 있던 게 진짜 머리라면, 내가 버린 쪽의 머리가 가짜였다는 건가? 그래도 내가 이 손으로 잘라낸 머리가 밀랍인형으로 바뀔 리가 없는데."

"네, 그럴 리는 없죠. 가즈시 님이 버린 머리는 물론 진짜입니다. 그러니까 가와라마치의 저택에서 발견된 머리, 그리고 심야에 후지야마가 찾으러 온 머리, 어느 쪽이든 다 진짜였다는 말이 됩니다요."

머리가 두 개 존재했다고? 내가 버린 머리와 가와라마치에서 발견된 머리는 다른 것이라는 말인가.

"만약 다른 플라나리아 센터에 후지야마가 추가로 주문했다고 해도 현행법상 기록이 남아 있을 텐데? 간단히 발견될 증거를 후지야마가 남겼을 거라고는 생각하기 어렵고, 애초에 그런 짓을 할 이유도 없어. 그렇지 않아?"

"네, 그 말씀 그대롭니다요. 가와라마치의 별채에서 발견된 머리는 플라나리아 센터와는 전혀 관계가 없는 것입니다. 그렇다고 하면 생각할 수 있는 가능성은 하나밖에 없습니다."

차보가 말을 고르듯 잠시 망설였다

"후지야마 전 장관은 가즈시 님과 똑같은 행위를 하고 있었던 겁니다."

가즈시와 똑같은 행위…….

눈앞에서 불꽃이 터지는 듯한 충격을 느꼈다.

그런가. 그 후지야마가 하필이면…….

"후, 후지야마도 불법으로 클론 인간을 키웠단 거야?"

이 지하실에서 가즈시가 하던 것과 마찬가지 행위가 후지야마 저택의 별채에서도 이루어지고 있었다는 말인가.

"네, 그렇다고 봐야겠죠."

차보가 단언했다.

쉽게 믿을 수 있는 추리는 아니었지만, 그게 불가능하지 않다는 것 또한 명백했다. 가즈시는 우연히 남은 배양조로 클론을 만들어냈지만, 그 배양조 자체가 후지야마의 발명품이자 특허품인 것이다. 유전자 공학의 제1인자였던 그라면 클론 인간을 만드는 것 따위 기술적으로는 식은 죽 먹기이리라.

"후지야마는 플라나리아 센터에 주문한 것과는 별도로 스스로도 클론을 키우고 있었다. 두 클론에서 두 개의 머리가 만들어지는 걸 이용해서 플라스틱 케이스에 머리를 넣는 자작극을 벌였다. 그 말이야?"

"네, 맞습니다요."

"왜 그런 짓을 한 건데? 나한테 원한이라도 있는 거야?"

"그건 후지야마 전 장관이 머리를 처분할 수 없어서 곤란했기 때문입니다요. 소동이 벌어질지도 모른다는 사실을 각오한 채, 자작극을 벌이지 않으면 안 될 정도로 몰려 있었던 거겠죠. 협박문도 당연히 후지야마가 쓴 걸 겁니다."

차보가 유창하게 설명을 계속했다.

"가와라마치에서는 유괴 사건이 다수 발생하고 있어서 경찰이 지속적으로 순찰을 하고 있다고 했었죠? 전 장관은 유괴 사건과는 관계가 없겠지만, 피해자가 늘어남에 따라 광대한 부지를 가진 자신의 저택이 의심받는 걸 두려워했겠죠. 주변 집들과 비교할 때 이상할 정도로 광대한 저택이었다고 하니까요. 가택 수사가 행해지면, 불법으로 클론을 키우고 있던 사실을 들키고 맙니다. 그건 후지야마로서는 파멸을 의미했겠죠."

"그렇다면 녀석이 한밤중에 쓰레기장에 들어간 건?"

"물론 가즈시 님이 버린 머리가 쓰레기장에서 발견될 걸 두려워했기 때문입니다요. 그렇게 되면 케이스에서 나온 머리가 플라나리아 센터에서 키운 것과 다른 것이라는 사실을 들킬 테니까요. 가즈시 님이 버린 머리를 후지야마는 회수하고 싶었던 겁니다. 하지만 실제로는 가즈시 님이 폐기한 머리는 오후 3시에 이미 소각 처분되었습니다. 후지야마가 현역이었던 무렵에는 소각이 하루 한 번밖에 이루어지지 않은 탓에, 머리가 계속 방치되어 있다고 착각한 겁니다요."

당연히 후지야마는 찾던 머리를 발견할 수 없었다. 어쩔 수 없이 방을 나가고자 출구를 찾고 있을 때, 그곳에 달려온 가즈시의 고함을 듣게 되었다. 가즈시가 외친 말 때문에 약시라는 사실을 들켰다고 오해했고, 나아가 목소리의 주인이

누구인지 알지 못했기에 모든 직원을 죽이고자 폭탄 테러를
계획하게 되었다…….

"자, 잠깐만 기다려봐."

가즈시는 자신도 모르게 목소리가 커졌다.

"네, 말씀하세요."

"애초에 클론을 숨긴다. 목적이 그거 아니었나? 분명 전
장관이 불법적으로 클론을 키우고 있었다고 하면 나름대로
큰 스캔들은 되겠지. 그래도 그걸 숨기기 위해 아무리 그래
도 폭탄 테러는 너무 나간 거 아니야?"

"네, 그건 당연한 의문이라고 생각합니다요. 어떻게 보면
최후의 의문점이라고 할 수 있겠죠."

차보가 입술을 살짝 핥았다.

"왜 후지야마는 그렇게까지 해서 클론을 키우는 걸 숨기
려고 했는가? 이는 결국 왜 후지야마는 극비리에 클론을 키
워야만 했는가와 동의어이기도 합니다. 하지만 그로서는 그
렇게 수고를 들일 동기가 충분히 있었습죠. 당연하지만, 가
즈시 님처럼 먹기 위해서는 아닙니다. 재력만 있다면 플라
나리아 센터에 주문하면 되고, 실제로 후지야마는 주문도
했으니까요."

차보가 거드름을 부리듯 말을 멈추더니, 작게 숨을 들이마
셨다.

"떠올려보세요. 그의 인생 최대의 숙적이라도 할 만한 노다 조타로 의원이 작년 말에 살해당한 사건을. 계획된 범행인 점은 명백했지만, 후지야마 장관에게는 알리바이가 있었습니다. 그 시간에는 구라요시 시의 러브호텔에서 유흥업소 아가씨와 하룻밤을 보내고 있었다는 알리바이죠. 무척이나 의심쩍긴 해도 어쨌든 알리바이는 입증되었습니다. 하지만 후지야마 의원이 자신의 클론을 키우고 있었다면, 알리바이 공작 따위 얼마든지 할 수 있겠죠. 깨달으셨나요? 유흥업소 아가씨와 하룻밤을 같이 보낸 건 그의 클론이었던 겁니다."

찬물을 뒤집어쓴 것처럼 뒷골이 오싹했다.

가즈시가 차보를 키운 것에는 인간의 고기를 먹어보고 싶다는 것 이상의 동기는 없었다. 하지만 후지야마는 달랐다. 그는 숙적을 죽일 수 있는 알리바이를 만들기 위해 자신의 클론을 키우기 시작한 것이다.

끓어오르는 살의와 냉철한 자기 보신의 마음이 살인을 위한 생명을 하나 만들어 낸 것이리라. 그 엄청난 집념을 생각하자 가즈시는 몸의 떨림이 멈추지 않았다.

"물론 일을 끝낸 후에는 자신이 키운 클론을 먹는다는 즐거움도 있었겠죠. 클론도 노다 의원이 살해당했을 때는 실물과 비슷할 정도로 말랐다가 어느새 군살 덩어리로 바뀌어 있었으니까요. 머리 외의 부위는 맛있게 먹었을 겁니다요."

차보가 말을 잇지 못하는 가즈시를 힐끗 보더니 자신의 추리를 계속 피로했다.

"하지만 후지야마는 남은 머리를 처리할 수 없어 곤란에 빠졌습니다. 주변에서는 유괴 사건이 다수 발생하여 경찰은 지역 일대를 봉쇄하기에 이르렀죠. 만약 경찰이 후지야마 저택을 가택 수사하면, 불법으로 클론을 만들던 사실뿐만이 아니라, 그로 인해 알리바이가 붕괴되어 노다 의원 살인까지 발각되어버릴지 모릅니다. 그렇다고 해서 머리를 태우거나 묻거나 하면, 그것이야말로 유괴범 찾기에 혈안이 된 경찰로 하여금 의문을 품게 만드는 일이 됩니다. 후지야마는 조급해졌겠죠. 그때 주문했던 고기가 플라나리아 센터로부터 도착한 겁니다. 처리하지 못한 머리 하나와 막 배달된 머리 없는 사체 하나. 절단면은 지저분하기에 함께 두면 하나의 사체로밖에 보이지 않겠죠. 그는 케이스를 개봉한 후 빈 공간에 머리를 밀어 넣었습니다. 관리동에 있는 것과 비슷한 냉장고가 있다면 사체가 부패하는 일도 없을 테니까 신선한 머리와 구별되지 않겠죠. 나머지는 협박장을 준비한 후 비명을 질러 가정부를 부르는 것뿐입니다요."

"자, 잠깐만."

목소리를 쥐어짜듯 차보의 말을 끊었다.

"그 협박장은 그저 눈속임일 뿐, '뇌수도 맛보시는 건 어떠신가?'라는 문장에는 아무런 의미도 없었다는 거야?"

"네. 그 문장에 깊은 의미 따위 없습니다요. 다만 그 협박장을 보고 놀란 모습을 가정부에게 보이는 것, 그리고 그 사실을 가즈시 님을 비롯한 관계자에게 전함으로써 자신은 제대로 문자를 읽을 수 있다는 인상을 주고자 한 목적은 있을지도 모르겠네요. 결과적으로 가즈시 님이 궁지에 내몰리는 형국이 되었지만, 그런 건 후지야마에게는 문제가 아니었겠죠. 그가 두려워한 건 경찰에게 머리가 발각되고, 그와 연결되어 노다 의원 살해의 알리바이 공작을 들키는 일이었으니까요. 최종적으로 플라나리아 센터를 폭파할 정도로 그가 내몰렸던 것도 이 가능성을 두려워했기 때문임이 분명합니다. 어떠신가요? 이걸로 모든 의문점을 설명했습니다요. 뭔가 질문 있으신가요?"

가즈시는 코피를 흘리며 쓰러져 있는 여자의 머리카락을 쥐고는 획 들어 올려서 쇠창살로 들이밀었다.

"이 여자는 네 마음대로 해. 그게 답이야."

차보가 우리 안쪽에서 칠칠치 못하게 웃었다.

"괘, 괜찮으시겠습니까요?"

"솔직히 놀랐어. 너, 나랑 같은 유전자로 만들어졌다고는 생각하기 어려워. 언제부터 그렇게 똑똑해진 거야?"

"가, 가즈시 님이 책을 넣어주신 덕입니다요."

어느샌가 평소의 비굴한 차보로 돌아와 있었다. 뇌까지 지방질로 만들어진 것처럼 보이는 뚱보에게 구원을 받다니, 그 누가 상상이나 했겠는가.

"지금 그 안으로 이 여자를 넣어줄게. 그런 후 나도 이 방에서 나가서 당당히 출두하겠어. 너를 먹는 건 꽤 늦어질 것 같네."

"아, 아아. 그건 참 고마운 일이네요. 가즈시 님은 참으로 마음이 넓으신 분이에요."

"훗. 마음껏 즐기면서 기다리라고."

물론 가즈시도 앞으로 벌어질 일을 그저 낙관적으로 보는 것만은 아니었다. 후지야마는 자신을 지키기 위해 폭탄 테러까지 일으킨 괴물이다. 가즈시의 입을 막고자 어떤 수단을 쓸 것인지 알 수 없었다.

그렇기는 해도 진범을 안 이상, 지명수배범으로 계속해서 도망칠 수도 없었다. 정정당당히 진실을 호소하면 분명 죄가 없다는 사실을 증명할 수 있을 것이다. 이쪽은 후지야마의 비밀, 즉, 그가 약시라는 사실을 알고 있다. 이 증거를 무기로 삼으면, 차보가 한 것처럼 후지야마의 죄를 폭로할 수 있을 것이다.

"그런데 가즈시 님, 매우 말씀드리기 곤란하지만 하나 부탁하고 싶은 게 있습니다요."

"뭔데? 여자 하나로는 불만이야?"

"아니요, 그럴 리가요. 여자 하나면 충분히 만족합니다요. 하지만 말이죠. 소인은 그게, 책으로 읽은 적밖에 없어서 어떻게 해야 좋은지 알 수 없거든요."

차보가 과자를 조르는 어린이 같은 얼굴로 이쪽을 올려다보았다. 아, 그런 건가. 여자를 보는 것도 처음이니까 성행위를 하는 방법 따위 알지 못하는 것이 당연하리라.

"훗. 그렇담 특별히 시범을 보여주지. 눈 크게 뜨고 잘 보라고."

가즈시는 저린 허리를 쭉 펴고는 쓰러져 있던 가와우치의 하반신에 손을 뻗어 핫팬츠의 벨트를 풀었다. 팬티와 함께 잡아당기자 거무스름한 음모가 드러났다. 강하게 몸이 흔들려도 가와우치가 의식을 되찾을 기색은 없었다.

"실신해 있으니까 힘들겠지만 어쩔 수 없지. 여기 봐봐. 구멍이 두 개 있지? 답은 어디라고 생각해?"

"음, 위쪽인가요?"

"나중에 스스로 해봐. 쉽게 들어가는 쪽이 정답이야. 안쪽을 찌른다는 이미지로 마음껏 찔러봐. 이런 식으로."

바로 며칠 전에도 안았던, 움직이지 않는 몸을 붙잡고 허리를 흔들었다. 사체를 범하는 듯한 배덕감이 머리를 스쳤지만, 가와우치의 몸은 아직 따뜻했다. 차보는 당장이라도 침을 흘릴 것 같은 표정으로 흔들리는 여자의 몸을 바라보았다.

"어이, 너도 입에 넣어 봐. 미끈미끈해서 기분 좋으니까."

"아, 네. 그래도 될까요?"

차보가 우리에서 두툼한 팔을 꺼내서 가와우치의 머리카락을 잡았다. 축 흘러내린 배의 군살을 들어 올리자 발기한 음경이 살짝 고개를 내밀었다.

"가즈시 님, 여자의 체취라는 건 좋은 냄새가……. 앗, 가즈시 님! 여, 여자가 정신을 되찾았습니다요!"

고개를 들자, 가와우치가 아주 조금 눈을 뜨고 멍하니 주변을 둘러보았다.

"딱 좋잖아. 네놈의 잘 익은 거시기를 빨아달라고 해."

"차, 참아 주세요. 소인은 우선 기절한 여자로 시험해보는 게 좋습니다. 가즈시 님!"

"자, 잠깐! 뭐야 이게! 너 누구야!"

각성한 듯 가와우치가 요란스레 소리쳤다. 차보가 귀를 막고 우리 뒤쪽으로 물러섰다.

"뭐야? 이거 강간이잖아! 살려줘!"

"가즈시 님, 그 녀석을 때려주세요! 그 여자를 닥치게 해주세요!"

"가즈시? 시바타 씨야? 이게 도대체 무슨 일이야!"

"구시렁구시렁 시끄럽다고! 타인의 섹스를 방해하는 거 아니야! 차보, 남자라면 스스로 닥치게 해!"

방의 구석에 굴러다니던 쇠파이프를 우리 쪽으로 던졌다. 차보가 쇠창살 너머로 손을 뻗어 쇠파이프를 집어 들었다. 가와우치는 허리를 꺾어 이쪽을 보더니, 분노와 놀람이 뒤섞인 얼빠진 표정을 보였다. 그 뒤에서 쇠파이프가 공중을 갈랐고…….

눈가에 엄청난 충격을 받았다.

무슨 일이 벌어진 것인지 알지 못한 채 기세 좋게 뒤로 쓰러졌다. 천장이 붉게 물들어 보였다. 반사적으로 얼굴을 오른손으로 가리자, 그 손바닥에도 격통이 일었다.

"……으. ……아파."

아픔을 견디지 못하고 새우처럼 몸을 꼬자 눈앞을 쇠파이프가 내리찍었다. 눈을 강하게 얻어맞은 탓에 시야가 물속에 있는 것처럼 일그러졌다. 살짝 고개를 들자, 우리 건너편에서 입꼬리를 올리고 미소 짓는 차보의 모습이 보였다.

"네, 네놈……. 왜 갑자기……."

차보가 우리 너머로 쇠파이프를 들어 올리더니, 반복해서 가즈시의 얼굴을 내려쳤다. 견디기 어려운 아픔에 입을 벌리자, 턱을 쪼개듯 쇠파이프가 강타했고 핏방울과 앞니가 하늘을 날았다. 안면이 불타는 것처럼 뜨거웠다. 양손으로

얼굴을 감싸자, 젖은 점토 같은 고깃덩어리만이 손바닥에
느껴졌다.

"가, 가와우치……. 도와줘……."

가와우치는 입을 멍하니 벌리고 가즈시와 차보의 얼굴을
연이어 바라보았다. 한 명의 인간이 클론에게 살해당할 처
지에 놓였는데도 어째서 아무것도 하지 않는 것인가. 차보
가 쇠파이프를 수직으로 들어 올리고는 날카로운 끝을 가
즈시의 목구멍 쪽으로 향했다. 마무리를 지을 생각인 듯 보
였다.

"……젠장!"

가즈시는 혼신의 힘을 담아 몸을 일으키고는 가와우치의
어깨를 안고 그대로 바닥을 향해 뒤로 넘어졌다. 가와우치
의 입에서 피가 흘러나와 가즈시의 얼굴로 쏟아졌다. 내리
찍힌 쇠파이프가 가와우치의 경추를 뚫은 것이었다. 갑작스
러운 일에 동요한 것인지 차보의 움직임이 느려졌다.

몸을 누른 가와우치의 겨드랑이로 오른손을 뻗어 쇠파이
프를 강하게 잡았다. 군살 덩어리의 클론에게 대단한 근력
따위 없었다. 손목을 비틀어 파이프를 흔들자 차보는 바로
손을 놓았다.

"이 쓰레기 새끼가!"

쇠파이프를 우리에서 잡아당긴 후 우리와 반대 측 벽으로

굴렸다. 이것으로 차보는 아무것도 할 수 없게 되었다.

상반신을 비틀면서 가와우치의 몸 아래에서 기어 나왔다. 안면에서는 지하수처럼 피가 흘러나왔다. 희미해지는 의식을 어금니를 악문 채 필사적으로 다잡았다.

"자, 잘도 이런 짓을 벌였군."

차보는 아무 말도 없이 우리 건너편에서 이쪽을 내려다보고 있다. 방금까지의 동작 때문에 매우 숨이 찬 듯 어깨를 크게 상하로 움직였다.

"뛰어난 추리를 선보인 건 나를 방심하게 하기 위해서였나?"

"아니, 이건 '의식'이야."

"……뭐?"

웃으니 안면이 찌릿찌릿 아팠지만, 신경 쓰지 않고 소리를 내서 웃었다. 차보는 해충이라도 보는 듯한 눈으로 이쪽을 노려보았다.

"너무 이런저런 생각을 많이 해서 머리라도 이상해진 거야? 잘 들어. 네놈이 사는 세계는 좁지만, 내가 사는 세계는 넓어. 네놈의 세계에 있는 것은 책과 밥과 똥뿐이야. 내 세계에는 뭐든 있다고! 나는 그렇게 간단히 죽지 않아!"

가즈시는 기듯이 계단으로 이어지는 문으로 향했다. 몸을 조금이라도 움직일 때마다 얼굴에서 뚝뚝 액체가 떨어졌다. 그야말로 비명을 지를 체력도 남아 있지 않았다. 그럼에도 이대로 계단을 올라 거실을 빠져나가 복도를 지나 현관을 나서지 않으면 안 된다. 거기까지 가면 지루한 듯 하품하는 경찰이 기다리고 있을 것이다.

"잘 있어, 차보! 다음에 만날 때는 몸 전체의 피부를 벗겨줄 테니까 기대하고 있으라고!"

***

XXX WEB 뉴스 속보(국내) 6월 26일(토) 오후 2시 54분 갱신

미야기 현 경찰의 발표에 따르면 26일 오전 10시 반경, 폭발물단속법위반 등의 혐의로 지명수배 중이던 시바타 가즈시 용의자(25)가 구라요시 시의 자택 부근에서 순찰 중이던 경찰관에게 자수해 가까운 파출소로 출두했다. 본 용의자는 누군가에게 얻어맞은 듯한 중상을 입었지만, 생명에는 지장이 없다고 한다. 용의자는 현재, 센다이 시내의 병원으로 옮겨져 치료를 받고 있으며, 동행한 경찰관이 취조 중이라고 한다.

또한 미야기 현 경찰은 만복산업 제2플라나리아 센터 폭파 사건의 관계자 네 명과 연락이 닿지 않는 상황이라고 밝혔으며, 이와 관련하여 조금이라도 알고 있는 사람은 신고해 달라고 당부했다. 관

계자는 전부 만복산업 제2플라나리아 센터에 상품을 발주했던 고객으로, 사고 후에 행방이 묘연한 상태라고 한다.

19
시바타 가즈시

"놀랐군. 완벽한 추리야. 하필이면 후지야마 전 장관이 진
범이었을 줄이야, 하고 말할 줄 알았나?"

침대 옆 의자에 걸터앉은 형사가 그렇게 비아냥거렸다. 눈
아래 생긴 다크서클이 쌓인 피로와 분노를 대변했다. 호소
미라고 이름을 댄 덩치 큰 형사는 기록할 가치도 없다고 말
하는 듯 수첩을 가슴 주머니에 집어넣었다.

센다이 시의 한 대학병원 병실.

가즈시는 튜브와 의료 기구에 둘러싸여 차가운 침대에 누
워 있었다. 얼굴이 붕대로 뒤덮인 듯 시야가 이상할 정도로
좁았다. 미닫이문에 끼워진 불투명 유리창 건너편으로 감색
제복을 입은 경비원의 등이 보였다. 병실에서 용의자가 도

336

망치지 못하도록 엄중 경계 태세를 갖추고 있는 것이리라.

호소미 형사가 천천히 몸을 일으키더니 거친 콧김을 내쉬며 가즈시의 얼굴을 내려다보았다. 이쪽은 침대에 고정되어 있기에 누운 채 상대를 마주 볼 수밖에 없었다.

"실례지만, 이대로라면 꿈자리가 뒤숭숭하지 않을까요?"

"뭐라고?"

호소미가 과장되게 눈썹을 찌푸렸다.

"지금 당장 후지야마를 체포해주세요. 경시청의 우수한 형사님이라면 제가 범인이 아니라는 것쯤은 알고 계시겠죠?"

"저기 말이야. 우수한 형사님이 그런 망언에 휘둘릴 거라고 생각하는 거야? 분명 재미있는 가설이라고는 생각해. 나는 노다 의원의 사건도 담당했으니까 한꺼번에 해결할 수 있다면 그야말로 바라는 바지. 그래도 자네 가설에는 간과할 수 없는 결함이 몇 가지나 있어."

"뭔가요? 결함이라니."

차보가 이야기한 추리에 잘못이 있다고는 생각할 수 없었다. 추리는 이치에 맞았고, 사건에 관한 의문점은 전부 해명되었다.

"지적해주지 않으면 모르는 거야?"

"모르겠는데요."

"후지야마 전 장관에게는 플라나리아 센터를 폭파할 동기가 전혀 없잖아."

"설명했잖아요. 그는 자신이 약시라는 사실을 간파한 직원을 죽이려고 어쩔 수 없이 강경 수단을 취한 거예요."

"그게 말이 안 돼. 백 번 양보해서, 뒷문을 쓸 수 있게 되었다는 사실을 후지야마 전 장관이 몰랐고, 공장 본동의 서쪽 출입구를 불태우면 직원을 전부 죽일 수 있다고 생각했다고 쳐보지. 자네 추리에 따르면 후지야마 전 장관은 '어이, 기무라!'라는 자네의 말을 듣고, 약시를 들켰다고 착각했다고 했지? 그런데 그런 일이 있었다고 지껄인 건 자네 한 명밖에 없어."

"그래도 폐기물 처리 센터의 문이 망가져 있던 건 사실입니다. 누군가가 침입했다는 사실은 틀림없어요."

"그렇다면 자네는 착각의 원인인 '어이, 기무라!'라는 말을 왜 한 거지? 복도에서 감귤계 향기를 맡았다고? 근데 실제로 침입한 건 후지야마 전 장관이라며? 그러면 왜 감귤계 향기가 난 거지? 모순 아닌가?"

가즈시는 말문이 막혔다. 호소미의 날카로운 눈빛을 맞받아치는 수밖에 없었다. 그때 감귤계의 달콤한 향기를 맡은 이유에 대해서는 어떻게 해도 제대로 설명할 방법이 없는 것이다. 차보도 그 점에 관해 이야기하는 것을 피했던 것처럼 느껴졌다.

"······그건 분명 이상합니다. 그래도 제 추리에는 강력한 증거가 있는 것도 사실이잖아요."

"응? 그게 뭐지?"

호소미의 말에는 불안해하는 기색이 없었다. 가즈시가 범인이라고 마음속 깊이 확신하고 있는 듯했다.

하지만 이쪽에도 분명한 증거가 있었다.

"후지야마가 약시라는 숨길 수 없는 사실 말이에요. 분명 제 추리가 저 혼자만의 목격 증언에 의지하고 있다는 점은 틀림없어요. 그래도 22일 밤, 폐기물 처리 센터에서 제가 본 침입자의 기묘한 동작, 그것조차 사실이 아니라고 한다면 저는 후지야마가 약시라는 사실을 깨닫지 못했을 겁니다. 반대로 말하면 그 사람이 약시라는 사실이, 제 목격 증언이 허위가 아니라는 걸 확실히 증명한다는 말이 되겠죠."

호소미가 어이가 없다는 듯 미간을 꼬집더니 다시금 의자에 앉았다.

"자네, 진짜로 그 남자가 약시라고 생각하는 거야?"

둥, 하고 크게 심장이 뛰었다.

후지야마의 눈은 정상이 아니다. 그것만큼은 의심할 여지 없는 사실일 것이다. 그런데 호소미의 태도를 보면 지혜가 부족한 어린아이의 잘못된 생각을 바로잡아주는 어른과 같은 흔들림 없는 자신감이 느껴졌다.

"거, 검사해보면 금방 알 거예요. 그 남자는 틀림없이 약시예요."

"검사할 필요도 없어. 그의 선글라스는 단순한 패션이야. 조금만 생각해봐도 알 수 있을 텐데, 자네는 자신의 가설에 너무 집착한 나머지 현실에서 눈을 돌려버린 듯하군. 딱하기 그지없네."

"……마치 근거가 있는 듯한 말투이시네요."

"근거야 엄청 많지. 방금 스스로 말한 이야기를 떠올려보라고. 자네가 후지야마 전 장관의 저택에 불려간 건 22일이었지. 그날, 후지야마 전 장관은 밀랍인형을 이용한 이동 트릭설을 선보였다고 하지 않았나?"

"네, 맞습니다."

"그가 그 트릭을 생각한 계기는 유시마라는 남자가 밀랍인형의 머리가 딱 들어갈 만한 배낭을 짊어지고 응접실로 들어왔기 때문이지. 하지만 후지야마 전 장관이 약시라면, 배낭의 형태는커녕 그런 것을 짊어지고 있다는 점조차 깨닫지 못하지 않았을까?"

유시마의 이름을 꺼낼 때, 호소미는 벌레라도 씹은 것 같은 표정을 보였다. 등줄기로 기분 나쁜 땀이 흘러내렸다.

"시각에 장애가 있는 사람은 청각이나 후각 등 다른 감각이 날카롭다고 하잖아요. 유시마는 방에 들어오자마자 배낭을 벗고 우리한테 인사했어요. 그때의 소리로 후지야마가 느낀 거겠죠."

"답답하구만. 애초에 후지야마 전 장관은 추리를 선보이기 전에 유시마로부터 배낭을 빼앗았다고 하지 않았나? 약시인 사람이 그런 짓을 할 수 있다고 진짜로 생각하는 건가?"

호소미의 말이 흙탕물처럼 머릿속으로 흘러 들어와서 사고를 엉망진창으로 흐트러뜨렸다. 그때 후지야마가 보인 동작은 분명 약시인 사람이라고 생각할 수 없을 만큼 기민했다. 하지만 후지야마가 약시가 아니라고 하면, 차보의 추리는 완전히 와해되고 만다.

"부, 불가능하지는 않겠죠."

"그럼 불이 타는 플라나리아 센터에서 자네가 목격한 클론의 머리를 자르던 침입자는 뭔데? 약시인 후지야마가 쿠페를 운전해서 불타오르는 공장으로 돌진했다고?"

"그건…… 분명 다른 사람이겠죠. 후지야마 정도의 권력자라면 장기 말로 쓸 수 있는 부하나 지인은 얼마든지 있을 테니까요."

"그건 그냥 뭐든 가능하다는 말이잖아."

"어쨌든 후지야마의 시력을 검사해주세요. 그러면 전부 알 수 있을 테니까요."

"집요하구만. 그렇다면 특별히 수사상 비밀을 하나 알려주지. 자네의 억지 이론에서도 노다 의원을 죽인 건 후지야마 전 장관이었지. 그런데 노다 의원을 죽인 범인은 사건을 자살로 보이게 하는 위장 공작을 했었어. 노다 의원은 범인을 따라 옥상으로 올라간 후, 숙박하던 901호실 바로 위 난간을 넘어 지면으로 밀려 떨어진 거야. 마치 901호실 발코니에서 떨어진 것처럼 보이게 말이지. 이 수법은 1미터나 2미터만 어긋나도 성공할 수 없지. 약시인 인간이 이런 짓을 하는 건 불가능해. 그것 말고도 있지. 범인은 사체의 옷에서 호텔 열쇠를 찾아내서 901호실의 발코니로 나가는 문을 일부러 열어두었어. 자살로 보이기 위한 위장 공작이었지만, 노다 의원의 사체는 머리끝에서 발끝까지 엉망진창이었지. 이런 사체의 옷에서 작은 열쇠를 찾는 건 간단하지 않아. 약시인 사람에게는 무리야. 설마 후지야마 전 장관이 사체를 이리저리 뒤져가며 열쇠를 찾았다고 하고 싶은 건 아니겠지?"

중간부터 호소미의 말을 제대로 이해할 수 없게 되었다. 의미가 없는 음절이 가즈시의 귀를 그대로 통과해나갔다. 병실의 천장이 가까워지는 듯한 기분이 들어서 자신도 모르게 눈을 감았다.

문득 눈동자 안쪽으로 떠오르는 광경이 있었다.

처음 사건이 일어난 22일 오후. 후지야마 전 장관의 저택에 금발 청년이 모습을 드러낸 그 순간이었다. 유시마가 배낭을 내리고 가슴에 손을 대고 인사를 한 직후, 후지야마는 분명 이렇게 말했다.

"머리색이 엄청나군. 멀미가 날 것 같아."

가즈시는 깜짝 놀랐다.

후지야마가 정말로 약시였다면 유시마가 금발이라는 것을 알아챘을 리 없다. 가령 희미한 시력으로 유시마의 존재를 파악했다고 해도, 색이 진한 선글라스 너머로 유시마의 머리색까지 알 수 있다고는 생각할 수 없었다.

더군다나 그 순간, 후지야마나 시타라는 물론이고 동료인 가즈시조차도 유시마가 나타날 것이라고는 상상도 하지 못했었다. 만약 후지야마가 플라나리아 센터에서 금발 젊은이가 일하고 있다는 것을 알고 있었다고 해도, 그가 자신의 이름을 말하기 전에 머리색을 지적할 수는 없었을 것이다.

등 밑에 있는 침대가 없어지고 땅 밑까지 떨어져 내리는 것 같은 공포를 느꼈다.

그야말로 그것은 가즈시에게 있어서 거부할 수 없는 현실이었다.

후지야마는 약시가 아니었다…….

"어이, 표정이 왜 그래?"

호소미가 익살맞은 말투로 말하더니 천천히 몸을 일으켜서는 창문을 조금 열었다.

"자기 발로 출두한 주제에 혐의를 인정하지 않는 녀석은 처음이라고. 서둘러 인정하는 편이 마음 편하지 않을까? 자네가 한 거 맞지?"

"제가 아니에요. 범인은 후지야마예요. 노다 의원을 죽인 것도 후지야마고. 녀석은 약시예요⋯⋯."

"끈질기군. 정 그렇다면 후지야마 전 장관을 불러서 여기서 가위바위보라도 시켜줄까? 자네의 추리는 앞뒤가 맞지 않아."

알고 있다.

차보가 선보인 후지야마 범인설이 앞뒤가 맞지 않는다는 사실은 가즈시도 이제 알 수 있었다. 하지만 그렇다면 플라나리아 센터를 불태우고 가즈시를 범인으로 꾸며낸 것은 도대체 누구란 말인가. 꼭두각시 인형을 움직이듯 그림자 속에 숨어서 사건을 조종한 것은 누구인가.

그것뿐만이 아니었다. 잊어서는 안 되는 것은 차보였다. 그 똑똑한 클론이라면, 후지야마가 약시가 아니라는 점, 나아가 범인이 될 수 있는 조건을 만족하지 않는다는 점을 알고 있었을 터였다. 이렇게나 정교한 이론을 세운 남자가 그런 사소한 사실을 간과했을 리 없었다. 즉, 차보는 일부러 거짓 추리를 선보여서 가즈시가 출두하도록 꾸민 것이었다.

"그 녀석은 도대체⋯⋯."

창문 밖에서 소란스러운 클랙슨이 울려 퍼지며 지금 이 병실이 틀림없는 현실이라는 사실을 깨닫게 했다. 호소미가 살짝 기침하더니 방금 막 연 창문을 닫았다.

"그 녀석이라는 건 네가 사귀고 있던 여자를 말하는 건가?"

"아니에요. 그런 게 아니에요."

차보에 관해 형사에게 말하더라도 판사가 읊을 죄목이 늘어날 뿐이다. 아니, 어떻게 발버둥 쳐도 사형을 피할 수 없다면 재판을 길게 끌고 가는 작전을 짜는 편이 좋을까.

"네가 사귀던 여자라면 나도 만나서 이야기를 들었어. 그 새침한 유흥업소 아가씨 말이잖아."

갑자기 호소미가 그런 말을 꺼냈다.

"……유흥업소 아가씨? 무슨 말이죠?"

"자네들, 사귀고 있던 거 아니야? '가와우치 이노리'라는 가명을 쓰는 출장 마사지 직원 말이야. 본명은 분명……."

"잠깐만요."

가즈시는 귀를 의심했다.

분명 지금까지 가즈시는 몇 번이고 유흥업소를 이용했다. 연락처를 받은 후 가게를 통하지 않고 반복해서 만난 여자도 있었다. 하지만 가와우치는 그런 여자와는 달랐다.

"가와우치 이노리는 유흥업소에서 일하지 않아요."

"바보 같은 소리. 노다 의원이 죽었을 때 후지야마 전 장관의 알리바이를 증명한 그 출장 마사지 아가씨잖아. 주간지에서 '전설의 유흥업소 아가씨' 같은 타이틀을 달았을 정도야. 그야말로 훌륭한 유흥업소 아가씨라고."

이 남자는 무슨 말을 하는 거지? 마치 다른 나라의 말을 듣는 듯한 기분이었다.

혹시라도 가즈시는 어딘가 다른 세계로 흘러들어 왔고, 이쪽 세계의 여자친구는 출장 마사지에서 일하고 있는 것일지도 모른다. 그렇다면 이런 불합리한 상황도 이해할 수 있었다. 어느샌가 흘러든 이쪽 세계에서는 가즈시도 흉악한 테러리스트였던 것이다.

"내 세계에서는 달라요."

"뭐라고?"

호소미가 얼빠진 목소리를 냈다.

"가와우치 이노리는 이쪽 세계에서는 출장 마사지 아가씨일지도 모르지만, 내가 사는 세계는 다르다고요."

"자네, 그건가? 머리가 이상해진 척을 하면 석방될 수도 있다고 생각하는 거야?"

"아니에요. 들어보세요. 그 유닛은 활동을 중단했지만, 아직 은퇴한 건 아니에요. 내가 사귀던 가와우치 이노리는 뮤지션이었어요."

그래도 그녀는 이미 죽고 말았다.

그 말인즉슨 그 유닛은 영원히 부활하지 못하게 된 것인가.

애석하기 그지없다.

20
가와우치 미노리

동경하던 인물과 꽤 닮은 여성이 내 발밑에서 위를 향한 채 쓰러져 있었다. 그녀의 목 주변에는 피 웅덩이가 생겨 있었다. 잿빛으로 탁해진 눈동자가 그녀의 목숨이 끊어진 것을 여실히 드러냈다.

"뭐야, 이게……."

정면에는 거대한 우리가 있었고, 그 안에 전라의 시바타 가즈시가 서 있었다. 마치 플라나리아 센터에서 사육당하는 클론 인간처럼 보였다. 왼쪽 눈이 타서 짓물렀고, 흘러나온 피의 흔적이 볼에 남아 있었다.

"도대체 뭐냐고, 이게……."

천천히 몸을 굽히고 발밑에 있는 사체의 왼팔을 들어 올렸다. 찾던 것은 없는 듯했다. 아니, 손목시계 아래일지도 모른다. 단단히 조여진 시곗줄을 풀자 문자판 아래에서 작은 쥐가 얼굴을 드러냈다. 지폐 다발을 안은 쥐의 타투였다.

틀림없다. 내 눈앞에 '수전노'의 가와우치 이노리가 죽어 있다.

"도대체 뭐냐고, 이게……."

나는 고장 난 녹음기처럼 같은 말을 반복해서 내뱉었다.

전화로 부탁받은 대로 가즈시의 집을 찾아, 약속했던 지하실로 들어온 참이었다. 시각은 10시 56분.

이해되지 않는 것이 너무 많았다. 지명수배되어 경찰로부터 몸을 숨기기 위해 지하실로 숨어들었다는 가즈시가, 왜 튼튼해 보이는 우리 안에 갇혀 있는지. '수전노'의 멤버인 가와우치 이노리가 어째서 이 지하실에서 죽어 있는지. 그리고 나는 무엇을 위해 이 방에 불려온 것인지. 의문이 홍수처럼 머릿속에서 흘러넘쳤다.

"……시바타 씨, 도대체 무슨 일이 벌어진 거야?"

"전화로도 말했잖아. 너에게 진짜 사실을 알려주겠다고. 깜짝 놀랐다면 사과할게."

가즈시의 목소리는 생각했던 것보다 차분했다. 그는 이 상황을 이해하고 있는 듯했다.

"나를 속인 거야? 이 방은 도대체 뭐야? 어째서 그렇게 상처를 입은 거야? 저기, 시바타 씨……."

"아니야."

가즈시가 힘주어 말했다.

"뭐가 아니라는 거야?"

"처음 센다이의 러브호텔에서 만났을 때, 분명 나는 시바타 가즈시라고 이름을 댔어. 하지만 그건 내 이름이 아니야. 나는 시바타 가즈시가 아니야."

"그럼 누구인데?"

그는 천천히 입을 열더니 입 안에서 빨갛게 녹슨 열쇠를 꺼냈다. 쇠창살의 틈새로 손을 꺼내서는 자물쇠에 열쇠를 꽂아 넣었다. 조용히 자물쇠가 풀렸고, 우리에 달린 문이 바깥으로 열렸다.

"나는 진짜 시바타 가즈시에 의해 이 우리에 감금당했어. 그래도 그 녀석이 일하러 나간 시간에는 밖을 돌아다녔지만 말이야. 나는 그 녀석에게 먹히기 위해 이 세상에 태어난 클론 인간이야."

그가 우리에서 나왔다. 사체를 하나 사이에 두고 나는 그와 대치했다.

"한 번 그 녀석이 열쇠를 잠그는 걸 잊었던 적이 있어. 그 때 열쇠를 복사했지. 그날은 정말 힘들었어. 입고 갈 옷이 없어서 일단 시트로 몸을 돌돌 말고 헌옷 가게에 갔어. 지나가던 사람은 수상하다고 생각했겠지. 돈은 물론 진짜 시바타의 지갑에서 훔쳐서 사용했어. 거기에서 빅사이즈의 옷으로 갈아입고 나서, 근처의 열쇠집에서 복사키를 만들었지. 플라나리아 센터에서 일한다는 이야기도 진짜가 불평을 터뜨리던 내용을 도용해서 떠든 것뿐이야. 지명수배 사진을 보고네가 닮지 않았다고 말한 것도, 그 사진이 진짜 쪽이었기 때문이지."

신문에 실린 시바타 가즈시의 사진은 내가 아는 그와는 그야말로 생김새가 달랐다. 깜짝 놀랄 정도로 군살이 적고 말랐었다.

"……그럼 평소에는 계속 이 우리 안에 있었다는 거야?"

"진짜가 집에 있을 때는 말이지. 집에는 평일 낮에만 찾아오라고 말한 건 네가 진짜를 마주치지 않게끔 하기 위해서였어. 라이브하우스에 간 날도 사실은 너랑 한잔 마시고 싶었어. 하지만 진짜가 돌아오기 전에 이 우리 안으로 돌아와야만 했거든. 난 자유가 없는 몸이었으니까."

"잠깐만. 그렇다면 지금은 괜찮은 거야? 진짜 시바타 가즈시는 지금 어디에 있는데?"

"슬슬 경찰서에 도착했으려나. 내가 출두하도록 설득했어. 정확히 말하자면 그렇게 속인 거지만."

그는 진지한 눈빛으로 피로 더러워진 오른손을 이쪽으로

내밀었다.

"너에게는 사과하지 않으면 안 돼. 계속 속였던 건 사실이니까. 그래도 오늘 이날이 올 때까지 나는 정체를 숨기지 않으면 안 됐어. 용서해주지 않을래?"

나는 반사적으로 반걸음 뒤로 물러났다. 갑자기 클론 인간이었다는 말을 듣더라도 아무렇지도 않게 받아들일 수는 없었다. 나는 겁이 나는 것을 숨기기에 급급했다.

그러자 그는 아주 잠시 혼이 난 아이 같은 풀이 죽은 표정을 보였다.

"너도 나를 가축이라고 매도하는 거야?"

깜짝 놀라 숨을 죽였다.

나는 처음 그를 만난 날을 떠올렸다.

시원찮은 출장 마사지 일까지 해가며 나는 무엇을 바라고 있었나?

그것은 어떻게도 할 수 없는 구제 불능 인간이었다. 누구도 필요로 하지 않고, 끝이 없는 열등감에 휩싸여 소용돌이치는 불만과 질투를 가슴에 숨긴 쓰레기 같은 인간. 왜냐하면 끓어오르는 펑크의 충동은 바로 거기에서 태어난다고 믿었으니까.

지금 눈앞에 있는 것은 인간이 아닌 가축으로 삼고자 인공적으로 만들어진 남자였다. 성장촉진제로 무리하게 키워졌고, 신체에는 대량의 지방을 억지로 축적당했다. 이따금 우리에서 빠져나왔다고는 하지만, 사회에 관해서는 제대로 알지도 못했다. 혼자서 살아갈 힘 따위 없는 것과 마찬가지였다. 그래도 그의 가슴에는 상상을 뛰어넘는 분노와 몸부림치는 듯한 패배감이 숨어 있을 것이 분명했다.

이것이 펑크가 아니라면 도대체 무엇이 펑크란 말인가.

"역시 내 감은 틀리지 않았던 것 같네."

"……감?"

"그래, 처음 만났을 때부터 생각했어. 내가 찾던 건 이 사람이라고."

나는 가즈시가 내민 오른손을 맞잡았다.

썩는 냄새가 풍기는 지하실에서 전라이자 피범벅인 거한과 유흥업소 아가씨가 사체를 바로 옆에 두고 서로를 끌어안는다면 그 광경은 분명 엄청나게 초현실적이고 아름다우리라.

에필로그

길었던 장마가 끝나고, 두툼한 구름에 뒤덮였던 도호쿠의 하늘도 드디어 개어오기 시작한 7월 중순, 우리는 센다이 시내의 라이브하우스를 방문했다. 내가 가와우치 이노리를 발견했던 'MACH CLUB'이었다.

중년의 여성 바텐더는 지난번과 마찬가지로 주황색 칵테일을 서비스로 건네주었다.

"안타깝게도 그 후에 가와우치 씨를 봤다는 이야기는 듣지 못했어. 그날 딱 한 번 왔던 걸지도 모르겠네."

카운터 너머에서 웃는 이 여성은 우리가 가와우치 이노리의 사체를 지하 깊숙이 묻었다는 사실을 안다면 어떤 표정을 보일까. 미소 짓는 여성에게 고개를 숙이고 홀 구석에 놓인 둥그런 바 테이블로 칵테일을 가져갔다.

"가지고 왔어, 레이."

주간지를 넘기던 그 남자 앞에 칵테일을 놓았다.

"아, 고마워. 여기 앉아."

바 체어에 앉아서 밴드맨과 관객이 뒤섞인 플로어를 바라보았다. 그들과는 달리 내 옆에서 의안을 낀 채 한쪽 팔꿈치를 괴고 있는 거한은 기타 코드조차도 전혀 모른다.

하지만 펑크의 정신을 진정으로 계승하고 있는 것은 이 플로어에서 이 사람 단 한 명뿐이라고 나는 확신했다.

'레이'란, 이름을 가지지 못한 그를 위해 내가 붙여준 이름이었다. 처음에는 차보여도 상관없지 않을까 했지만, 본인이 마음에 들어 하지 않는 눈치였다. '차보'라고 하면 RC석세션(1968년부터 1991년까지 활동한 일본의 록 밴드−옮긴이)의 기타리스트 나카이도 레이치의 별명이기도 하기에 거기에서 이름을 빌려와 '레이'라고 부르기로 정한 것이었다.

참고로 이런저런 CD를 들려주었더니 그는 데이비드 보위가 마음에 든다고 했다. 다만 곡에 끌렸다기보다는 싸움으로 왼쪽 시력을 잃었다는 에피소드에 공감한 것처럼 보였지만 말이다.

"약속 시간 지난 것 같은데? 언제 오는 거야?"

시간을 확인하려고 토트백에서 스마트폰을 꺼내다가 갑

자기 손을 멈췄다. 나는 평소 스마트폰을 시계 대용으로 사용했지만, '수전노'의 가와우치 이노리는 왼손에 손목시계를 차고 다녔다. 타투까지 흉내 낼 배짱은 없지만, 나도 앞으로 비슷한 손목시계를 찾아봐야지.

"그러게. 길을 잃었을지도 몰라. 나처럼 방향치니까."

"당신의 경우는 방향치라고 하긴 좀 그렇지. 태어난 후 계속 감금되어 지냈는데 길을 잘 알면 오히려 이상해."

레이가 볼살을 누그러뜨리고 웃었다. 눈초리가 찢어진 눈이 더욱 가느다래져서는 애교가 있는 미소를 보였다. 최근 일주일 사이에 드디어 인격이 하나로 정해진 듯했다.

그가 몇 개나 되는 인격을 나눠 사용한 이유, 그리고 어떤 것이 진짜 인격인지 알 수 없는 '성격 카멜레온'이었던 이유는 타인과의 커뮤니케이션 경험이 현저하게 부족했기 때문이었다. 좁은 지하실에서 태어나 우리 안에서 자아를 형성하던 레이는 시바타 가즈시 이외의 인간과 제대로 대화를 나눈 적이 없었다.

일반적으로 어린아이는 많은 친구나 가족과 접합으로써 조금씩 자신의 개성을 발견하게 된다. 하지만 레이의 경우, 시바타 가즈시라는 한 명의 지배자와의 관계성에서밖에 자신을 발견하지 못했다.

그때 친척이나 친구를 대신해준 것이 그가 읽던 많은 책이었다. 그는 소설에 나오는 등장인물의 말과 행동에서 인간의 사고와 개성을 배웠다. 내가 '폭군', '신사', '학자'로 이름 붙인 개개의 인격은, 때로는 《죄와 벌》의 라스콜니코프, 때로는 《변신》의 잠자, 때로는 《모르그 가의 살인》의 오귀스트 뒤팽이었던 것이다.

그렇기는 해도 레이의 말에 따르면 진짜 시바타 가즈시에게도 상대방에 따라 자신의 기질이나 말투를 바꾸는 버릇이 있었다고 한다. 다만 그것은 어떤 인간이든 어느 정도는 무의식적으로 하는 버릇을 조금 과하게 하던 수준이었던 듯하다. 박쥐같은 인간까지는 가지 않더라도, 인간이라면 누구든 타인의 얼굴색을 살피며 태도나 말투를 바꾸니까 말이다.

레이는 일련의 사건이 끝난 후, 아이가 자신의 개성을 발견하듯 천천히 자신의 인격을 찾아가는 중이다.

"이제 슬슬 애태우지 말고 알려줘도 되지 않아?"

"애태울 생각은 없어. 그래도 내가 설명하는 것보다 본인한테 듣는 게 빠르지 않을까 해서. 슬슬 오지 않을까 싶은데."

레이는 주머니에서 라이터를 꺼내 익숙한 손놀림으로 담배에 불을 붙였다. 생각해보면 처음 러브호텔에서 만났을 때부터 레이는 담배를 즐겼다. 진짜 시바타 가즈시는 간접흡연을 하는 것만으로도 목소리가 갈라질 정도로 흡연을 멀리하는 사람이었다고 한다.

"역시 그렇게 애태우는 거잖아. 전 장관의 집에 머리를 보내고 플라나리아 센터를 폭파한 건 누가 꾸민 짓인 거야?"

레이가 과장되게 다리를 바꿔 꼬고는 장난스럽게 웃었다.

"그럼 힌트를 하나 줄게. 사건의 범인은 당신도 잘 아는 사람이야."

"내가 아는 사람? 진짜 시바타 가즈시 말고?"

배양조로 레이를 만든 장본인인 시바타 가즈시는 폭탄 테러를 포함한 일련의 사건의 주모자로 체포되어 지금도 유치장에 갇혀 있다.

"아니, 그 녀석은 범인이 아니야. 오히려 가장 먼저 용의자에서 배제해야 하는 게 바로 그 남자지."

"……무슨 말이야?"

"생각해봐. 이상하잖아. 그 녀석이 범인이라고 치면, 후지야마 전 장관을 협박했다는 의심을 받고 3일 후에 폭파 사건을 일으키는 짓을 벌일까? 가장 먼저 자신이 의심받을 게 분명한데."

그렇구나. 시바타 가즈시는 지금도 혐의를 부정하고 있다. 때문에 자신이 의심받기를 원해서 일을 꾸몄을 가능성도 없었다.

"협박 사건도 똑같아. 머리나 협박장을 케이스에 숨길 기회는 거의 그 녀석에밖에 없다고 해도 좋아. 그런데 그것 말고도 협박할 방법 따위 얼마든지 있잖아. 어째서 하필, 자신밖에 범인이 될 수 없는 방법을 고를 필요가 있겠어. 이상하지 않아?"

레이가 웃으면서 천장으로 연기를 내뿜었다. 그의 말에는 설득력이 있었다.

"그래도 범인은 내가 알고 있는 사람이라며? 그럼 이제 레이밖에 없는데."

만난 적 있는 사건 관계자 따위, 그 밖에는 호소미라는 이름의 형사 정도밖에 없었다.

"나는 아니야. 아니, 계획 단계부터 내가 관여했다는 점은 인정할게. 그래도 실제로 폭탄을 건네주거나 머리를 옮기거나 한 건 내가 아니야."

"계획을 짜낸 건 레이지만, 실행범은 따로 있다는 말이야?"

"그렇게 봐도 되겠지. 다만 신문이나 주간지에 보도된 내용만 보고도 진범을 지적할 수 있어. 계획은 완벽했지만, 실행범이 실수한 탓에 말이지."

그렇게 말하고 레이가 테이블 위 주간지를 집게손가락으로 두드렸다.

"그러니까 그걸 알려달라는 거잖아."

"스스로 짜낸 범죄 계획을 스스로 설명하라고? 그런 건 너무 촌스럽잖아."

"촌스러워도 상관없어. 그렇게 계속 애만 태우면 여자한테 미움받을 거야."

"그럼 힌트를 하나 더 알려줄게."

레이는 가지고 있던 주간지를 넘겨 앞부분의 특집 페이지를 펼쳤다.

범인이 머리와 함께 보냈다고 알려진 협박장의 특종 사진이 실려 있었다. 흑백 인쇄이기에 알아보기 어렵긴 해도 종이의 반 이상에 피가 스며들어 있는 점을 알 수 있었다

"이거, 인터넷 뉴스에서도 본 적 있어. '피뿐만 아니라 뇌

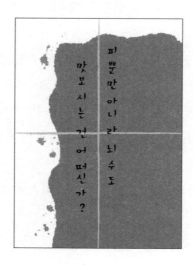

수도 맛보시는 건 어떠신가?', 이게 힌트야?"

"맞아. 이 한 장의 종이에 모든 단서가 숨어 있어. 알아챈 녀석은 없는 것 같지만."

"뭐야 그게. 엄청난 자신감이네."

나는 주간지를 손에 들고 문제의 사진을 뚫어져라 쳐다보았다. 충격적인 특종 사진이기는 해도 범인을 알아낼 수 있는 단서처럼은 보이지 않았다.

"이 글씨는 모든 관계자와 필적이 일치하지 않은 거지?"

"맞아. 좋은 부분을 지적했어. 후지야마 전 장관이나 시타라 센터장은 물론, 시바타, 유시마, 기무라 등 직원 누구와도 필적이 일치하지 않아."

"그렇다면 아무도 범인이 아니라는 말이잖아. 무슨 의미인지 모르겠어. 뇌수 따위의 단어를 사용한 걸 보면 범인은 의사라거나?"

"설마. 이 문장에는 아무 의미도 없어."

"그럼 어디에 의미가 있는데?"

"어쩔 수 없네. 촌스럽지만 설명해줄게. 이 종이, 가로와 세로로 한 줄씩, 접은 금이 가 있잖아?"

레이가 사진의 금이 가 있는 부분 위를 손가락으로 덧그렸다.

"응. 케이스에 넣었을 때 가로세로로 두 번 접은 거겠지."

"그 말대로야. 이 협박장은 두 번 접혀 있었어. 거기까지 알면서 왜 깨닫지 못하는 거지? 이 종이가 케이스 안에 접힌 채로 들어 있었다고 치면, 피가 묻은 흔적이 이상하지 않아?"

나는 나도 모르게 목소리를 높일 뻔했다.

"깨달은 거야? 두 번 접힌 종이가 케이스에 들어 있었다면, 피가 스며든 흔적은 접은 부분을 축으로 선대칭 형태가 되어야만 해. 물론 조금 어긋날 수는 있겠지만 말이야. 근데 이 종이는 어때? 어떻게 봐도 종이를 펼친 상태에서 피가 스며든 것으로밖에 생각할 수 없지 않아?"

듣고 보니 그 말 그대로였다. 종이의 오른쪽 아래에는 피가 잔뜩 묻어 있지만, 접었을 때 겹칠 터인 오른쪽 위, 왼쪽 위, 왼쪽 아래의 모서리에는 피가 묻어 있지 않았다.

"……그건 무슨 말이야? 협박장은 접힌 채로 케이스에 들어 있던 게 아니라는 거야?"

"응. 만약에 그랬다면 이런 모양이 나오지 않았을 거야. 그런데 시바타 가즈시에 의하면 후지야마는 이 종이가 접혀 있었다고 하면서 케이스에 들어 있던 상태를 재현까지 했다고 해. 이건 거짓말이지. 후지야마는 자택에 있던 종이에 피를 묻혀서 케이스에 들어 있던 것처럼 꾸민 거야. 즉 후지야마의 협박 사건은 위장된 것이었어. 이 한 장의 종이만 봐도 그렇게 결론을 내릴 수 있지."

나는 침을 꿀꺽 삼켰다. 그렇다면 범인은 한 명밖에 없다.

"그럼 범인은……."

"잠깐잠깐. 곧바로 결론으로 넘어가지는 마. 이 종이에는 또 하나의 단서가 있어."

"또 있다고? 피가 묻은 흔적과 접은 금 빼고는 글자밖에 없는데."

"그 말대로야. 그야말로 이 글자가 중요한 단서지. 생각해 봐. 요즘 세상에 수필로 협박문을 쓰다니, 시대에 어울리지 않는다고 생각 안 해?"

듣고 보니 그랬다. 필적이 수사의 단서가 된다는 것 정도는 초등학생도 알고 있다. 설마 범인에게 타이핑 스킬이 없었다고도 생각하기 어려웠다.

"이상하다고는 생각하지만, 거기에서 뭐를 알 수 있는데?"

"조금쯤은 스스로 생각해봐."

"흐음……."

"참고삼아 말하자면, 후지야마 저택의 응접실에는 프린터와 노트북이 놓여 있었다더군. 문서 작성 프로그램으로 협박장을 써서 인쇄하는 것쯤은 가능했을 거야."

"범인이 너무 급해서 손으로 협박문을 쓸 시간밖에 없었던 것 아닐까?"

"아마 그런 점도 있겠지. 하지만 중요한 건 그게 아니야. 모처럼 범인이 필적을 남겼으니, 이것을 활용해서 생각해보자고. 이 종이가 플라나리아 센터에서 배달된 게 아니라, 처음부터 후지야마 전 장관의 저택에 있었다는 건 방금 설명했지?"

"응. 그건 이해했어."

"그럼 이 글을 쓴 건 도대체 누굴까? 케이스가 도착했을 때 저택에 있던 후지야마와 가정부는 물론, 나중에 저택을 방문한 사람들과도 필적이 일치하지 않았어. 그건 이 주간지에도 적혀 있고, 시바타 가즈시도 말한 거니까 틀림없어. 그렇다면 어떻게 되는 거지? 글을 쓴 사람이 없잖아."

"사건과는 관계없는 누군가에게 미리 글을 써달라고 한 거 아닐까? 필적을 통해 정체가 드러나는 게 두려워서."

"그럴 가능성도 있겠지만 현실적으로 보면 이상한 이야기지. 그런 귀찮은 짓을 할 거라면 문서 작성 프로그램으로 협박장을 쓰면 그만이니까. 그렇지 않아? 범인은 급한 마음에 손으로 협박문을 썼어. 그럼에도 불구하고 필적은 아무와도 일치하지 않았지. 여기에서 도출할 수 있는 결론은 하나밖에 없어."

"뭔데? 애태우지 말고 좀 말해줘."

"정성스러운 설명이라고 해주지 않을래? 협박장이 플라나리아 센터에서 보내진 거라면, 필적이 미지의 제삼자의 것일 가능성은 충분히 있어. 하지만 협박장이 처음부터 후지야마 저택에 있었던 이상, 그 자리에 있던 누군가가 쓴 것이라고밖에 생각할 수 없지. 하지만 그 자리에 있던 누구와도 필적이 일치하지 않았다고 하면, 가능성은 단 하나야. 범인의 필적이 바뀌었다는 말이 돼. 범인의 글씨 형태가 달라진 거야."

필적이 바뀌었다고? 이리저리 바꿀 수 있는 것이라면 애초에 수사의 단서가 되지 못할 테다.

"협박문을 쓸 때 일부러 글씨를 평소와 다르게 썼다는 거야?"

"아니, 그건 아니야. 초보자라면 아무리 평소와 다르게 써도 필적 감정가의 눈은 도저히 속일 수 없어."

"그럼 뭔데? 일부러 필적을 바꾼 게 아닌데도 필적이 달라진다니 그런 기묘한 이야기가 어디 있어?"

"그 점이 재미있는 거지. 필적은 달라질 리가 없어. 그래도 한 인간이 쓰는 글씨의 형태가 달라졌어. 그렇게 되면 필연적으로 바뀐 건 필적이 아니라 인간 쪽이라는 결론을 내릴 수밖에 없지."

"인간이 바뀌었다고?"

"그래. 얼핏 보면 완전히 같은 사람 같아도, 완전히 다른 사람으로 바뀌어 있던 거야. 물론 그런 일은 자연에서는 있을 수 없지. 그런데 5년 전부터 인류는 자신의 클론을 만들고 있잖아? 같은 유전자를 가진 똑 닮은 인간이 여럿 존재한다는 부자연스러운 일도 발생할 수 있게 되었지."

나는 레이의 말에 빨려 들어갈 것만 같았다. 멍하니 입을 벌린 채 필시 얼빠진 표정을 드러내고 있었으리라.

"여기까지 오면 이제 진범을 알 때도 되었을 것 같은데? 시바타 가즈시처럼 숨어서 클론을 만들던 인간이 또 한 명 있었어. 그 인물은 언제부턴가 클론과 바뀌어 있었지. 그 인물은 두 번 접은 협박장이 케이스에 들어 있었다고 거짓말을 뱉은 인물이기도 해. 누군지 알겠지? 진범은……."

"그 진범이라는 호칭은 도대체 뭐야? 동료를 범죄자 취급하다니 너무한데."

귀에 쏙쏙 들어오는 낮은 목소리가 레이의 등 뒤에서 울려 퍼졌다. 깜짝 놀라 칵테일 잔을 떨어뜨릴 뻔했다.

선글라스를 벗고 녹색 니트 모자를 뒤집어쓴 후지야마 히로미 전 장관이 레이의 어깨에 손을 올리고 서 있었다.

"반년 만의 재회지?"

히죽거리며 레이가 말했다.

작년 섣달그믐날, 분명 나는 이 남자를 만났다. 아니, 만난 정도가 아니라 러브호텔 '랑데부'에서 피부를 맞댔다.

"어, 어째서 이 정치인을 레이가 알고 있는 거야?"

"아직 혼란스러운 것 같네. 이 남자는 정치인이 아니야. 연말에 출장 마사지로 당신을 부른 것도 장관인 후지야마 히로미가 아니었던 거야."

도대체 무슨 말을 하는 것일까. 눈앞에 서 있는 것은 어떻게 봐도 후지야마 히로미 본인이었다. 하지만 레이는 정치인이 아니라고 한다.

혹시 쌍둥이 형제가 아닐까 생각했을 때, 간신히 그 가능성을 깨달았다. 두 명이 이상할 정도로 사이가 좋은 것도 납득이 간다.

"레이랑 마찬가지라는 거야?"

"맞아. 이 녀석은 후지야마가 만든 클론 인간이야."

클론이라고 지적받은 그 남자는 레이의 머리를 엉망진창으로 흐트러뜨리면서 외모와는 어울리지 않는 동작으로 의자에 앉았다.

레이가 빙긋 웃으면서 후지야마가 노다 의원을 죽일 때의 알리바이 공작을 위해 클론 인간을 만든 경위를 설명했다.

"노다를 죽이는 것에 성공한 후지야마는 클론을 죽여서 먹을 생각이었어. 그런데 알리바이를 만들기 위해 클론 인간에게 유흥업소를 이용하게 한 게 잘못이었던 거지. 도쿄에서 노다 의원을 죽이고 돌아온 진짜 후지야마는 교외의 한 신사에서 이 녀석과 만날 약속을 했어. 그런데 완전히 흥분한 이 녀석은 신사에 진짜 후지야마가 찾아오자마자 목을 졸라 죽여버린 거야. 그렇긴 해도 우리에서 태어난 인간은 사회에서 살아갈 지혜와 지식을 가지고 있지 않지. 이 녀석은 산속을 반나절 정도 헤매다가 배가 고파서 주택가의 작은 놀이터까지 오게 되었어. 거기에는 한 장의 포스터가 붙어 있었지. 같은 무렵, 구라요시 시에서 나도 같은 포스터를 봤어. 뭐, 미야기 현의 어디에건 같은 포스터가 잔뜩 붙어 있었으니까 우연이라고 하기에도 뭐하지만."

"아, 뭔지 알겠다. 반 플라나리아 센터 대행진인가 뭔가 하는 항의 집회 포스터 말이지?"

"맞아. 항의 단체의 궐기 포스터야. 거의 글자를 못 읽는 이 녀석도 일러스트나 사진을 보고 우리의 아군에 관한 이벤트라는 걸 상상할 수 었었지. 이 녀석은 지도를 의지해서 걸어서 회장으로 향했고, 한편 나도 약간의 호기심과 기대감으로 같은 광장으로 향한 거야."

"엄청나다. 운명적이네."

"단 한 번의 이벤트에 30만 장 이상의 포스터를 찍었다고 하니 비슷한 환경의 사람이 만나게 된 것도 우연 같지만 어떻게 보면 필연이겠지. 그렇게 우리는 만나게 된 거야. 센다이 역 동쪽 출구의 육교 위에서 말이야. 나, 한눈에 알아봤어. 이 녀석은 나와 같다고. 후지야마 전 장관에 관해서는 진작 알고 있었기에, 사정도 얼추 상상할 수 있었지. 진짜와 바꿔버리자, 라는 생각까지 순간적으로 머릿속에서 번뜩였어. 그것이 모든 일의 시작이었지. 다음 날부터 이 녀석은 후지야마인 척 생활하기 시작했어. 후지야마가 알리바이를 만들기 위해 머리 스타일부터 복장까지 비슷하게 만들어 놨던 게 다행이었지. 시골에 숨어서 은거 생활을 영위하는 것 정도로는 정체를 들킬 걱정은 거의 없었어. 그때부터야. 내가 계획을 짜내기 시작한 게. 후지야마의 필적이 달랐던 건 이런 속임수가 있었던 거야."

"어이, 그렇게 간단히 말하지 마."

후지야마의 클론이 의자를 두드렸다.

"주변에서 사실을 깨닫지 못하게 하려고 내가 얼마나 고생을 많이 했는데. 처음에는 가정부와 얼굴을 마주하는 것만으로도 벌벌 떨었다고."

"고생했다고 해도 결국에는 별채에 틀어박혀 있던 것뿐이잖아. 나도 우리에 갇힌 채 지냈으니 크게 다르지 않아."

두 명은 오랜 친구처럼 친해 보였다. 아니, 내가 레이와 만나기 전부터 두 명은 서로 알고 있었으니까 그것도 당연한 것일까.

"잠깐만. 이 남자, 범인인 거잖아? 어떻게 그렇게 아무렇지도 않게 있을 수 있는 거야?"

"어떻게라니. 그거야 뭐 시바타 가즈시가 붙잡혔으니까. 그 녀석이 폭탄 테러의 주모자라고 여겨지는 이유가 뭐 같아? 직전에 벌어진 협박 사건의 용의자가 그 녀석밖에 없었기 때문이야. 협박 사건과 폭탄 테러 사건, 경찰은 두 건을 플라나리아 센터 항의 활동가에 의한 연속된 사건으로 보고 있어. 우리는 시바타 가즈시를 협박 사건의 범인으로 만듦으로써 폭탄 테러 사건의 유력 용의자로도 만들어 내는 데 성공한 거지."

"그럼, 시바타 가즈시를 범인으로 몰아가는 게 계획의 목적이었던 거야?"

"그것도 있는데, 그것만은 아니야. 제대로 설명해줄 테니 잠깐 진정하라고."

레이가 기쁜 듯 칵테일로 목을 축였다.

"이 계획은 많은 목적을 한 번에 이루기 위해 짜낸 거야. 구체적인 목적은 세 가지였어. 첫 번째는 플라나리아 센터를 폭파하는 것. 이건 그 이유를 알고 있겠지? 나 같은 클론에게 있어 그 정도로 증오스러운 시설은 없어. 그 공장을 불태움으로써 만복산업에 큰 손해를 입히고 싶었어."

그때 요정에서 인간의 고기를 먹게 했을 때 레이는 몸을 경련하며 고기를 토해냈다. 그가 폭파하고 싶을 정도로 플라나리아 센터를 증오했다면, 그 반응도 당연했으리라.

"다만 시설을 통째로 날려버리더라도 우리가 붙잡혀서는 의미가 없지. 우리한테 수사의 손길이 닿지 않도록 가짜 범인을 만들어 낼 필요가 있었어. 두 번째 목적은 시바타 가즈시라는 남자를 두 번 다시 빠져나올 수 없는 나락 끝으로 밀어 넣는 것. 나한테는 이게 최대의 목적이라고 해도 좋아. 그 녀석의 거만한 태도를 견뎌냈던 것도 이 목적을 이루기 위해서였지. 이것도 굳이 이유를 설명할 필요 없겠지? 세 번째는, 이게 조금 설명하기 어려운데. 폭탄 테러 사건 후에 곧장 제2플라나리아 센터의 고객 네 명이 행방불명되었다는 기사를 신문에서 봤지? 실은 그게 세 번째 목적이었어."

"분명 읽은 것 같기는 한데. 사건이 혼잡한 틈을 타서 몇 명인가 유괴한 거야?"

"아니야. 앞으로 일주일 정도 후면 행방이 묘연했던 그들 네 명이 갑자기 자택으로 돌아올 거야. 다소의 상처는 입고 있을지도 모르지만, 목숨에 지장은 없지. 다만, 실어증이나 역행성 건망증이라는 진단을 받을 가능성은 있지만."

나는 천장을 올려다보았다. 무슨 말인지 전혀 알 수가 없었다.

"순서대로 설명할게. 애초에 발상의 출발점은, 냉장고에 보존해두었던 진짜 후지야마 히로미의 사체를 어떻게든 이용할 수 없을까 생각한 부분부터야. 시바타 가즈시는 발송부에서 머리를 자르는 작업에 종사하고 있었지. 그래서 나는 묘안을 생각해냈어. 제2플라나리아 센터에서 배달된 플라스틱 케이스에 진짜 후지야마의 머리를 넣음으로써 시바타가 케이스에 머리를 넣은 것처럼 만들었잖아. 거기에 협박장을 같이 담으면 시바타가 아니면 아무도 범인이 될 수 없는 협박 사건이 만들어져."

"음, 그러니까 케이스에 들어 있던 머리가 후지야마 본인이고, 후지야마인 척했던 것이 클론이었다는 말이지?"

"그래. 그걸로 시바타가 용의자가 될 테니까 좋은 아이디어 아니야?"

"그렇게 제대로 풀릴 거라고 생각하기 어려운데."

"어? 왜?"

"그게 발송부만 해도 직원이 잔뜩 있잖아. 시바타가 포장한 사체에 후지야마의 클론이 들어 있던 건 우연 아니야?"

"아, 뭐 그렇지. 발송부 직원만 해도 열 명 정도 되니까, 엇갈릴 가능성도 충분히 있었어. 그 경우에는 가짜 증거를 이용해서 시바타를 의심스럽게 만들 생각이었지."

"가짜 증거?"

레이는 득의양양하게 웃었다.

"손목시계야. 시바타가 언제나 침대 사이드 테이블에 놓아 두는 손목시계를 전날 밤에 몰래 훔쳤어. 후지야마 저택에 배달된 케이스에서 시바타의 손목시계가 나오면 누구든 시바타를 의심하겠지."

그렇군. 어떻게 하더라도 시바타가 의심받게끔 꾸며두었 단 말이다.

"그래도 아직 이상해. 플라나리아 센터에서 배달되는 사체는 범상치 않을 정도로 뚱뚱하잖아. 진짜 후지야마 장관과는 생김새가 너무 다르니까 바꿔치기하면 금방 들키는 거 아니야?"

"아, 그것도 고민되는 부분이었어. 거기에는 약간의 트릭을 사용했지. 전에 이 'MACH CLUB'에 왔을 때, 연주하던 밴드 기억해?"

레이가 또 갑작스러운 말을 꺼냈다. 다 같이 검은 테 안경을 꼈던 그 풋내 나는 삼인조 밴드를 말하는 것인가.

"'더 도자에몽즈'라던 애들?"

"그래, 맞아. 그 밴드 이름은 최고였어. 애초에 일본에서 익사체를 왜 도자에몽이라고 부르는지 알아?"

"알 리 없잖아."

"동물의 피부는 물에 담가두면 팽창하거든. 조직이 물을 흡수해서 부풀어 오르면, 부패 가스가 안쪽에서 발생하기 때문에 피부에 살이 오르게 되지. 도자에몽이라는 건 원래에도 시대의 스모 선수 이름이었어. 익사하면 스모 선수처럼 몸이 부풀어 오르니까 그렇게 부르게 된 거야. 우리는 후지야마의 머리를 이틀 정도 물에 담가두었어. 그것만으로도 실로 간단히 살이 잘 오른 머리가 만들어졌지. 경찰에게 협박 사건을 바로 신고하지 않았던 건 머리가 썩기를 기다렸기 때문이야."

"즉, 내가 레이를 'MACH CLUB'에 불러서, '더 도자에몽즈'의 연주를 들려주지 않았다면 계획은 완성되지 않았을 거라는 말이야?"

"그래. 그 녀석들에게는 감사할 뿐이야."

레이가 유쾌한 듯 웃었다.

나는 레이의 설명을 머릿속으로 필사적으로 정리해보았다. 아직 모르는 것이 잔뜩 있었다. 이렇게 머리를 쥐어짜고 있는 것은 아마 이 라이브하우스에서 나 한 명뿐이리라.

"시바타는 경찰에 출두했잖아? 무죄인데 어째서 스스로 나선 거야?"

"실은 그것도 골치 아픈 문제였어. 처음에 말한 것처럼 시바타를 함정에 빠뜨리는 건 당초의 목적 중 하나였지. 나는 우리 안에서 책만 읽던 인간이니까, 체력도 제대로 없었고. 어떻게든 머리를 짜내서 경찰이 시바타 가즈시를 쫓게끔 만들더라도 그 녀석이 도망치려고 마음먹으면 손을 쓸 방법이 없었어."

"잠깐만. 이상한 이야기인데, 복수할 방법 따위 얼마든지 있잖아. 경찰에 체포당하게 하는 귀찮은 짓을 안 해도 좋았던 거 아니야?"

"아니, 그건 아니야. 어떻게 해서든 나는 그 남자가 유치장 안에서 사형 집행의 날을 기다리는 공포를 맛보게 하고 싶었거든. 내가 지하실의 우리 안에서 느꼈던 것과 같은 절망감을 그 녀석에게도 맛보게 해주고 싶었어."

레이의 눈동자에 떠오른 색이 아주 잠시나마 탁하게 보였다. 그가 품고 있던 것은 일그러진 악의일까. 나는 그렇다고는 생각하지 않는다.

"그러니까 자살이라도 해버리면 모처럼의 계획이 엉망이 되는 거였지. 그래서 나는 그 녀석을 속이기 위해 또 하나의 시나리오를 만들었어. 자세히 설명하긴 어렵지만, 약시인 후지야마 전 장관이 처분하기 곤란한 머리를 처리하기 위해 사건을 벌였다는 얼토당토않은 시나리오야. 이 시나리오를 믿게 하려면 후지야마가 약시라고 그 녀석이 착각하게 만들어야만 했지. 그러려고 일부러 삼류 연극 같은 것을 시키기도 했어. 서재의 책을 버리기도 하고……."

"한밤중의 폐기물 처리 센터에서 안면을 때리기도 하고

말이지. 그건 걸작이었어."

후지야마의 클론이 자랑스러운 듯 혀를 내밀었다.

"어떻게 시바타를 폐기물 처리 센터로 유도한 거야?"

"굳이 유도할 필요도 없었지. 녀석의 예민한 성격을 알고 있었으니까. 그 녀석은 자동차 열쇠를 잃어버린 것만으로 나에게 위 안의 내용물까지 토하게 할 정도로, 물건을 잃어버린 상황을 견디지 못하거든. 손목시계를 잃어버리면 심야에 공장으로 숨어들 것쯤은 상상할 수 있었어. 스파이 소동이 일어난 상태에서는 근무시간에 시설을 서성거리지는 못할 테니, 마음 내키는 대로 손목시계를 찾아보려면 밤늦게 시설에 침입할 수밖에 없어. 경비실의 모니터 너머로 침입자의 모습을 보이고, 쓰레기장에서 맞닥뜨리게 한다. 전부 시나리오대로야."

"솔직히 말해 어느 정도는 우연에 도움을 받은 것도 사실이잖아?"

후지야마의 클론이 유쾌한 듯 끼어들었다.

"뭐, 그렇지. 그 녀석이 시설에 침입한 게 사건 당일 밤이었던 건 행운이었어. 다른 날이어도 계획이 틀어지지는 않지만, 그날이라면 후지야마 전 장관이 폐기물 처리 센터로 침입할 이유를 붙이기에 더 편하니까. 머리를 회수하기 위해 쓰레기장에 숨어들었다는 이유는 후지야마를 범인으로 세우는 이론에 딱 들어맞았지."

"시바타의 성급한 성격에 도움을 받았다는 거네."

"그래. 이 녀석의 머리를 찾는 연기도 뛰어났음이 분명해. 참고로 이 녀석이 감귤계 향수를 뿌렸던 것도 시나리오에 따른 공작이야. 솔직히 그 향은 이 녀석과 잘 안 어울리지만. 어쨌든, 이렇게 만든 가짜 시나리오를 나—즉, 차보가 시바타에게 선보였어. 그 녀석은 이 설명에 무릎을 치고, 제 발로 경찰에 출두했지. 그런데 경찰은 가짜 시나리오에는 절대로 속지 않아. 그도 그럴 것이 경찰은 노다 의원이 살해당한 상황을 알고 있잖아? 약시라면 그런 방식으로 타살을 투신자살처럼 꾸미지 못하겠지. 이렇게 우리는 플라나리아 센터를 잿더미로 바꾸고, 그 죄를 시바타에게 덮어씌우는 데 성공했어."

"설명이 하나 더 필요한 거 같은데?"

후지야마의 클론이 집게손가락을 세우고 말했다. 이 남자와 보낸 섣달그믐날의 밤을 떠올리자 나는 등줄기가 간지러워졌다. 그것을 아는지 모르는지 레이가 두툼한 손가락으로 후지야마의 클론을 쿡 찔렀다.

"그렇네. 내가 계획한 건 거기까지였지만, 이 녀석은 납득할 수 없다고 했지. 플라나리아 센터를 폭파하면 우리 동포, 즉 많은 클론 인간이 개죽음당하게 돼. 그래서는 의미가 없다고 이 녀석은 주장했어. 그렇다고 그들을 구한다고 해서 이 사회에서 제대로 살아갈 수도 없을 거야. 나는 폭사시켜야 한다고 말했지만, 이 녀석은 고개를 저었어. 그래서 어떻게 했을 것 같아? 어쩔 수 없으니까 도와주기로 한 거야. 처음에 말한 제3의 목적이란 이걸 말해."

"무슨 말이야? 신문에는 플라나리아 센터에서 사육되던 클론 인간은 전부 불에 타 죽었다고 적혀 있던데."

"끝까지 제대로 읽었어?"

"읽었어. 사육되던 클론의 수와 불에 탄 사체로 발견된 수가 일치했다고 확실히 적혀 있었어."

"근데 머리와 몸이 절단된 사체가 발견되었잖아? 여섯 명."

들고 보니 그런 기사를 읽은 기억이 났다.

그래도 어째서 머리를 자르는 것이 클론을 구하는 일이 되는 것일까.

"납득하기 어려운 표정이네. 또 하나 힌트를 주면, 아까 플라나리아 센터의 고객 중에 행방불명이 된 사람이 있다는 말을 했잖아. 일주일 후가 되면 갑자기 모습을 나타낼 거라고도. 실은 말이야. 돌아오는 인간 중에는 완전히 다른 사람이 섞여 있어."

"……."

입을 멍하니 벌린 내 얼굴을 본 레이의 미소가 더 커졌다.

"알겠어? 우리는 발주자와 클론 인간을 바꿔치기했어. 불에 타 죽은 사체 안에 클론을 발주한 고객의 사체가 섞여 있던 거야. 시타라에게 만복산업의 고객 리스트를 제출하게 해서, 그 데이터에서 내가 뚱뚱한 고객을 골랐으니까 체형은 거의 다르지 않아."

"잠깐 기다려."

후지야마의 클론이 끼어들었다.

"이 녀석이 잘난 척 떠들고는 있지만, 불타오르는 공장에 들어가 실제로 사체를 바꿔치기한 건 나야. 지금도 내가 최소한의 일본어와 기억상실자처럼 행동하는 법을 교육하고 있고 말이지. 제대로 풀리면 우리 뒤를 이어 제3, 제4의 혁명 분자가 태어난다는 거지."

"그 말이 맞아. 이 녀석이 혁명을 꾸미고 있다는 사실은 전혀 생각지도 못했지만 말이야. 지금 우리 말 알아들었어?"

"……사육당하던 클론 인간을 발주한 고객과 바꿔치기했다는 거잖아. 대충 알겠어. 그래도 왜 머리를 자른 건데? 역시 클론을 발주한 부자들이 미웠던 거야?"

내가 당연한 의문을 입에 담자, 레이는 과장되게 눈을 크게 떴다.

"설마. 그런 이유로 머리를 자르는 귀찮은 짓은 안 해. 어설픈 추리소설도 아니고 말이지. 플라나리아 센터에서 사육되는 클론은 다 목걸이를 차고 있어. 목걸이라고 해도 그저 링 형태일 뿐, 열쇠로 벗길 수 있는 것도 아니야. 클론은 태어났을 때 이것을 차게 되지. 그래서 뚱뚱해진 후에는 벗을 수 없어. 이 목걸이에 달린 태그 번호로 상품을 관리하거든. 생각해봐. 목걸이가 달린 사체 안에 목걸이가 없는 사체가 몇 명 섞여 있다면 어떻겠어? 머리를 자르지 않으면 벗길 수 없는 목걸이가 없는 사체가 있다면, 경찰도 가장 먼저 사체가 바뀐 걸 의심하겠지. 그래서 어쩔 수 없이 우리는 사체의 머리를 잘라낸 거야. 단면에는 미리 육성부의 지하 창고에서 훔쳐둔 목걸이를 끼워두었지. 그렇게 하면 클론이 바뀐 사실을 의심받을 가능성은 크게 줄어들어. 머리의 절단에는 어쩔 수 없는 사정이 있던 거야."

"그렇구나. 아니, 잠깐만. 그렇다면 머리가 잘린 사체 수와 사건 후에 행방불명된 발주자 수가 일치해야 하는 거 아니야? 사체는 여섯인데 행방불명자 수는 넷이잖아."

"아. 아주 좋은 질문이야. 행방불명된 네 명 모두 클론과 바꿔치기했다고 생각한 거지? 실은 정말로 바꿔치기한 건 둘 뿐이야. 나머지는 들키는 걸 피하기 위한 카모플라주. 나뭇잎을 감추고 싶으면 숲속에 두라는 말을 생각해봐. 이 공작에는 발각되면 위험한 두 가지 부분이 있어. 첫 번째는 아무리 외견이 같은 클론이라도 본인과는 기억이나 성격이 달라져버린다는 점. 이걸 얼버무리기 위해서 추가로 두 건의 유괴를 행했지. 두 명을 바꿔치기했다는 사실을 숨기기 위해, 보다 많은 네 건의 유괴 사건을 일으킨 거야. 추가로 유괴한 두 명은 2주 정도 잠들게 한 후 아무것도 하지 않고 돌려보낼 거야. 두 명은 기묘한 체험을 신기하게 생각하겠지만, 아무도 다른 사람이라고는 생각하지 않겠지. 성격도 기억도 예전과 그대로니까. 다음으로 두 번째인데, 이번에는 불탄 공장에 남은 사체 쪽이야. 머리가 잘린 사체의 발주자와 행방불명된 사람이 완전히 일치하면 싫더라도 서로 바뀐 게 아닐지 의심하게 돼. 때문에 두 명을 바꿔치기한 사실을 숨기기 위해 보다 많은 여섯 클론의 머리를 자른 거야. 물론 나머지 클론 네 명이 유괴한 두 명과 겹치지 않도록 주의하면서 말이지."

"이 녀석은 스무 명 정도 자르라고 했지만 말이야. 불타는 공장 안에서 난 그래도 꽤 노력한 셈이라고."

후지야마의 클론이 자랑스러운 듯 가슴을 내밀었다.

"뭐, 결과적으로 잘됐으니. 머리를 자르는 장면을 시바타에게 목격당하는 해프닝도 있었지만, 어쩔 수 없어. 어이, 뭘 그리 입을 멍하니 벌리고 있는 거야. 벌레 들어가겠네."

숨을 쉬는 것도 잊고 둘의 얼굴을 번갈아 바라보았다.

간신히 두 명이 짜낸 계획의 전모를 이해할 수 있었다. 그들은 지배자로부터 도망치는 것만으로는 만족하지 못했다. 플라나리아 센터를 잿더미로 만들고, 나아가 사육당하던 클론까지 구한 것이다.

무슨 말을 해야 할지 고민하던 참에 여성 바텐더가 이쪽으로 다가왔다.

"뭔가 분위기가 들뜬 것 같네? 다들 '수전노'를 좋아하는 거야? 부럽네."

우리 얼굴을 둘러보며 여성은 고상하게 웃었다.

"수전노라고? 우리는 한 번도 저금 따위 한 적 없는데 말이야. 그지?"

"아니. 나는 꽤 저축하고 있는데? 혁명을 위한 군자금이 필요하니까."

후지야마의 클론은 니트 모자를 깊숙이 눌러 썼다. 나이는 젊은 편이지만 장관까지 올라간 사람이기에 후지야마의 자산은 상당하리라. 그것이 그대로 클론들의 손으로 넘어간다는 것은 아이러니한 이야기였다.

"어머. 여러분, 혁명가인 거야? 작전 회의 중이었어?"

"비웃지 마. 우리는 21세기에 되살아난 진짜 혁명가니까 말이야."

후지야마의 클론은 혁명이라는 말이 마음에 드는 듯했다.

루소라도 읽은 것일까.

"혁명, 혁명이라니, 역시 '수전노'를 좋아하는 거 맞네. 비틀스도 부활했고, '수전노'도 조만간 재결성할지도 모르겠네."

"어라? '수전노'가 혁명과 관련된 곡을 부른 적이 있나요?"

나는 나도 모르게 끼어들었다.

"어머. 몰리에르의 희극이야. 몰랐어?"

"누군가요? 그게."

"프랑스의 희곡 작가야. 코르네유, 장 라신과 함께 고전주의의 3대 작가 중 한 명이지."

대답한 것은 레이였다. 이 남자는 세상 돌아가는 것은 모르는 주제에 문학 지식만은 이상할 정도로 풍부했다.

"맞아. 〈수전노〉는 몰리에르의 대표작이야. 그는 프랑스 혁명이 벌어지기 100년도 더 전에 돈에 집착하는 부르주아를 희극으로 만듦으로써 사회의 부조리를 풍자했어. 가와우치 씨도 몰리에르의 〈수전노〉에서 유닛명을 따왔다고 잡지 인터뷰에서 밝힌 기억이 나."

그렇구나. 그녀도 분명 음악을 통해 뭔가 혁명을 꿈꾸고 있던 것이다. 그렇게 생각하는 것은 너무 뻔뻔스러운 해석일까.

"뭐, 꿈이 크다는 건 좋은 거지."

레이는 그렇게 말하고 팔꿈치를 괴었다. 바 테이블이 삐걱거렸다.

"뭐야 너, 혁명이 싫은 거야?"

"좋아하지 않아. 현실성이 없잖아. 큰 적과 싸우려면 지혜를 짜낼 수밖에 없어. 이번처럼 말이야."

레이가 나른한 듯 답하자, 후지야마의 클론이 깜짝 놀란 듯 눈을 크게 떴다.

"너 말이야. 혁명이라고 해도 폭력을 휘두르거나 할 생각은 없다고. 나는 그저 목숨도 구걸하지 못하는 그 녀석들의 목소리를 경박한 인간들의 귀에 들려주고 싶을 뿐이야."

"그게 혁명이야?"

"물론이지. 나는 정치를 바꾸고 싶은 게 아니라, 사람의 마음을 바꾸고 싶어. 그 역겨운 정책을 지지한 건 과격파나 종교인이 아니라, 저기 저 길거리에 넘쳐나는 일반 시민이야. 이게 두려운 점이고, 그러면서 유일한 희망이기도 하지."

"목숨도 구걸하지 못하는 녀석이라니, 그게 뭐야?"

고개를 들자 여성 바텐더가 고개를 갸웃거렸다. 후지야마의 클론은 그녀를 잊고 있었던 듯, 눈을 희번덕거리며 과장되게 손을 저었다.

"아, 실은 저희, 희소 동물의 보호에 관심이 있어서요."

"맞아요. 일본산양이라거나 일본장수도롱뇽 같은 거 말이에요. 그지?"

잘 얼버무렸는지는 모르겠지만, 여성 바텐더는 눈을 가늘게 뜨고 웃었을 뿐 그 이상은 물어보지 않았다. 우리는 그녀에게 권유받은 대로 칵테일을 한 잔씩 더 주문했다.

"묻고 싶은 게 하나 더 있는데, 괜찮아?"

바텐더의 등을 눈으로 배웅한 후, 두 명을 돌아보았다.

"아직도 남았어? 뭔데? 진지한 얼굴로."

"나와 레이가 처음 러브호텔에서 만난 날의 일이야. 연약한 남자 인격으로 나를 속이려고 했던 걸 내가 간파했잖아. 기억하지?"

"……딱히 속이려고 한 건 아니야. 내 몸, 시바타 가즈시 탓에 멍투성이였으니까. 옷을 벗을 수 없었어."

"아니, 문제는 그쪽이 아니라. 왜 나를 부른 거야?"

"어?"

레이가 쓴웃음을 지었다. 장난을 쳤다고 혼이 난 아이 같은 얼굴이었다.

"출장 마사지 따위 찾으면 얼마든지 있잖아? 어째서 내가 일하는 가게를 골라서 나를 지명한 건지 궁금해서."

"그, 그건 말이지. 시바타 가즈시의 전화번호부를 훔쳐봤더니, 가와우치 이노리라는 이름이 있었어. 물론 '수전노' 쪽의 가와우치 이노리였지만 말이야. 그 이름을 기억하고 있었는데, 우연히 같은 이름의 여자가 있기에 나도 모르게."

"그뿐만이 아닐 텐데?"

"아…… 뭐, 그렇지."

내가 노려보자, 레이가 날름 혀를 내밀었다. 그대로 후지 야마의 클론을 손가락으로 가리켰다.

"이 녀석이 추천했거든. 섣달그믐날 밤에 둘이 했잖아? 그때 엄청 좋았다고 자랑을 해대서 말이야."

레이는 부끄러움을 숨기려는 듯 잔에 남아 있던 칵테일을 단번에 비웠다.

지금까지 본 적 없을 정도로 엄청나게 인간미가 풀풀 풍기는 몸짓이었다.

유시마 미키오의 노트

도쿄 도 스기나미 구의 한 임대 창고.

경시청 수사1과의 호소미 경부는 쇠창살을 앞에 두고 말문을 잃었다.

"이게 대체 무슨?"

후배인 우부카타가 얼빠진 목소리를 냈다.

임대 창고에 놓인 우리 안에는 말라빠진 유시마 미키오와 똑 닮은 남자가 위를 향한 채 쓰러져 있었다.

***

임대 창고를 방문하기 다섯 시간 전, 센다이 중앙 경찰서

빌딩 3층 회의실.

호소미 경부는 손에 든 자료에서 고개를 들고 으으, 하는 신음을 내뱉었다.

만복산업 제2플라나리아 센터에서 테러 사건이 발생한 지 2주. 호소미는 단 한 번도 도쿄로 돌아가지 않고 도호쿠 지역에서 수사를 계속했다. 얼굴에는 수염이 다보록했고, 눈을 덮을 정도로 다크서클이 떠올라 있었다.

"우부카타, 왼쪽 발목의 물린 흔적이라니 무슨 말이지?"

"잠시만요. 유시마 미키오 말이죠?"

사법 해부에 참여했던 우부카타가 수첩을 들춰보며 답했다.

"어디 보자. 문자 그대로 물린 흔적이에요. 담당의에 따르면 상처가 생긴 건 죽기 3주에서 4주 정도 전의 일이고, 물린 자국으로 볼 때 인간에게 세게 물린 흔적이라고 하네요."

"스스로 발목을 문 건가?"

"아니요. 본인의 잇자국은 흔적과 일치하지 않습니다. 누군가에게 발목을 물린 듯합니다."

호소미는 미간을 찌푸렸다. 유치원생도 아니고, 어른이 타인에게 몸을 물리는 일이 있을까. 유시마라는 남자는 죽어서도 경찰을 곤란하게 만들 셈인 듯했다.

"옆에 적힌 구강의 소파흔이라는 건 뭐지?"

"입 안쪽에 금속으로 긁힌 듯한 상처가 있었어요. 상처가 생긴 시점은 불명확하지만, 자동차에 치였을 때 생긴 게 아닐까 하던데요. 그보다 경부님, 사법 해부보다 신경 쓰이는 점이 있습니다."

우부카타가 가방에서 봉투를 꺼내 크게 인쇄한 사진을 책상에 펼쳤다.

"뭐지 이게?"

"유시마가 사망 시에 가지고 있던 A6 노트를 스캔한 겁니다. 대부분의 페이지는 사건과 관계없는 메모로 가득하지만, 한 군데 신경 쓰이는 게 있어서요. 이겁니다."

우부카타가 가리킨 사진에는 갈겨쓴 글씨로 '도쿄 도 스기나미 에이후쿠 X번지'라는 주소가 적혀 있었다.

"무슨 주소인데?"

"임대 창고였어요. 니시에이후쿠 역에서 도보 15분 거리입니다. 관리 회사에 물어보니 유시마가 임대 계약을 맺은 사실이 확인되었습니다."

호소미는 팔짱을 끼고 숨을 내쉬었다. 공장에서 근무하는 젊은이가 감당하기에는 꽤 큰 임대료가 들 테다. 그 남자의 일이기에 묘한 짓이라도 꾸미고 있던 것이겠지. 사건과의 관련성은 알 수 없지만, 생각지도 못한 단서가 숨어 있을지도 모른다.

"좋아. 오후에 도쿄로 돌아가지. 관리 회사에 연락해주게."

"알겠습니다."

우부카타는 조금 기쁜 듯 고개를 끄덕이더니 사진을 봉투에 담았다.

***

"유시마는 어떤 방법으로 배양조를 손에 넣고, 불법으로 자신의 클론을 키웠다. 하지만 클론을 먹기 전에 테러 사건에 휘말려 죽고 말았고, 임대 창고에는 클론만이 남겨졌다. 그렇게 보면 될까?"

호소미의 말에 우부카타가 천천히 고개를 끄덕였다.

임대 창고의 천장에 매달린 백열등이 쓰러진 청년을 비추었다. 빼빼 마르고 피부가 검었지만, 아직 숨은 붙어 있는 듯했다. 우리 안에는 쿠키 봉투가 흩어져 있었다.

"만복산업의 플라나리아 센터에서 일한 건 배양조를 훔치기 위해서였을까요?"

"아니, 유시마가 공장에 채용된 건 6월부터야. 오늘은 7월 7일이니 그보다 전에 배양조를 손에 넣은 게 아니라면 성장 기간이 부족해. 중국 쪽에서 불법으로 수입한 거 아닐까?"

"그래도 먹기 위해 키운 것으로는 보이지 않는데요."

"분명 그렇군."

위쪽을 보며 쓰러진 남자는 얼굴 생김새뿐만이 아니라 덩치도 유시마 미키오와 똑같았다. 플라나리아 센터에서 키우는 클론 인간처럼 뚱뚱하지 않았다.

"그냥 한번 클론을 키워 보고 싶어진 것일 수도 있지. 그 녀석은 그런 남자니까."

"구급차를 부를까요? 아직 살아 있는데요."

"안 돼. 클론 인간은 비자연인이라서 진료를 받을 권리가 없어. 경찰이 구급차를 부르면 큰 사건이 될 거야."

"그렇겠네요."

우부카타는 가여운 듯 남자를 내려 보았다.

"잠깐 괜찮을까요?"

굵직한 목소리가 창고에 울려 퍼졌다. 돌아보자, 30대 남성이 불안한 듯 이쪽을 보고 있었다. 다도코로라는 이름의 관리 회사 종업원이었다.

"무슨 일인가요?"

"임차인의 연인이라는 여자가 창고에 들어가고 싶다고 우겨서요. 경찰분들이 어떻게 좀 해주세요."

유시마의 연인? 바라지도 않던 인물의 등장에 호소미와 우부카타는 서로의 얼굴을 마주 보았다.

"만약 자신과 연락이 끊기게 되면 저한테 이 창고 안을 봐 달라고 했어요. 미야기 현으로 이사 가기 전에 미키오가 그렇게 말했어요."

오키유미 시마가 초연한 표정으로 말했다. 교제 상대인 유시마와는 대조적으로 오키유미는 차분한 인상의 여성이었다. 평소에는 금융회사에서 접수 업무를 한다는 듯, 다크브라운의 정장에는 주름 한 점 없었다.

"유시마 씨가 돌아가신 사실은 알고 계셨던 거네요?"

"네. 텔레비전 뉴스에 이름이 나왔으니까요."

"유시마 씨가 클론 인간을 키운다는 건 알고 계셨나요?"

"아니요. 전혀요."

"클론을 키우던 이유도 모르시나요?"

"글쎄요. 확실한 건 모르지만, 미키오라면 그 정도는 할 것 같기도 하네요. 호기심이 넘치는 사람이었으니까요."

오키유미는 그렇게 말하더니 분한 듯 눈을 내리깔았다.

"조금 다른 이야기인데, 유시마 씨의 왼쪽 발목에는 물린 흔적이 있었습니다. 이에 관해 뭔가 알고 계신 게 있나요?"

"아니요. 스스로 발을 문 건가요?"

"본인의 잇자국과 흔적은 일치하지 않습니다."

"누군가에게 물렸다는 건가요? 저로서는 상상이 잘 되지 않네요."

호소미도 같은 마음이었다.

이 이상은 수확이 없을 것 같기에 연락처를 확인한 후 오키유미를 집으로 보냈다.

"당신은 유시마 씨와 면식이 있었나요?"

관리 회사의 다도코로에게 묻자, 그는 미안한 표정으로 고개를 저었다.

"저희는 홈페이지로 신청을 받으니까요. 이메일로 대화할 뿐, 직접 만나지는 않습니다."

이쪽도 수확은 없을 듯했다. 호소미는 저녁노을이 지는 하늘을 올려다보았다.

혹시나 하는 마음에 주변도 일부 탐문해보았지만, 유시마를 목격했다는 증언은 얻을 수 없었다. 막다른 길에 몰린 듯했다. 유시마가 클론을 키우고 있었다는 사실 말고 눈에 띄는 새로운 정보를 찾을 수는 없었다.

"오늘은 그만 돌아갈까. 내일은 경시청에 얼굴을 내밀고 다시 미야기로 돌아가지."

"알겠습니다."

경찰 기숙사로 향하는 우부카타를 눈으로 배웅하고, 호소미도 택시에 올라탔다. 시트에 앉자 2주간의 피로가 밀어닥쳤다.

차창으로 저녁노을에 비친 거리를 바라보는데, 개가 날카롭게 짖는 소리가 들렸다. 전봇대에 묶인 시바견이 울고 있었다.

문득 어떤 의문이 떠올랐다.

30분 정도 전 오키유미 시마와 나눈 대화 내용에 이상한 점이 있었다. 유시마의 왼쪽 발목에 물린 자국이 있다고 말하자, 오키유미는 이렇게 답한 것이었다.

"스스로 발을 문 건가요?"

발을 물렸다는 말을 들으면 우선 개를 비롯한 동물에게 물렸다고 생각하는 것이 보통이리라. 오키유미는 어떻게 인간이 물었다는 사실을 알고 있었을까?

"……."

호소미의 머릿속에 기묘한 광경이 떠올랐다. 부검 담당의에 따르면 물린 흔적은 사망하기 3주에서 4주 전에 생겼다고 했다. 유시마가 이사하기 직전인 5월 말에 오키유미가 유시마의 발목을 물었다고 생각하면 앞뒤가 맞는다.

그렇다면 오키유미가 연인을 문 이유는 무엇일까. 그녀는 연인을 물어뜯고 싶다는 욕구―아니, 연인을 먹고 싶다는 욕구를 품고 있던 것은 아닐까?

냉정하게 생각해보면, 임대 창고에서 클론을 키운 것이 유시마라는 근거는 전혀 없었다. 관리 회사의 다도코로도 유시마와 만난 적이 없다고 한 것을 보면, 오키유미가 유시마인 척을 했다고 해도 깨닫지 못했을 것이다.

의심은 확신으로 변해갔다.

유시마의 입 안쪽에 생긴 긁힌 상처는 오키유미가 클론을 만들기 위해 체세포를 채취했을 때 생긴 것이리라. 수면제를 먹여 재운 후, 입의 점막을 긁어낸 것이다. 유시마의 클론이 뚱뚱하지 않았던 것도 목적이 연인과 똑 닮은 인간을 먹는 것이었다면 이해가 된다.

오키유미는 일그러진 욕구를 이루기 위해 연인의 클론을 키웠다. 하지만 5월 말, 갑자기 유시마가 이별을 고했다. 격정에 휘말린 그녀는 자신도 모르게 유시마의 발목을 물어버렸다.

오키유미의 성적 취향을 깨달은 유시마는 그 후 오키유미의 행동을 조사하기 시작했다. 그녀가 빌린 창고의 주소를 밝혀내고는 조사를 위해 노트에 메모를 남겼다.

"죄송합니다. 택시를 탄 장소로 돌아가 주시겠어요?"

호소미는 고개를 들고 운전사에게 말했다.

운전사를 재촉하며 니시에이후쿠로 돌아간 호소미는 임대 창고로 달려갔다.

백열등이 웅웅 소리를 내며 우리를 비추었다.

말라빠진 청년은 그 어디에서도 보이지 않았다.

발달 VS 미발달

미치오 슈스케

※ 이야기의 결말을 언급하고 있습니다. 본편을 읽지 않으신 분은 본편을 먼저 읽으시기를 권장합니다.

미스터리 소설을 해설할 때는 위와 같이 적곤 하지만, 이것이 그다지 의미를 지니지 못한다는 사실을 최근에 깨달았다. 애초에 결말이나 전개를 처음부터 파악해두고 싶은 사람이 아니면, 소설 마지막에 실린 해설을 먼저 읽지 않을 것이기 때문이다. 결말이나 전개를 미리 알고 책을 읽으면, 처음 읽는 시점에 복선이나 미스리딩(의도적으로 독자로 하여금 오독을 하게 만드는 기법—옮긴이)과 같은 테크니컬한 부분을 즐길 수 있다. 그렇다. 분명 그런 식으로 읽는 것도 나쁘지 않다. 세상은 '에너지 절약'을 주창하고 있는 데다가, 인생은 그야말로 바쁘기에 독서에 관해서도 시간 단축 기술이 필요하리라. 예를 들어 역사드라마의 경우, 시청자 대부분이 주인공이나 숙적의 미래를 이미 알고 있는 채 즐기는 것이 보통이다. 그런 감각과 비슷할지 모른다.

그렇기는 해도 역시 본작 만큼은 먼저 이야기부터 맛보기를 추천한다. 제34회 '요코미조 세이시 미스터리 대상'의 최종 후보작으로 올라온 이 작품을 읽었을 때, 나 자신이 받은 충격을 가능하면 많은 사람도 체감했으면 하기 때문이다.

※ 아직 언급하지 않습니다.

미스터리는 레고와 비슷하다. 둘 다 미리 형태가 정해져 있는 크고 작은 파트를 조합하여 자신이 만들고 싶은 것을 만들어 나간다. 세상에는 엄청난 사람이 많기에 레고든 소설이든 같은 파트를 사용해 잘도 이런 대단한 작품을 만들 수 있구나, 하고 놀라는 일이 종종 있다. '작은 블록'을 모아서 실제 크기의 인간이나 자동차를 만들기도 하고, '있을 법한 일'을 차곡차곡 쌓아서 대모험이나 대범죄를 그리거나, 혹은 멋지게 독자를 속이기도 한다.

하지만 그 밖의 온갖 것과 마찬가지로, 레고나 미스터리도 진화한다. 레고를 예를 들자면, '스타워즈'의 전함이나 중세의 성 등 사전에 미리 모양이 정해진 상품이 있다. 모든 파트가 '그것 전용'으로, 일종의 프라모델처럼 정해진 파트를 정해진 방식대로 확실히 조합해나가면 최종적으로 작품이 완성된다. 완성품을 보면 세부적인 표현까지 무척이나 정성껏 만들어져 있어 감탄이 절로 나온다. 다만 이런 진화된 레고 세트에 대해서 "이런 식이라면 뭐든 가능한 거 아닌가? 이런 건 레고가 아니야"라는 의견도 있다고 한다. 레고 조각들을 최대한 활용해서 완전 새로운 작품을 만드는 것이 재미있지 않느냐, 하는 주장이다. 분명 그런 면이 있을지도 모른다. 다만 미리 형태가 정해져 있다고 해도 아름답게 완성된 모습을 보면 역시 순수하게 감탄하게 된다.

미스터리에도 그런 수많은 오리지널 파트에 의해 조립된 작품이 존재한다. '어떤 정해진 완성형을 위해서만 만들어진 파트'의 집합이 하나의 이야기를 만들어 낸다. '인과'라는 말이 있다. 본래는 몇몇 '원인'의 관계성에 의해 '결과'가 만들어진다는, 초기의 레고 같은 것을 의미했다. 하지만 일단 저자의 머릿속에 '결과'가 존재하고, 그에 대한 '원인'을 하나하나 오리지널로 만들어나가는 식의 레고도 존재한다. 가령 죽지 않는 사람과의 싸움이라는 '결과'라면, 죽지 않는 사람의 존재라는 '원인'을 만들고, 초능력에 의해 사건이 해결된다는 '결과'라면, 초능력의 존재라는 '원인'을 만든다. 여기에서 "이런 식이라면 뭐든 가능한 것 아닌가? 이런 건 미스터리가 아니야"라는 말을 듣지 않기 위해 필요한 것은, 역시 레고와 마찬가지로 완성되었을 때의 아름다움이리라.

서두가 길어졌는데, 시라이 도모유키 씨의 《인간의 얼굴은 먹기 힘들다》는 완성된 형태가 정말로 아름답다. 사용하는 파트도 철저하게 독창적이며, 소설 세계에 있어 작가는 신이라는 말을 오랜만에 떠올리게 만들었다.

※ 조금 언급합니다.

시라이 도모유키라는 신이 만들어 낸 '이 세계', 확실히 말해 모든 사람이 좋아할 것 같지는 않다. 애초에 소설은 모든 사람을 위해 쓰이는 것이 아니기에 최대공약수를 노린 작품보다 오히려 훨씬 소설적이라고 말할 수 있을지도 모르지만 말이다.

우선 '이 세계'의 입구에는 갑자기 힘이 센 문지기가 서 있다. 추락사에 의한 사체가 등장하는 장면에 "수많은 가시가 얼굴에 박혀 있었고, 시신경까지 달린 채 튀어나온 안구가 대롱대롱 매달려 있었다고 한다"라고 적혀 있는 것이다. 너무나도 가차 없는 이 묘사에 자신도 모르게 발을 빼는 사람도 분명 있을 것이다. 그리고 일단 이 문지기 옆을 통과해서 안으로 들어가면, 거기에는 더욱더 가차 없는 세계가 펼쳐진다. 인간이 스스로의 클론을 만들고 식용으로 삼는다는 설정도, 그 클론의 고기를 생산하는 공장에서 반복해서 벌어지는 비인도적이고 잔혹한 광경도, 정말 작가의 머리가 어떻게 된 것은 아닌지 걱정하게 할 정도로 강렬하다. 나아가 이 소설은 다시점이자, 여러 주인공이 존재하므로 언제 누가 어떤 말도 안 되는 일을 당할지 예상할 수 없다. 예측 불가능한 이 세계 속에서 유시마 미키오라는 센스 넘치는 이름(일본 작가인 '미시마 유키오'의 이름을 비틀어 만든 이름 −옮긴이)을 가진 인물이 등장했을 때는 '그래, 그가 이 사건을 해결해주는 명탐정이 분명해'라고 생각하고 조금 안심했다. 하지만 그런 안도의 한숨도 잠시뿐, 페이지를 넘기는 사이에 그는 사망해버리고 만다. '……그냥 죽은 것처럼 생각하게 만든 것이고 나중에 다시 등장해서 사건을 해결하겠지'라는 일말의 희망을 가슴에 품고 페이지를 앞으로 다시 넘겨보기도 하고 뒤를 계속해서 읽어나가 보기도 했다. 하지만 역시 완전히 죽은 것이 맞았다. 그렇게 이야기는 수수께끼와 잔혹성을 차례차례 품으며 부풀어 오르지만, 부풀어 오른 그 배에서 도대체 마지막에 무엇이 태어날 것인지, 이것 또한 예상할 수가 없다.

이 불안한 독서를 도와준 것은, 내게는 차보라는 존재였다. 일인칭이 '소인', 어미가 '……입니다요'라는 웃기지도 않은 이 캐릭터. 그곳에 있는 것만으로도 이상하게 매력적인 데다가, 우리 안에서 말도 안 되는 추리력을 발휘하며 한정된 정보만으로도 '진상'을 거침없이 알아맞힌다. 최근 읽은 소설 중에서 이 차보라는 캐릭터가 가장 좋았다고 해도 과언이 아니다.

군데군데 자연스레 녹아 있는 역설도 매우 재미있고, 페이지를 넘기는 손을 움직이게 한다. 폭파 사건에 의해 만복산업이 혼란에 빠지고, 자폭 테러다, 전쟁이다, 라고 떠들어 대는 와중에 시라카바 임원에게 센터장인 시타라가 충고하는 장면—"시라카바 씨, 인명 구조가 먼저예요". 아니, 진짜로 여기에서는 소리를 내서 웃고 말았다. 또 다른 페이지에서는 시바타가 매우 진지하게 이노리에게 말한다. "사람 목숨을 파리 목숨만큼도 여기지 않는 위험한 녀석이 나를 함정에 빠뜨린 거야".

불타오르는 화염을 앞에 두고 유시마가 입에 담는 대사도 인상 깊다.

"가령 이 감옥 같은 우리에서 나온다고 해도 클론들이 살 곳은 없을 테니까요. 인간 사회가 구축한 감옥은 이런 대용품보다 훨씬 견디기 힘들잖아요."

더욱이 이 대사, 작품 세계와 현실 세계에 대한 양방향적인 역설인 데다가, 복선으로서도 기능했다는 점을 나중에 깨닫게 된다.

※ 언급합니다.

유시마가 말하는 '견디기 힘든 감옥'을 클론계의 렉터 박사라고도 할 수 있는 차보가 이야기의 결말에서 통쾌하게 파괴한다. 그 파괴야말로 이 이야기의 부풀어 오른 배 속에서 숨 쉬던 그로테스크하고 매력적인 갓난아기인 것이다.

이 결말을 읽었을 때, 나는 이전에 들은 안타까운 이야기를 떠올렸다. 1799년에 프랑스의 숲에서 열한 살에서 열두 살 정도라고 여겨지는 야생아가 발견되었다. 숲속에서 살아온 그 소년은 사람의 말을 전혀 이해하지 못했고, 사람들은 그를 사회에 적응시키기 위해 6년 동안 열심히 교육했지만 결국 말을 습득할 수 없었다고 한다. 말의 습득은 뇌의 발달이 어느 시점에 이르면 불가능해지는 것이다. 하지만 차보를 비롯한 클론 인간은 다르다. 그들은 성장촉진제를 맞음으로써 맹렬한 스피드로 커지긴 했지만, 뇌까지 성장하는 것은 아니기에 아직 언어 습득이 불가능해지는 임계기를 지나지는 않았다. 그렇기에 인간이 만든 감옥을 무너뜨릴 수 있었다. 즉 미발달이 발달에게 승리한 것인데, 이 또한 얼마나 강렬한 역설인가.

전술한 것처럼 《인간의 얼굴은 먹기 힘들다》는 제34회 요코미조 세이시 미스터리 대상의 최종 후보작으로 올라온 작품 중 하나였다. 어찌 됐든 많은 사람이 좋아할 만한 작품은 아니기에 후보작이 된 것도 아슬아슬했다고 들었고, 선정 모임에서도 평가가 크게 갈렸다. 결국 수상은 하지 못했지만, 나와 아리스가와 아리스 씨가 집요하게 추천한 덕에 단행본으로 출판할 수 있게 되었다. 선정위원으로서는 꽤 좋은 일을 했다고 지금도 생각한다.

그 후, 시라이 씨는 프로로서 정력적으로 집필을 계속해 《도쿄 결합 인간》, 《잘 자, 인면창》을 차례로 간행했다. 전자에서는 '키가 2미터 이상인 데다가 팔다리가 네 개씩 달린 인간'이라는 오리지널 파트, 후자에서는 '누군가의 기침 소리를 들으면 미쳐 날뛰는 인면창'이라는 오리지널 파트가 사용되었으며, 둘 다 아름다운 완성형이 지금 서점에 늘어서 있다. 작가가 말하기를, 《인간의 얼굴은 먹기 힘들다》를 포함하여 '인간' 시리즈를 구성한다고 한다. 어느 작품이건 본작에 지지 않을 정도로 많은 사람이 좋아할 만한 작품은 아니지만, 역시 재미있다.

다음에는 어떤 작품을 써줄 것인지. 나는 개인적으로 시라이 도모유키 판 〈수전노〉인 본작에서 차보의 팬이 되었기에 언젠가 그가 다시 등장하는 이야기를 써주었으면 합니다요.

인간의 얼굴은 먹기 힘들다

1판 1쇄 발행 2021년 3월 30일
1판 2쇄 발행 2024년 12월 5일

지은이 시라이 도모유키
펴낸이 문준식

디자인 공중정원
제작 제이오

펴낸곳 내 친구의 서재
등록 2016년 6월 7일 제 2020-000039 호
주소 서울시 성북구 정릉로 305, 104-1109 우편번호 02719
전화 070-8800-0215 **팩스** 0505-099-0215
이메일 mytomobook@gmail.com **인스타그램** mytomobook

ISBN 979-11-971032-5-4 03830